幽灵之光

Ghost Light

[爱尔兰] 约瑟夫·奥康纳 — 著
陈亚萍 — 译

雅众文化 出品

献给夏兰和朱莉娅·卡蒂

不久，你将发现一个缺席的人，
他就像一棵树，在你身边生长……
——西尔维娅·普拉斯《写给一位没有父亲的儿子》

埃德蒙·约翰·米林顿·辛格（1871—1909）是20世纪最具影响力的爱尔兰剧作家，与叶芝、奥古斯塔·格雷戈里夫人共同创建了都柏林的艾比剧院，其作品包括《圣泉》《骑马下海的人》和《西方世界的花花公子》——这部作品在其首映（1907年于都柏林）和随后的美国巡演中引起过骚乱。他在临死前与女演员莫莉·奥尔古德（艺名玛丽·奥尼尔）订婚。伙伴、同事和双方家属都反对这门亲事。她写给他的许多封信都没能保存下来。

目录

1. 伦敦的一间公寓　　1
2. 布里克菲尔德台地　　24
3. 都柏林一个繁荣的郊区　　43
4. 国家肖像美术馆　　62
5. 都柏林艾比剧院的一场排练　　81
6. 写给《泰晤士报》的一封信　　98
7. 格伦克里的幕间休息　　99
8. 伦敦剧院区　　133
9. 一个想象中的舞台剧场景　　152
10. 靠近布鲁姆斯伯里　　160
11. 圣马修教堂，罗素广场　　181
12. 广播大厦　　194

13. 帕克·普鲁厄特精神病医院	210
14. 布朗普顿公墓	228

后记
在她的文件中发现一封没有寄出来的旧信　　229

致谢与提醒　　240

·1·
伦敦的一间公寓

1952 年 10 月 27 日

上午 6∶43

在布里克非尔德台地对面，一栋破旧的联排房里，顶楼间的一盏灯整夜亮着。你躺在床上，每当朝窗户扭过头，就能看见这盏灯。而要抓起地板上的酒瓶，你就必须扭过头去。大多数夜晚，都是这个样子。傍晚时分，屋里的灯泡会亮起。到了早上，街灯熄灭一会儿后，灯泡会熄灭，破旧的窗帘也拉上了。

你现在六十五了，也许跟房子同岁，甚至比房子还要老一点——多可怕的想法。你靠近唯一的一扇窗户；窗户摸起来冷得瘆人。英格兰的冬天要来了，这个季节总是冷得刺骨。昨天晚上，一场暴风侵袭了伦敦。

你从未发现有人进出过那栋废弃的房子。不过，邮差仍往那里送信，把信从邮筒门板上的破玻璃洞里塞进去——邮筒已经被钉死好多年了。男人们经常在走廊里小便，一位站街女在那里招揽生意。天长日久，栏杆上被涂满了污言秽语，许多窗格被钉上了木板，房子外墙上长出了醉鱼草。

你有一种感觉，这间屋子的主人是个男人。一天午夜，一个影子从上窗玻璃处闪过——你是这么认为的——影子移动的方式显示出了男性特征。有一段时间，你常常想到他——他怎么一个人住在炸毁的老房子里？是谁寄来的信？信上写了什么？——这样的想法让你度过了黎明前的残酷时光。但是，这天早上，另一个人再次来到了你身边——他来自同样的灯光下，来自一个看不见的房间，来自一个你已经住了十三年、却从来不属于你的城市。我们都有过这种经历：我们的大脑因为某个人而放空。我们以为自己已经将他遗忘，或者故意将他抹去。但是，你今天发现，他是一个不愿被放逐的流浪汉，一个仍在试图回家的移居者。

他有时候很难相处。否认又有什么用呢？对一个相对年轻的男人来说，他容易发怒，喜欢记仇。因为，窃窃私语、阔边女帽、说长道短与吃吃窃笑——这些总在强调你们之间的年龄差距。一边是善妒的泼妇们；一边是三下巴的伪君子，虚伪到不愿说出真实的异议。年龄是什么？是杜撰，是日历上的墨渍。最近，会有这样的时刻，感觉昨天有如上一辈子，明天像是未来的一个世纪，似乎是那么地不可触及。假如他活过了青春时期，你们的年龄差距就会缩小。因为已婚夫妇会变成"同龄人"，随着时间的推移越来越像彼此。两人就像一副书立一样，将共同的回忆存于两个书立间的灰白色书封中，却都没想过读一读曾经让他们分开的东西。他现在多大岁数？八十岁？大概吧。一个穿拖鞋的老笨蛋；一个走路拖拖拉拉的家伙；一个老书袋。一场宿醉之后，你在沉闷的空气中无法理清思绪。你对几十年记忆的整理开始停滞，不断出错。几次尝试失败后，你选择了放弃。

你抿了一小口酒，酸酸的，像药味儿。你不过是个移居者。杜松子酒的气味让你两眼潮湿，不知怎的强化了他的存在。但是，你面露苦相地咽了一口，驱散了这种气味。这个粗鲁城镇的日常恶意。这不是叶芝写的吗？或者出自我的另一个呆朋友——萧伯纳？他是在抱怨都柏林；但对老人、穷人、合著者来说，所有城镇都是粗鲁的。对喜欢雕镂粉饰的诗人来说，它又是怎样的？上帝啊，他们几乎要把自己的头皮屑称作"梦幻般的雪花"。

　　黎明后不久，在影子接吻的时刻，昏暗的光线落在窗前，烧水壶发出吹哨声。你走来走去，却暖和不起来。连指手套像丝带一样飞舞。你穿着一双死人的靴子。唉，没必要浪费。浪费是一种原罪。在布里克非尔德台地下面，一辆牛奶车正在送牛奶。你在想，送奶工能不能让你再赊账一个月。但是，怕被拒绝的担忧让你放弃了。白霜把人行道、电话亭、街道、彻夜亮灯的房子的破败柱廊、波切斯特路一角的杂货店遮阳棚染成了银色。白嘴鸦在绕着烟囱口盘旋。

　　约翰尼·辛格算得上本地人。爱尔兰新教徒的小妇人。金斯顿花花公子的婊子。在诙谐的都柏林，戏谑者们许久以前抛下的辱骂，在四十多年后仍然听得见。

　　你拖着脚从窗边走开，来到环形厨台旁的储藏室内。储藏室内一股卷心菜和尘土的味道。在你脚下的某个地方，一台收音机音量开得很大。不过，你对这种干扰并不反感，反倒觉得它有时会给人带来惊喜。深夜时分，你还会想念它带来的安慰。对孤独的人来说，寂静可能让人恐惧。他总是说，你的想象力太丰富了，你太沉溺于幻想了。一种天主教特质，他会这样开玩笑。你到伯爵宫路的小图书馆里，借来米尔斯与布恩出版公司的书，留在这些夜晚读。当然，让你沉迷的是这种有点逃避的感觉，而不是那本《真实罗曼史》。他会多么厌恶这些书——你那衣衫褴褛、满脸泪痕的枕边人。"大龄剩女的鸦片。"他会嘲笑说。

　　　　太阳将把海洋变干涸；
　　　　天空将消失不见；
　　　　世界将停止运转，我亲爱的，
　　　　直到我对你不再坦然。

这是一首能让你心跳出来的歌，莫莉。任何人都能感受到如此真挚的爱。

一两口牛奶可以消除杜松子酒带来的灼热感。这种廉价货像滚烫的沙子一样刺激到你的喉咙。他活到现在，该八十一岁了，假如他还活着的话，他仍在纠正你的语法。这种你会让他难堪的感觉从未完全消退过。你们的差别不仅是一种年龄的差别。

橱柜里有一个印着鹦鹉图案的茶叶罐，还有一个空空的糖袋，里面还能刮出最后一丁点糖。你在想着那个送奶工，他看起来比实际年龄显老。他们说，他在安奇奥的时候得了炮弹休克症。邻居家的孩子都怕他，喜欢骂他。有传言说，他有着怪异的癖好，比如痴迷狗屎、鲜血、移民（尤其是波兰人），还有公共厕所的女孩子。曾经有一位漂亮的女学生，抄近道去圣凯瑟琳学院时，被他骚扰了。现在，布里克非尔德台地再也看不到女学生了。他咧嘴笑时像一具尸体，行为举止像一名士兵。不过，有时候，当人们在石阶上讨价还价时，他会放松脚步，同时从牙缝里挤出笑声。他不明白过路人的欢乐是被迫的，其实是"憎恶"的一种特别英式的表达吗？如果人们对他表现出真实的一面，也许他还能明白。但是不行，那样会不礼貌的。

——没人会要求赊账，小叛徒。如果有的话，也是我们主动提供。一个人要永远重视礼节，自食其力。只要低于这个标准，就是文明的死亡。

一只猫傲慢地溜过黏糊糊、光秃秃的地板，靠着一条板凳腿，把背拱了起来。突然，它似乎被一张皮框照片吸引住了。照片搁在壁炉台上的两个空烛台之间。照片里的男人已经死了很长时间，他穿着爱德华七世时代样式的服装：一身破烂的套装，一条过膝四英寸的灯笼裤，一双粗革拷花皮鞋，一顶宽松的大学鸭舌帽，一条系在脖子上的领巾。他戴着手套的右手拄着一根梣树手杖，口袋里稍稍露出一本书。他深棕色的服装与发色相同，背景是他母亲的躺椅。长年累月，这张照片已经发皱了。它见识过许多壁炉台，还有许多盒子、廉价的酒店房间、演员休息室、便宜旅馆和纸板手提箱的内袋。他站立的样子有一种僵硬感，就像戏剧里勇敢面对行刑队的人。他的双眼流露出烈士的悲伤，略微有些模糊，好像快门打开时，他眨了眼睛，或是正在哭泣。但那样就太不像他了。

一台看不见的收音机里，正在播放一首中世纪的苏格兰民谣。你会感激早晨的到来。送奶工的马车传来缓慢沉重的马蹄声。某人的汽车在轰鸣作响，一辆自行车发出铃铃声，幻觉在墙纸里消退。你似乎在远处看见自己，大概就像观察故事里的一个角色。奥尼尔小姐在桌边颤抖，喝着苦苦的红茶。桌布是一块破烂的油毡下脚料，上面粘上了蜡烛油和香烟的烙印。桌面上到处印着双剑交叉的纹饰，配有"忠实与坚毅"的箴言。她结过两次婚，一次丧偶，一次离婚。她唯一的儿子是个皇家空军飞行员，在战争中丧生。他在德国北部上空被击落，再也没了踪影。距离她上次扮演主角，距离百老汇各剧院为她的才华喝彩，真的已经过去好久了。但是，无论过着怎样的生活，那些热烈的欢呼声仍在回响。如果欢呼声还在，幕布的灵魂就仍会升起。在圣帕特里克之夜，宾夕法尼亚州斯克兰顿市的人们拦停了一趟火车。因为他们不知从哪儿听说，莫莉·奥尔古德在火车上。来的是爱尔兰移民家庭。他们又是落泪，又是欢呼。他们把孩子放在肩膀上。一位老矿工吻了吻她的手。他指甲缝里满是煤灰，帽子里放着枯萎的三叶草。你瞥了一眼自己瘦削的指关节，仿佛看到鸟儿翅膀的化石。它们记得在宾夕法尼亚州被吻过的事吗？

圣母玛利亚，
你这颗海洋之星，
流浪汉的希望，
请为我祈祷。

屋里的某个地方，有一捆旧节目单，上面都有你的名字。可是，你不知道怎么才能把它从杂货堆里找出来。反正这位名人签过名的东西很久以前都卖掉了，包括稍微值点钱的书。罗素广场上有一家小书店，是专售签名本的，店主是一位丧妻的犹太人。他对人和善，性格内敛，一副学者风范。一位共产主义者，他们这么说他——他否认自己是真正的共产党员。他在西班牙内战中失去了一条胳膊。

当思想已经遗忘时，身体还有记忆吗？道格拉兹先生有没有梦到过，他再次变得四肢健全，当一回汗渍斑斑的革命者？

如果他朝着果园中令人昏睡的热气伸过手去，想摘一个橘子，或者抚摸某位安娜玛利亚红红的、悲伤的嘴唇时，他会发现那只失去的手而流下眼泪吗？如果真像自希腊时代开始的智者说的那样，梦境可以揭开我们的渴望，那为什么我们梦见逝者时，他们通常都沉默不语？我们想让他们说话吗？他们会说什么？道格拉兹先生会梦见婴儿时期的自己吗？

他总是付现金，而且相当喜欢这种方式。他见到你来很高兴，给你倒一杯茶或一小杯雪莉酒，给你看最近郡里清仓大甩卖时买的书。也许，他在宽幅报纸和褐斑点点的凹版画中摸索时，甚至有一点老男人身上那种尴尬的油腻感。（"你也许会感兴趣，奥尼尔小姐，封面多么精美。不是每个人都能像你一样会欣赏。"）可是，你几乎没留下任何可以给他的东西，也没有给他打电话的借口。已经一年多了。你有时会想到他,他举止窘迫却动人,有些过分谦虚;他的快乐,他把悲痛化为了勇敢。他经常突然出现,就像关于他的传闻那样,或者提醒你其他人的存在:壁炉台上照片里的那个男人。不管怎样,你是快乐的。现在,那一切都在你身后了。"把你种到哪儿,你就在哪儿开花,"你母亲过去经常这样说,"当悲伤把你的牛奶变酸时,就把它做成奶酪。"

生命充满了祝福,活下来——更是如此。因为,阻碍我们活下来的因素不计其数,势不可挡;甚至你一开始考虑这些因素,就会感到迷惑。你认识的那么多人都不在了,还有几十亿人根本就没出生。无人该到此地,偏偏我们踏足。这是一场如此美好而奇妙的冒险;若非活得疯疯癫癫,人生残缺不堪,谁愿意就此放弃呢?这天下午,你要去英国广播公司赴约。你要在肖恩·奥凯西的一场广播改编剧中饰演角色。在众多爱尔兰剧作家中,你把他算作你的一位朋友。你从没喜欢过这部作品,你真正喜欢的戏剧也没有几部。你在想奥凯西现在在哪儿。

他该上年纪了,甚至更尖刻了。他的汗水闻起来像酒泡茶一样:如金属,似血液,只不过泡了很长时间。他们说,他住在英格兰南海岸的某个地方(上帝啊)。他被仇恨变得干瘪,在好多年前双目失明了。他头戴无檐便帽,脚蹬橡胶长靴,身穿一件脏兮兮的阿伦花样毛衣。那是他用已故评论家们的毛发织成的。那张脸长得跟大象的那玩意一样,一位舞台工作人员曾经窃笑道。那既不是今天,也不是昨天,上帝知道。可怜的浑蛋奥凯西,以及他那可想而知的、貌视一切的后宫。当他去社会福利署签字骗钱的路上,像个中毒的老流浪汉似的,在大雾中蹒跚前行时,他们——村民们和他们的子女们会怎么看待他?一个周五晚上的挑事者,一个贫民窟男孩解释道。他有朋友吗?他喝酒吗?你现在记不起来了。他还在甲板的这一端吗?你想象着,他面对遭受暴雨袭击的防波堤,朝喧闹的海鸥发怒。

——拿破仑三世先是被流放,后在痛苦不堪中殒命英格兰南岸。那里的许多人活得痛苦不堪。

"让我一个人待着,"你耳语道,"我今天没法陪你。"

微风吹回来凉爽,窸窸窣窣,又渐渐消失,仿佛萨克斯风吹奏者用饱满的气息,演奏附音。小猫轻轻地走向窗口,发出饥饿的"喵喵"声。帕丁顿码头的水泥厂里,传来了汽笛声。男人们就要走出西伦敦的房子;煤灰随风扬起;妻子们沉浸在淡淡的幸福中;曼哈顿还是半夜时分。

你没有吃的了。你已经两天没怎么吃东西了。你饿得头昏眼花,这会儿痛苦得哼哼叫,就像你以前要来月经时的那种困扰感。那时候,他体贴地陪在你身边,给你一种女人般的关怀。天太冷了,你想穿上睡袍和背心。只可惜,莫莉,人总要有自尊。你不能故意穿着睡衣在伦敦闲逛。要是你出车祸了,会变成一张漂亮的煎饼。他们还会用马车把你送到医院。想想你横死街头的样子,姑娘。你光着身子,瑟瑟发抖,脚掌贴着冰冷的木地板。就现在,莫斯[1],快套上内裤和连衣裙。别再考虑没窗帘的事了,因为没人在偷窥。而且,即便有人偷窥,也肯定吓得够呛。一个女人在你的记忆中出没;她曾在一场美国巡回演出中担任你的服装师。她是个老得吓人的爱尔兰女人——人们说,她有一百岁了——但是,她的名字还没冒出来,被这寒冷挡住了。这么多年了,她一定不在人世了,你这会儿意识到。她是叫玛丽吗?她生于高威市。

你在水池边简单地洗了洗澡——楼上的卫生间早上没法看——

---

[1] 莫斯(Molls),与后文中的莫尔(Moll),皆为莫莉(Molly)的别称,后文中不再另行说明。——编注(若无特殊说明,本书中注释皆为译注)

你一边咒骂这寒冷的天气,一边笨拙地摸索着,迅速穿上了破旧的黑衬衫和栗色羔羊毛两件套。你又拿梳子梳了九下头发。他曾经钻进我垂垂的长卷发里,嘴唇贴在我的发卷里。发卷现在已经变成蜘蛛网了。老游荡者。这件衬衫有点闪闪发亮,但这是战前买的一件沃斯牌;精美的服装总是不过时的,像样的剪裁也不会过时。你拿出古老的盒子,里面装着编过号的粉末。你接手这间屋子时,也接手了一面开裂的小刮胡镜。你对着镜子涂了粉妆棒和面霜:2j号粉状棒搭配3号、加上一丁点13号,再用黄色添一份意式热情。涂过粉以后,你在太阳穴和颧骨上拍了赤土色干胭脂,轻轻点了点下颌尖,抹了抹深红色的嘴唇,想显得年轻。你在化妆的时候,喜欢想象镜子观察到的情景。镜子记得最初买它、用它的那个男人吗?也许是可怜的霍兰德先生——这位架子工、来自贝尔法斯特的同事买的。他就死在这张生锈的单人床上,你躺在上面睡不着觉。你有时穿上他那双硬邦邦的靴子,吸入的微尘中有他的味道。你租下这间屋子后的几个月里,人们会来拜访他。你还要负责告诉他们,他已经去世了。确实是这样,非常遗憾。不,我本人不认识他。我恐怕没有这家人的地址。我想,他有个兄弟,是芝加哥的一位神父。没有,我没找到锤子。你说,他借过锤子?我很抱歉,先生,我帮不了你。

你扮演着噩耗开关的角色,试着维护这件事的体面。你也擅长于此事:泰然自若,既不太夸张,也不太生硬。这比无所事事要强。你由此第一次发现,你终归是老了。因为,在传递噩耗方面,没有哪个人比一位爱尔兰的老女人更熟练。有那么一两次,你甚至去给访客递茶,或者倒一杯喝的东西,以示安慰——"我自己很少喝,先生。不过,我这会儿正好有一瓶,是留给同事先生的礼物。"——不过,从来没人接受你的款待。也许,那么做不合礼仪。他们有些人离开时,看起来一脸惊恐。

你没必要扮得沉痛严肃，可这样做是一种礼节。长期以来，你都认为，这样的行为可以带来好运。你跟许多同行一样，也迷信得顽固不化。那什么是"需求"呢？我们不能靠着基本需求过活。最卑贱的乞丐最是迷信，像李尔王，是的，总是有比基本需求更重要的东西。你呼气时吐出的水汽，窗玻璃、橱柜把手、水龙头上结的冰——这一切提醒你冬天正在逼近伦敦，你没有什么可烧的东西了。好了，也许，你在散步途中可以捡点什么来，公园里的断树枝、一两块无烟煤之类的。也许，可以去威斯本园外的小巷里，找那个卖焦炭的商贩碰碰运气。还可以漫步至挖土工铲煤的院子。不过，你要小心一点，别被人发现或靠近，上一次就发生过不愉快。这么快又去碰运气，是不明智的。毕竟，你不是乞丐婆，而是艺术家。

是不是有人曾告诉我，我长得像琼·芳登？这个角色出自由达夫妮·杜穆里埃的小说改编的一部电影。那部电影现在叫什么名字？耶稣上帝啊，莫莉。里面还有劳伦斯·奥利弗。那部电影讲述了女主角、男主角、那栋房子、溺亡的妻子，以及你梦回曼德利庄园的情景。你在镜子前骄傲地噘起嘴，猛地眯起眼睛。"我现在是冬夫人。"你小声嘀咕道。

你今天要去散步，计划是这样的。总要有个计划，姑娘；不然，我们像蜗牛一样缩回自己的壳里，引得魔鬼为凌乱的头脑召唤来各种想法，你会在这样的逃避中失去三十年的时光。当你年老体弱时，时间就是这样呈现的。你徘徊于时间的螺旋形壳中，难以逃脱。在年老昏花的双眼中，看起来迷人的光芒突然开始液化，然后在你心间凝固。你被那个壳子包裹得浑身麻木，无法再次现身。你会从自己的房间走到广播大厦，途中穿过伦敦十月末沉闷、忙碌的街道。因为不用赶时间，你也许会偏离轨道，从海德公园通过；排练到五点钟才开始。离开这个房间能帮你理清混乱的思绪。改变像休息一样让人提神。你甚至可能在国家肖像馆消磨一个小时。那里的冬天总是很暖和，馆员们彬彬有礼。或者，你可能去"田野里的圣马丁教堂"——你喜欢念那个奇怪的教堂名——只需要花一便士，就可以为穷人点一根蜡烛。那里有时候还有音乐，也许是唱诗班在练习巴赫的曲子，也许是一名管风琴师在排练。那管风琴声音浑厚，音管粗壮巨大，像是摆在柜台上的巨型瓶子。那低音隆隆地将你穿透，直触你的牙根肉。再过不久就到基督降临节了，那里甚至可能演奏亨德尔的曲子。与其诅咒黑暗，不如燃起一束火苗。而且，杰明街上的商店橱窗会很漂亮。

　　这句话被织成挂毯上的底字了？"把你播种在哪里，你就在哪里绽放。"我离校的那整个夏天，莎拉都在缝挂毯。是不是乔吉把它框了起来，挂在了玛蒂的卧室里？它挂在耶稣十字架受难像与达盖尔照相法拍的阿沃卡村照片之间。"耶稣啊，你下来，让我休息一下。"玛蒂在店里工作一整天，身心疲惫时会这样开玩笑。他在注视时，你是不是光着身子，女士？萨莉红着脸哈哈大笑。他会费心……上帝的孩子，他有更精彩的可看，你那次身体不舒服时，她为你按摩后背的样子，以及她的传奇人物——亚瑟王和古奇连。可怜的玛蒂，愿上帝保佑她和那忠诚的逝者安息。但是，你不要迷失于忧郁中。

　　所以，生命充满了祝福，问题只在于发现它们。你为有一场约会而心存感激。这给了你一个理由，帮你离开这间饥饿的房间。这是一次幕间休息，让你暂时逃离那只猫的死亡凝视，以及它的提醒——人不是上帝。你一边穿过寒冷、宽敞的大道，一边对自己说：我正在伦敦穿行，因为我是个忙碌的职业人士。我跟需要我的人有约。每个角色都有它存在的意义。伦敦到处都是演员，但今天是我被选中了。你会得体地说出你的几句台词，体现台词所需的简约，不能佯装动听，不能表演过火或太假。节目会像一阵风似的在全世界传播，传到印度、澳大利亚、加拿大、南非。如果你想想人类的创造，这真是伟大的奇迹啊：冬季的伦敦，从一个地下堡垒里传出的温暖气流，绕着地球传向了世界。谁知道今天的表演会带来什么机会呢？可能有一位演出经理人在听，也许是一位选角代理，又或许是一位导演。在几个省份或爱尔兰某地的一座小剧院。嗯，这是有可能的；有可能的。更奇怪的事情发生了。每个人都有放缓脚步的一年。这是这项职业的本质特点。倒霉的 1952 年也没那么漫长。也许，更美好的时代就要来了。我们漂浮在苍茫的大海上，我们必须乘风破浪，否则将一败涂地。人们在渺茫的机会中征服了大西洋。你必须征服的是伦敦。

那位制片人——一位上了年纪的都柏林人——本来可以选别人的，却在最后一刻想起了你，并设法查出了你的地址。对任何一位演员来说，被人记住就是一种仁慈。这样一个有教养、对人和善的男人，帅气得就像穿着开襟毛衣的爱丽儿精灵。你知道他们怎么说他的吧，莫莉。对了，他们是做什么的？神圣的耶稣，难道我们的世界不该拥有更多的爱，而不是更少的爱吗？如果人们期待彼此陪伴，分享美好，仁慈的上帝会让我们成为一体吗？酬劳不高——英国广播公司的薪酬就没高过——他们还总是晚发。不过，从战争那几年开始，你跟每个人一样，渐渐变得精打细算。你靠两个畿尼[1]可以过两星期，甚至更久的时间。把油酥面团揉得又薄又好，你就永远不会变胖。不管怎样，饥饿是最好的调味汁。你可以存下一两个先令，给你的外孙们买一份圣诞礼物。也许是一本小漫画书，或一袋甜芯柠檬糖。也许，你甚至可以把典当的几条戏装珠宝赎回来。（"二手永恒戒指的市场不大，亲爱的。你估摸估摸，这也是合乎情理的。姑娘们觉得它会带来厄运，

---

[1] 畿尼（Guinea），又称几尼，一种英国货币统称，1 畿尼合 1.05 英镑，最初是用几内亚（畿内亚）的黄金铸造的，因此得名。现已不再流通，仅在特殊情况下使用，具有收藏价值。——编注

明白吧。如果你愿意，我可以瞅一眼。不过，我给不了你太多。"）只是回去工作，再次与人见面，就已经是一种幸福了。有时候，年轻演员比较善良。他们感觉到，他们大多数人最后也要面对你这样的命运。对年轻人来说，你成了"可能发生什么"的参照。对于把我们的恐惧呈现出来的人，我们应该以仁慈对待。因为，我们自己的落幕季也会到来。那时，我们就会呈现别人的恐惧了。

  我知道
  我的
  救赎者
  活着

  你女儿跟她的两个孩子、丈夫一起住在阿伯丁。她丈夫是炉工工会的一名组织者。你的双胞胎外孙詹姆斯·拉尔金和埃米特七岁了。要是你能想办法凑够票钱，也许就可以去找他们一起过圣诞节。拜托上帝，十二月初给点小活儿干干吧。你的女婿，他是个好人，但恪守教规，不喝酒。佩金是一位非常幸运的妻子。

  她每个月都给你写信，聊聊刺激的校园奇遇，聊聊头虱与旧衣服，聊聊二手家具。信上的内容也不多。她的闲聊是在掩盖什么吗？她的笔迹几乎跟你的一样。

  为了表达对双胞胎的爱，你偷偷给他们带去一包糖。阿伯丁是那么遥远。距离伦敦有五百英里，也可能是一千英里。因为，夜晚的火车慢得像吝啬鬼的施舍一样，你很少能买得起特快列车的车票。常常是几个月过去，然后一不小心成了几个季度。你知道，接下来的肯定就是，距离你上次见他们过去一年了。好了，别夸张了，莫莉，只有八个月。上一次，她在车站等你，奔向你的行李箱时，脸上带着可以融化冰雪的微笑。那一幕让你震惊。你就像在看自己的姐姐一样，一时说不出话来。双胞胎外孙拽着你的外套，像小猎狗一样围着你跳跃。长相相似的一家人聚在一起，仿佛是下了一场雷暴雨。

你姐姐死于两年前，葬在好莱坞。在此之前，你和她有一段时间没见了。你没有参加她的葬礼——那旅途太煎熬了，你的身体根本吃不消。还有钱，总要有钱。有人帮忙从都柏林寄来了讣告，那份讣告写得太过浮华了。"在她所在的高贵一代人中，她是爱尔兰最伟大的女演员""举世无双的女主角""学院奖提名获得者""同时代的性格女演员中，无人能超越莎拉·奥尔古德（她的一个妹妹玛丽·奥尼尔也是演员）"。

——对一位女艺术家而言，嫉妒是不得体的。

"去死吧，"你大声说，"我现在就这副样子。"

风一阵阵地刮过台地，发出轻轻的笑声。垃圾箱盖的咣当声是他呼吸困难的声音。你别耍粗鲁无赖，这样逗我大笑。你知道吧，逗乐会让哮喘更痛苦的。

噢，墓地很漂亮——你敢肯定是这样——葬礼是克利奥帕特拉式的场面。出席的包括十二位圣洁的神父，其中有一位即将获得主教职位，剩下的都像女学生一样嫉妒。希区柯克阅读了《圣经》选段。马里奥·兰扎领唱了圣歌。在一块开阔草地上，树木整齐，俯瞰卡尔弗城，附近还有一座葡萄园。噢，紫色的小葡萄。经常看见崇拜者在墓碑上摆放百合花、戏剧副本和点燃的蜡烛。闪闪发亮的石英大道两旁，是半英里长的棕榈树；一座罗马纪念神庙白得让人难以置信。你要是在阳光下张望神庙，能让你头晕目眩。几个墨西哥人在照料兰花，拿水管在草坪上喷洒。几位身穿粉色套装的黑人女士在擦墓碑，一直擦到大理石几乎能映出你的脸。你去吊唁的时候,他们给了你一张地图,上面标出了所有电影明星的坟墓。有人私下里传,贝拉·罗戈西有一块墓地。在洛杉矶炽热的一天,小教堂里却那么凉爽。一直有音乐在播放,有巴赫的、帕莱斯特里那的一系列录音带。缟玛瑙与斑岩。噢,紫色的小葡萄……

如果我移居美国就好了。我过去和他聊过这件事。在那个年轻勇敢的国度,差异并不重要,人人都要创造全新的自我。他们爱护并尊重外来者。我们在他们的战争中拼搏,替他们修建大教堂,帮他们在凶猛洪流上架设桥梁。一个共和国总会珍惜新来者、反叛者、百搭牌玩家、边疆开拓者。我和你会真切地感受到,我们终于回家了。在这个伤心的爱尔兰,什么也没给我们两人留下,莫莉。它是一个禁欲者与自行车杀手的镜像大陆,一个集合女修道院长、微薄薪水、浓雾弥漫、床垫上的尴尬污渍的小人国。

《丽贝卡》,是那幅画的名字。

即便在他死后,在他的哀悼日,你也在雨中想象你们的新大陆。想象他望着尼亚加拉瀑布咆哮,想象他在巴吞鲁日市的鸟市上,想象他在去蒙大拿州大瀑布城的汽船上。一些人死了上天堂,另一些人死了下炼狱,但好人会去永恒的西方世界。在他去世后的几年中,也就是你当美国名人的时期,你每一次鞠躬都会想到他,想到他会成为布鲁克林区的一名公民,或加入宏伟壮丽的芝加哥,想到他在圣诞前夕,到伊利诺伊州凝望密歇根湖,闻湖水的淡淡味道。而小人国远在天边,寒霜像香槟一样新鲜苦涩。但行囊已收拾,归船将起航。从来没有哪一刻钟,你是决定不叛离的。你只是没时间去做这件事。

关门的哐当声,钉靴踩楼梯的响声。外面的雨中就是伦敦。这栋房子的贫瘠赫然耸现在你面前,每个隔间都仿佛一个暗下来的剧院舞台。住在这里的几乎都是工人,是体力劳动者。房子里的人都没有结婚。很难想象,一个孩子的笑声曾经让这些走廊变得亮堂,或者变得暗淡,因为笑声会让人不安。也没有理由想这个了,因为现在它再也不会发生了。你听见他们来来去去;穿着鼹鼠皮衣服的老头们。有时候,他们会在楼梯平台上驻足,简单谈论一下天气。他们带着防备心,或是因为彼此不喜欢、不信任,或是因为喜欢、信任别人而受过伤害。然后,门轻轻地关上了。有人打开了无线电广播。一股煎东西煳锅的臭味飘了过来。在一个周五被典当的工具、被寄回家的钱、圣诞前夕的游船。在你的梦里,这栋房子因为它被扼杀的渴望而尖叫起来。它那夜间的窗户被欲望染成了红色。

要找个人跟你合租。一个夜晚的三言两语。你生病的时候,会有人给你泡壶茶。最近,你发现自己在发牢骚,冲着这几堵墙,冲着仿佛在地板上放哨、书脊坏掉的平装书组成的"小塔",冲着灯罩被撕坏、凌乱中凸显镇定的台灯,对着没挂衣服的立式衣帽架上的衣夹。夜间的思绪是最难熬的,你不能与黑夜谈话。如果你那么做了,黑夜也许会开始反驳。

你的女婿,他是个好人。这里不是指他说过的话。每个家庭都有这种小分歧,总有人会撂狠话。他两个孩子的祖父母辈,你是唯一健在的,你是他妻子的母亲。如果你写过信,说过你很抱歉,说过你为了见到双胞胎外孙,会不惜一切代价;如果你做过承诺的话,现在已经过去八个月了。

你打开烟草罐,吸取一根劣质烟的味道时,就像风在烟囱里尖叫。烟纸又小又薄,像是从一本《圣经》上撕下的,烟蒂犹如从大街上捡来的一样。但是我们不可以抱怨。我们至少不是还拥有健康,以及抽烟带来的痛苦的舒适感吗?我的喉咙就是个壁炉腔,两片嘴唇就是排风烟囱。他总是乞求你戒掉这个坏毛病,可他自己从没戒掉。这个虚伪的大烟枪，他吐烟圈，打烟嗝，在骂骂咧咧中吞云吐雾，在沾沾自喜里荒唐说教。这对男人是不一样的，你很明白。王尔德说过，男士总要有一项业余活动。如果他没有，那就完全是张漂亮的煎饼了。

纸张撒得到处都是，像老树叶一样刮遍了屋里。这是因为，上周的一天晚上，你忘了暴风雨正在席卷伦敦，强行打开了卡住的窗户。这个季节的天气一直都很恶劣，好像是飓风来临前的序曲。飓风是在昨夜侵袭的。当时，街灯已亮起。那位隐士破屋中的电灯泡照亮了台地。你躺在霍兰德先生的床上，清醒地听着这世界的狂暴：猛然迸发的撞击声；屋顶石板瓦被打碎的声音。远处传来了消防车的警铃声，正面对抗这场暴风雨。这栋房子像龙卷风中的轮船一样呻吟。大约凌晨四点的时候，暴风雨突然暂时平息了。你意识到，楼下的街边公用电话在响。会是谁打来的呢？会有人接吗？你应该赶紧跑下去吗？荒唐、危险。你脑海中冒出一个疯狂的想法，是书店的道格拉兹先生打来的电话，他在一堆《律法书》、签名本和对开本里担惊受怕。发出这些渴望的心灵旧货店是什么样的？电话响了大约二十分钟。你没去管它。

━━━

桌上有一封信，是一位博士后学生写的。那是一位来自加利福尼亚州的年轻女士。她想在"一月底或二月"拜访伦敦，并对你进行一次采访。采访自然会谈及你的往事与感想，你这些年在爱尔兰的朋友与人脉，你在美国的日子，尤其是你在百老汇的时光，你对你姐姐的记忆，你在电影行业的光辉生涯，当然还会谈及辛格的问题。这次采访将安排得妥妥当当。因为，也许——如果我可以这么说的话——要想不显得放肆或唐突，只有女人能驾驭这次采访。说到底，我们几乎没有谁从来不为男人失望的——我希望我没有冒犯到个人领域。

——别管它了，小叛徒。那是一场诡计，仅此而已。不要告诉他们任何关于我们的事情，甚至都不要回答。我们太珍贵了，不能摆在贱民面前。

我可以支付一小笔钱，作为占用您时间的酬金。比如说，五十美元能接受吗？或者，我也乐意寄给您同等价值的物品。因为我知道，在英格兰，某些商品和食品仍然非常稀缺。我还想提一下另一个跟钱有关的问题，奥尼尔小姐。我希望，这么做不会冒犯到您。我了解到，几年前，您把辛格写给您的亲密信件，全部卖给了他还健在的家人。我所在的机构授权我问问，如果您还有与约翰·米林顿·辛格及其圈子相关的其他手稿（剧本、修正稿、少年时代的作品、笔记本、草稿、片段、丢弃的作品，等等），我们将荣幸地收进档案里。我们的图书馆可以为收购物品支付可观的资金。("可观"这个词被标红了，莫莉。这是美国佬现在给你的印象。敏锐不是加利福尼亚人的特质。）美国学者对爱尔兰有着狂热的兴趣，你知道吧：她的文学与历史，她的革命与解放，她的伟大的作家的生平。我们的收藏物一直在发展壮大。我们希望没有错过任何东西。当然，我必须亲自查看和评估任何一份材料。但是，我们相信，这项提议是互惠互利的。

"解放"是好事，你这会儿暗想。解放，说的全是鬼话。

这封信大概是四个月前寄到的，放在许多催款最后通牒和威胁断交的信件中间。（"我们的客户不希望动用驱逐的追索权，但如果您仍不支付应付欠款，他也别无选择。"）你不知道该怎么处理它，不知道要不要把它扔进垃圾桶。之前也有过类似放肆的信件，大抵总是来自美国；你忽略了它们，丢弃了它们，忘记了它们。然而，说到底，让你自己吐露这些年的故事——不会让人愉快，却能让人治愈，会是与这些幽灵的一次和解——会不会是一种赎罪呢？但要说什么呢？他活过，他死了；我们彼此需要对方；他害怕了。那将是一个差劲的剧本，没有男女主角，最精彩的台词都在舞台下。如果它曾有一份年表——肯定有，一定有——各个场景也不再是正确的顺序了。

写那封信的人叫"梅西娅"。一个从未被圣水洗礼过的名字。你想象她——梅西娅·文森博士——那画面生动得惊人。她是一位有才干的杰出人物，两片丰满的嘴唇，一头紫红发亮的秀发。作为一个女孩，她几乎算是漂亮的了，只是太忙乱、太焦虑，总是逊色于一群同班同学。她们嗓门更大，外表更鲜亮，总用一种怜悯的方式表达对她的喜爱。（"可怜虫梅西娅的牙齿，可怜虫梅西娅的衣服。"）可是，男人们照样喜欢她，他们用讽刺的话讨好她。有一类男人，他们欣赏女人的智慧，这就像是一个他可以对抗的假想敌，一种他可以严厉对待的特质，一个让女人必须时常道歉的理由。这是男人在女人身上发现的最撩人的特点。啊，莫莉，那不公平。不是所有男人都是那样的。这会儿，在炎热的加利福尼亚州，梅西娅坐在图书馆里，写着言语专横、打扰别人的信件。可是，就像是她的出现那样突然一样，她消失在屋里的独特气味中。因为，在不时地被刺骨的清醒打断的宿醉中，在其中一个清醒的瞬间，你已经明白，你正在想象的那位年轻女士就是你自己。

你缓缓地走向伤痕累累的餐具柜，双膝嘎吱作响地在它面前跪下来，打开铰链松动的柜门。柜门从框架上掉了下来，把小猫吓了一跳。它小心地走进黑暗的柜内，像一个孩子邂逅了自己的蜡像一样。

有一股发霉报纸、樟脑球和老木头混合的臭味。几纸袋旧年的生日贺卡，一只头戴猎鹿帽、眼神哀伤的玩具狗，几张作废的配给簿，几份过期的护照，几段多余的锡纸。因为你必须储存锡纸，但你不记得为什么了——这是在战争中形成的一个习惯。老鼠们一直在探索；一个碎掉的烟灰缸里有一些颗粒。这个烟灰缸是某人去卢尔德朝圣时给你买的礼物。你听见老鼠们在深夜里摸索，尤其是现在冬天来了，它们或在墙缝里，或在地板底下，或在灶台上方的橱柜里。小猫偶尔去抓几下，只是很少成功。有时候，它似乎开始害怕自己的猎物了。

空空的罐子。分了家的拖鞋。已经放弃很久的编织活。一鞋盒泛黄的评论文章。小猫嘴里发出呼噜声，两只眼睛放着光，灵活地溜进餐具柜，抓挠一堆褪色的餐垫。你碰了碰它那骨瘦如柴的尾巴，让卷卷的猫毛绕着你的指关节。滚远点，你个老不正经的。你低声抱怨道。他们为了蒙骗德国的雷达，曾经从喷火式战斗机上撒下成英担[1]的碎铝箔，是不是这样？对德累斯顿人的所作所为太恶劣了。他们说，保留下来的只有大教堂。

一巧克力盒的旧明信片上都没有写字，上面印的有一个阿帕切人、尼亚加拉瀑布、旧金山的歌剧院、庞恰特雷恩湖、波士顿公园、时代广场。在某一段时间，你打算从你表演过的每个美国城镇收集一张明信片。但是，在第八次巡演后，也许是第十次巡演后，你渐渐放下了决心。没错，就是在新奥尔良那次。上帝啊，那是哪一年来着？你是在法国区萌生那个想法的。当时，你排练完节目后，在闷热的中午穿过无风的暑气，伴随着你自己不安的想法、陌生食物的芳香和一片充满飞虫的花粉。这有什么意义？这有任何要紧的吗？无所谓了，你这会儿想。你这个又老又蠢的哑剧演员。成捆的明信片用抽

---

[1] 英担（Hundredweight），重量单位，冶金的专业术语，1英担合50.802千克。——编注

了丝的长袜绑着，或者用几段绳子扎着。谁会想要它们？没有人。

你朝餐具柜最深处伸一伸腰，就会找到要找的隐藏物。有一本孩子的主日学校《圣经》，它的书签带已经磨损缠结，装订绳也散开了。《传道书》里夹着你保存的唯一一封信。那是他第一次写你的名字。当他的家人想要走一切时，偷偷把它藏起来是不对的。但是，那天早上，当他们过来，想带走你存在过的所有证据时，你没办法交出手里有关他的最后一件东西。它现在就在这里，你偷过的唯一一件东西。你打开那张发皱的信纸。由于岁月的缘故，信纸的折痕变得灰暗，上面的墨水斑点像是地图上的一座群岛。它有十七年没见过阳光了。有一些夜晚，你希望老鼠会把它啃完。

都柏林郡金斯顿
格伦纳格里
格伦达洛庄园
周四午夜

亲爱的奥尼尔小姐：今晚早些时候，我排练那会儿说话语气过激，希望你能原谅我。我真是该死，太抱歉了。我放任了自己的心烦意乱。

请允许我补充一下，自从第一次发现你的能力以来，我一直都怀着最诚挚的敬意。而且，我想说，我相信叶芝先生和格雷戈里夫人也跟我一样心怀敬意。未说出口的东西可能还没被体会到。我不想让你把我当成一个敌人。

你要允许这些话语带领你，到达话语的出处——心灵。你请求我的建议。这就是我的建议。

希望我们已经消除误会。再次表示歉意，我仍是非常真诚的。

约翰·辛格

他笔迹稳重，一手精心写成的环状线条，就像维多利亚时代家庭女教师的草体字：她屡次遭到抛弃，所以有时间把这项女性化的技艺完美化。对他而言，即便是写封信，也是一场表演，可怜的夜猫子——他好像感觉，在他写信的时候，有人正在他身后观察；在他书房的壁炉里，或卧室里的衣柜里，某个反对的恶魔会咆哮出来。他写信时，画像中的祖先用双眼俯视他。那不是墨水，而是我们的血液。

——我是多么自命不凡啊，小叛徒。看在上帝的分上，烧了它吧。

这会儿正在看信的你知道，这是最后一次了。你心存愧疚。是的，你已经下决心要长期保留它，再传给你的女儿。你已经有一阵子没见女儿了，但她的名字是依据他成名作中女主角的名字而起的。而且，她也像她母亲当年那样对男人充满吸引力。可是，在1952年10月的今天，你对自己的承诺将要终结。毕竟，一个人必须填饱肚子，这是别无选择的事情。你把那封被判了刑的信放进你唯一一件外套的口袋里。那是一件带兜帽披风，是一场童话剧结束后没人要的衣服；一个难看的姐妹曾经穿过它。道格拉兹先生会给一个公道的价钱。你不会落泪——不会。那正是他想要的。佩金会理解的。我再也熬不住饥饿了。

昨天夜里，我梦见回到曼德利庄园，庄园里放着女管家那恶毒的、破旧的短柄小斧。她叫什么名字？丹弗斯夫人。没错。那可怜又勇敢的新娘，那片海，那阴影，那被风吹的窗帘间的幽灵。

突然，清理房间似乎变得重要起来。你偶尔仍会产生这些幻想。我们的家就是我们的思想——哦，看在上帝的分上，停下来吧。不过，那几段锡纸可以扔了。你把它们团成一团，紧紧地塞进了防毒面具里。防毒面具的眼窗落满了灰尘，穿戴者什么都看不到。导气管上的一条口子里爬出来一只蜘蛛，它被那个橡胶世界赶了出来，爬得像螃蟹一样快。一个裂开的马特洪峰的雪景球——这是哪个精通时尚文化的人给我的？——还有一艘桅杆折断的瓶中船，"埃利斯岛：通往纽约的门户"。你把最后一点杜松子酒倒进了茶渣里。

烟囱的低语声传来了苟合的声音。

"抬高你神圣的金斯顿洞洞。"你小声说着，举起有缺口的代夫特陶瓷杯，举到你想象中他出现的地方，或者至少不能举到他没出现的地方。

——我在你身上根本看不到希望，奥尼尔小姐。人在小口喝东西的时候，应该翘起小拇指。

抹大拉的玛利亚教堂传来沉闷的钟声。那声音大到让你牙疼。渡轮组成的船队穿过埃利斯岛驻地的滚滚蒸汽，冲向你脑海中的曼哈顿。你的目光触碰到了窗户。在街对面，他的灯熄灭了。不出所料，窗帘放下来了。

·2·
布里克非尔德台地
上午9：05

她拉上身后重重的门，沿台阶下到人行道上，在结冰的水坑里小心翼翼地移动。外面刮着风，天气严寒；空气中有一股煤灰味。严寒让她两眼潮湿，浑身发抖。不过，在这个绚烂忙碌的城市，清晨带来的兴奋似乎要从变白的窗玻璃上显露出来。电话亭里，一个男人大声吆喝某个人迟到的事。她戴上眼镜，镜片在冷天里蒙了水汽。她再次摘掉眼镜，打算擦一擦。这时，一辆上锁的自行车的车灯上，有一只欧亚鸲在凝视她。

"亲爱的伙伴，"她微笑着对它说，"你今天真是小巧精致。"

记忆中流出一首老民谣，就像海滨的小波浪一样，在她脑海里的石子中间冒泡。她在拖着脚往前走时，不知不觉地陷入这首民谣中。因为，一首歌可以成为一个伙伴，陪你走过一段孤单的旅程。你可以信赖它，握住它的手，祝它好运，了解它的秘密。朋友能让航程变短，她母亲过去常常这样说。没有歌曲的陪伴，这就是一段孤独老迈的航行。

　　替我取一品脱葡萄酒，
　　把它倒进银酒杯里；
　　我会在离开前喝掉，
　　为我美丽的姑娘效力。

轮船在利斯码头摇晃,
渡口来的风呼呼吹起,
轮船在柏威克山旁漂浮,
我要离开我漂亮的玛丽……

蛇们还活着,看看街上,落叶遍地,垃圾四散。垃圾箱全都倒了,腐败的东西涌出一大堆。天啊,人们就不知道羞耻吗?他们看不到自己的污秽吗?胡言乱语已经在年轻人中扎了根。其他人会把你从摇篮到棺材的残余物清扫干净。当印第安人还在挨饿时,看看他们丢弃的东西,比如说,用湿透的纸包裹的面包边角料。看看它,被随意地扔在那儿。到处都是肆意挥霍。她好奇有没有人看到。

不过,顺着这条路,在一间被炸毁的校舍旁,一位警察正在盯着她看。她继续朝波切斯特路走。他无畏地踩在操场上长满苔藓的玻璃碎片上,靴子发出嘎吱嘎吱的声音。他转过身,仰望校舍的正面。天黑以后,在这座破败的外围建筑里,在开裂的、可怕的黑板之间,在烧焦的书桌架之间,会聚集起街头混混们。她听见过他们打架和号叫,看见过他们不省人事地在碎石间翻滚。一天夜里,她看到,在某一场决斗中,有三个人像傻瓜一样,沿着台地蹦蹦跳跳,而他们的伙伴在鼓掌、尖叫、摔碎瓶子。接着,这群喝酒闹事者又跟比她楼层高许多的某个人上演了一场骂战——从口音判断,他是个康诺特人。对她而言,卑鄙的嘲讽与竞争的威胁曾是一种奇怪的驱动力。她曾想象自己是个门口的窃听者。五个警察到达了现场,击败了那群几乎失去意识的年轻人,然后将他们拖进了巡警车。

"早上好,女士。"

"警官。"

"一切都好吧?"

"是的，谢谢。今天挺冷的。"

"至少大风停了，对吧？我估计公园遭受了重创。我听说有一棵皇家橡树被连根拔起，它的树龄都有四百年了。"

他双眼闪烁着极端天气中的幸存者那种特有的兴奋。她看了他一眼，想知道如果她指出昨夜的暴风雨无关紧要，会不会太残忍了。

"您是本地人吗，女士？"

"我住在这儿，是的。"给他亮出你优雅的嗓音，莫莉，可以排练一下。

"方便问您的名字吗，女士？"

"冬夫人，丽贝卡。"

他朝她露出一种愿意协作的诚恳表情，拿警棍指了指某物的方向——那一定是他一清二楚的东西。"我们接到举报，"他透露说，"关于夜间事件的。如果您明白我什么意思的话，邻居们受到了打扰。"

"我不能说我发现过任何暴徒行为。你非常肯定吗，警官？这是一条非常体面的街道。"

这种观点让他气馁。警察经常遇到这种情况。她在应对警察的时候了解到，人们只有两个选择：不可摧毁的坚定或眼泪汪汪的脆弱。没有任何中间路线可走。

"你有没有注意到，41号曾是布洛斯罕夫人在城市里的房子？"

"我——没注意到这个。没注意，女士。"

"王室继承人在这条街上吃过饭。这里曾上演过伟大的爱情故事，重绘过几大洲的地图。蒸汽机是在76号发明出来的。我们经常觉得，我们像是生活在博物馆里。这里很能激发想象力，对不对？"这位警官的想象力——如果已经被激发的话——在他体内强烈地跳跃，以至于接下来没有任何外在表现。

"你的旅行包看起来很重，女士。我帮你拿一小段路吧？我要到贝斯沃特地铁方向巡逻。"

——告诉他，贝斯沃特是索多玛（罪恶之地）。继续吧。我打赌你不敢说。

"噢。不用了，谢谢你，警官，你是骑士精神的化身。不过，我自己完全应付得来。我不用去那么远的地方。"

——巴比伦淫妇，贝斯沃特路23B号，在敌基督的隔壁。我打赌你不敢说。

他的目光让他看起来很担心，但他那浅黄褐色的小胡子干净整洁。你几乎想拽着他的小胡子，把他拎起来，悬在空中。他结婚了吗？看起来可能结了，对方大概是个大胸女人。不知道为什么，他会看重尺寸的大小。她是最近注意到他的，他经常一大早偷偷地沿着台地溜达。有时，他会检查停放的汽车，或在笔记本上狂写乱画。他穿着二手衬衣，时不时地披一下。他还总抽时间爬进炸毁的校舍里。令人震惊的是，校舍的壁炉、炉腔、楼梯和烧黑的托梁赤裸裸地暴露在风雨之中。一块广告牌上声明说，这栋楼及其近邻已属"危险地带"，违规闯入者将以罚款论处。她想知道他在找什么。她这会儿想起来问问他，可这样做就违背了她观察他做调查的初衷。也许，他还会对她的好奇心表示憎恶。你不想让他们厌恶你，只想让他们走开。警察的出现几乎改善不了什么情况，还会让许多情况变得愈发糟糕。

"您没有麻烦吗——您知道的——有关公寓方面的，女士？"

"你说什么？"

他靠近一点，煞有介事地抿了抿上嘴唇。"许多爱尔兰人，我是这样听说的,我们接到了大量投诉。显然那里还有某位女性,估计是位老年流浪者吧。她走了背运,我不觉得奇怪。时不时地能看见她乞讨,烦扰过路者施舍几便士。她喝醉的时候也招人烦。"

风将一张报纸缓缓地吹过台地。一只海鸥落在消防栓上,盯了她好大一会儿,令人不知所措。这种羞愧感就像巨浪拍打船体一样。她担心自己会羞得吐出来。

"天啊,"她震惊地说,"我没见过符合这种描述的人。也许你得到的信息有误。"

"我是从来没见过她。听说她与众不同,可怜的老母驴。她编故事说,她以前是一名演员,需要一先令买煤气。你小心点她,女士。别被她的鬼话给骗了。我就让您慢慢往前走了。如果您看见她,别听她说话。我要继续巡逻了,早安。"

"你也是,警官,谢谢你。"

她走路的时候,旅行包里的空瓶子叮咣作响。人行道、隔栏和门窗边框上都结了冰,整条街像是一个梦中的结婚蛋糕。台阶处淌下小股的水流,流进了前面的用人区,一定是某栋房子里的哪根管子爆开了。三个拿着拖把的倒霉男人正在查看。几缕淡淡的阳光照亮了市政部门种下的灌木和公园小三角区的树木。这是有计划的一天,任何这样的一天都是好日子。如果这天早晨清冷,那自有它的神清气爽,唯有这微风让人落泪。

> 小号响起,旗帜飞舞,
> 闪闪长剑已摆放整齐,
> 远处传来战争的喧闹,
> 战斗激烈而血腥地平息;
> 不是大海或滨海的咆哮

让我抱有停留更久的希冀。
也不是远处传来的战争喧闹——
而是离开你，我漂亮的玛丽。

　　如果来自美国的年轻女人过来拜访——如果你允许她来的话——带着她的窥探、她的唇膏、她手腕上手镯的叮当声、她的笔记本和她过于专注的双眼？你会在哪儿见她？关于那些年，能说些什么？可以像清理一间凌乱的屋子那样整理它们吗，或者，在两人的对话中，那堆杂物只会变换位置，造成一种整洁的幻觉？
　　你第一次允许亲密接触的那天，之前几乎没人碰过你那里。上帝保佑我们，你几乎都没碰过自己。曾经有过一个男孩，还有一个已婚男人，但你对他俩只有喜欢的感觉。让一个你渴望的人触摸是令人震惊的。那种让你害怕的欣喜若狂，他对于要取悦你的担心，他在你发抖时喘着气骂脏话的热烈，他在你手中变硬时的颤抖。你们一直在基利尼山的饥荒纪念碑附近散步。昏暗的光线洒在海面上，金斯顿的码头两侧是远远的长堤。然后，在基利尼站等待时，你们之间出现了一片寂静的雨云。你浑身湿透，感到刺痛。他的胡茬刮擦过你的脸，你还能感受到他的指尖和舌头。达尔基岛上缓缓浮起野草燃烧的袅袅烟气，岸边飘来一位吉卜赛人用绞弦琴演奏的乐曲。你想知道他为什么还在演奏，因为几乎没人在听。空气闻起来是一股海藻和腐烂植物的味道。在玛格林斯礁石周围的浪涌中，一只绿色的拖网渔船正在奋勇直冲，它的网是黑色的。你十八岁了。
　　"有什么事吗，莫莉？"
　　你说没什么。记得吗？
　　他向你靠近。你盯着那潮湿的海岸。
　　"你现在很瞧不起我，我敢肯定。"

他困惑地露出微笑。"我——你什么意思？"

"你会瞧不起任何这么做的女孩。"

"我最可爱的小麻雀……"

"别管我。"

"什么？"

"如果你喜欢过我，别管我。你可以坐晚一班火车，或者步行回去。但请让我走吧，我不想让你陪。"

"可是——我不能把你一个人留在公众场合。什么是——？你心烦了？你为什么事哭？"

马儿在沙滩上慢跑。你看了它们一会儿。白石海滩旁的浅水区里是马童们和嬉闹的小狗。脏兮兮的黄色海浪带来了狂喜。

他致歉信中的措辞，你铭记于心。你这个着迷的傻女生，那么沉醉于女性气质，使得铭记那些措辞似乎成了一种信仰行为。向美国来的年轻女人坦白这样一件糗事，有任何意义吗？你该承认曾把那封信放进枕套里，枕着睡了一年吗？告诉她你在内衣上缝了个口袋，好让那封信贴近你的胸口？甚至在一年后回忆起来时，信上道歉说的事还能让你在朦胧中体验暗暗的兴奋。演员接受的训练有一个好处或害处，就是可以靠重复记住文字。那片记忆的土壤布满重要的文字，一旦决心献身于那片土壤，你就永远不会忘记那些文字，因为你可能再接到那个角色。她会觉得它伤感吗？他那谦卑的独白。哦，我温柔亲切的流浪汉。我多么想念你。

我最亲爱的、最宝贵的、最珍爱的朋友。

她穿过公共汽车聚集的皇后大道。一大群牙买加售票员在人行道上小口喝着大杯的饮品，乘客们在候车亭里舒服地发牢骚。清晨已经到来；当她拐到比勒陀利亚大街上，穿过肉店、邮局时，风向没有骤然偏转。那个可怜的女孩在拐角处。尽管天色尚早，但她穿着过短的连衣裙，脸上涂了一层的胭脂。她在某处有个房间吗？上天保佑她，小家伙。一个男人身上有什么特质，能够让他在这样一个度假胜地找到慰藉？或者，他只是假装喜欢这里？

……我们今天分开的时候，你沮丧不安，心事重重，这都是我的错。我从军事路上望着你来回踱步，我好多次想再追上你，从我隐秘的内心恳求你忍受我一会儿，或者让我陪你回到市区的家里。可是，来自格雷斯通斯的列车随后到了，我望着你慌忙上了车。在一阵烟气与轰鸣中，你离开了。天空再次开始下起雨来。我盯着大海。它的棕褐色是你的双眼。空中烟雾弥漫，好像某种强烈而可怕的暴力侵扰了美好的事物，世界上的一切都改变了……

每一个字，都还在。你是一个专业的回忆者。亲爱的耶稣，那些文字多么让你感动啊：这些句子写得小心翼翼，使人警醒，伪装成一次心灵的飞翔。噢，是的。它们写得谨小慎微；你多年后才看明白。一个人怀着灵魂的火焰，写出的信段落整洁，毫无编辑痕迹，没有任何词语删改，他是为了什么？也许是真心的渴望，但也是调整后的渴望，这是一件你要适应的事情。

藏起来。把它藏起来。那不值得回忆。他现在没跟你在一起，你正要转向海事大街。也许他还在屋子里。好了，重要的是要表达感恩，时常心怀感激。一个女演员一旦过了某个年纪，就不容易找到与她接受的训练相称的角色。这类角色太少了，就是那么简单干脆，不可避免。莎士比亚的剧里没有，易卜生的剧里没有，萧伯纳的剧里没有,契诃夫的剧里也没有。她再次穿过皇后大道,怀疑这些笨蛋都是这样吗?他们是不是就会盯着墨水和羊皮纸文稿,用肮脏的小指纹弄脏页边的空白。他们自身的缺点像海鸥一样在橡子间疯狂地飞来飞去,他们就从来不会抬起头看看,注意到一位老年女性在屋里走来走去,也许正在准备他们的午餐吗?上了年纪的男演员总能找到一些角色:领主、和蔼的国王、村里的老傻瓜、带来一份公告的铁匠、王尔德剧中的男管家、夜里被请来主持婚礼的神父——那对不幸的恋人会被家人拆散。但对一名女性而言,一旦她开始因为过了生育年龄而感到不安,角色就会像冬天里的蜜蜂一样消失。善嫉妒的老巫婆。难驯服的洗衣妇。终将在一场哑剧中落败的某个泼妇。

经过烟草店、男装店、五金店、水果店、通向非法堕胎店的楼梯门口,经过基督教科学会阅览室、梅森里昂咖啡馆和窗户上贴着如下指示牌的自助洗衣店:

干净房屋出租

适合伴侣(仅限已婚人士)

不接受黑人

不接受爱尔兰人

不接受养狗人士

她来到波多贝罗摊贩们的一个"早期阵地"——"颠倒的世界"。说真的,这个酒吧名字多美啊,就像一部道德剧或一首民谣的名字。只要有人能注意到,诗歌遍地生根。伦敦的酒吧名经常让她回忆起少女时期的里尔舞[1]曲子。《泥瓦匠的围裙》《人类的权利》《云雀》《快

---

[1] 里尔舞,流行于苏格兰、爱尔兰或美国的一种轻快舞蹈,通常由两对或四对表演。

乐的耕童》。马车夫们举起小酒桶,从人行道上的一个小格子窗递过去,由地窖里的一个小伙子抬头接住。

男性与香烟烟气、正在变干的湿大衣、打嗝发出的啤酒味、洒在锯末上的杜松子酒形成了污浊沉闷的空气。在那边,经营这里许久的店主正倚靠在吧台后面。他身体很壮,但你不会说他胖。他正埋头看着一张赛马的报纸,用一根铅笔标出获胜概率,还时不时地咬一下笔头。他的香烟在一个漫出来的烟灰缸里燃尽了。烟灰缸里扎满了丢弃的烟蒂,让人想起豪猪的样子。在各种反光平面和麦味酒架上方是一面变成褐色的镜子。透过镜子,她发现他头上秃了一块,这是她以前从没注意到的。她怀疑他有没有为此烦恼,他肯定还不到五十岁,但也许他不在乎。那块秃顶就像和尚剃了发一样,让你想轻吻一下。她在海德公园的演讲者之角见过他,他当时正殷勤地对托洛茨基分子起哄。邻里间有传言说,他有一位情妇住在埃奇韦尔路上。有人看见他无缘无故地在买康乃馨。

"早上好,巴兰坦先生。"

"哎呀,奥尼尔小姐。可真是把我吓一跳。"他用指关节敲打左眼,似乎为什么事情而兴奋。

"我最美的甜心今天怎么样啊?一切还好吗?"

"红光满面,巴兰坦先生。您本人和您可爱的太太呢?"

"柳林的风声让人半夜睡不着,就这么回事。你肯定想看看我的阁楼;该死的石板有一半都掉落了。屋顶上的窟窿啊,你就是戴上宽檐帽也挡不住。但是,别说努力终究无益。我能为您做点什么,我的宝贝?"

"我告诉你是什么事,巴兰坦先生。一个小小的善举。不久前的一天晚上,我们有几个人在剧院开了场小聚会,持续了一个通宵,相当华丽。那里汇集了所有的评论家,我称他们为'梦想破灭部',

还有一些来自报社的迷人小淫妇。不管怎么说，我在事后冒昧地搜集了一些空瓶子。明明可以派上用场的钱款，浪费了似乎非常可耻。你会非常介意吗，巴兰坦先生？我会非常感激你的善良。其实，我们经常把钱捐给一个印度的小型慈善基金。不浪费，不愁缺，以此类推。"

"那么，您有很多瓶子吗？"

她打开那绿玉色的旅行袋，小心翼翼地把它们放在柜台上，最终算起来一共有七个。

"我都冲干净了，"她向他保证说，"它们各有各的奇异，从这个角度来看倒很像那些评论家。"

"相当活跃的聚会。"他打量着这排瓶子，冷静地说。

"噢，是啊。那是一场通宵聚会。"

"你们戏剧演出界似乎喜欢狂欢聚会。"他说，"其实每晚似乎都是一场活跃的聚会。"

"是的，很丢脸，对不对？我们在这个行当中寻乐成瘾。但我知道，你那么善良，会替我们保守这个调皮的秘密的，巴兰坦先生。"

"哎呀，那可不一定，你要对我好点。我们来看看。这件是三便士，这件一先令，六便士，又一个六便士，大的这件是两先令。"

"这么多钱吗？我没有数。好了，那可真是个大好消息。基金会的费金神父会高兴的。"

"不在乎罪恶的报酬了，啊？神职人员都一样，到了紧要关头都会拿支票的。"

"巴兰坦先生，拜托了。费金神父是非常受尊敬的一个人。"

他在自己的现金抽屉里摸索。她从没见过那个抽屉关上过。"噢，我不是说他不受人尊敬，亲爱的。只是跟您开个玩笑。你得保证，让他给我们这些必须劳作的穷苦大众说一段玫瑰经。国币来了。伸手拿钱吧,我的宝贝儿。这可是货真价实的。"

这会儿,一位马车夫拿着一张需要签字的单据,步履沉重地走进来。巴兰坦先生引人联想地跟他打趣了一会儿。打趣的内容无非就是他今早的疲惫模样、他的新婚生活和新婚小伙们的拖拖拉拉。她在帮你赚钱养家吗?我敢打赌她肯定是的。这位马车夫是个淘气的苏格兰人,皮肤蜡黄,眉毛浓密。他举止温和,如少年受辱般地轻声一笑,让奥尼尔小姐体验了一种天生保护欲的悸动。她向自己保证,这就是一种非常得体的关切,但其实是对他妻子的轻微嫉妒。显然,巴兰坦先生要开始冷嘲热讽某个自称"热刺"的团体(一支足球队)了。如果大笑着和搬运工愉快地争辩一番,那就更精彩了。老先生已经开始模仿搬运工的舌尖颤音了。人们可以如此轻松地交谈,聊着最无关紧要的话题。再次看到这幅景象,真是让人暖心。他们说得那么顺畅。人有什么不愿拿出来,换来这些东西的?这些彰显交情的方式,是一种世间共享的同步。它认可了真实的一面,甩开了狂风暴雨。看见两个男人像巴兰坦先生和马车夫那样交谈,就等于确定了一切都不会改变。那位性急的年轻人大步走向门口,还在骂街和尖叫。她突然记起纽约戏剧生涯中的一个有趣现象,演出刚一结束,想乘出租车的观众就离开座位,一边在走道上鼓掌,偶尔回头瞄一眼舞台,一边又像复仇女神一样冲向门厅和大街上。"行走的掌声",一位同事曾这么称呼这种现象。曼哈顿人会不会宣泄情绪——她不总是那么肯定。因为美国人跟爱尔兰人不一样,他们不喜欢因为晚上出去玩而弄得心情沮丧——开往新泽西的汽车穿越桥梁时,泪水会落下来。新泽西是真正的怜悯与恐怖之乡。

"他想学东西,就那个男孩,话多得要命,上周一来到这儿的。不说假话,我没有一个小时摆脱不了他,就跟您碰到了狂热粉丝一样。他能把墙说得掉油漆。我给您来杯酒吧,奥尼尔小姐?您作为店里的客人？"

"噢。哎呀，我通常不喝的，你也知道，巴兰坦先生。白天无论如何是不喝的。"

"小酌一杯暖暖胃，喝完您会高兴的。这是我不会把乞丐婆娘赶出去的一天，稍后还可能下雪。"

"嗯，那恭敬不如从命，谢谢你了，巴兰坦先生。"

"到那边坐下吧，我给您来一点马德拉酒和一份腌菜。我太太在里面还有一条好吃的面包，您要不要切一份？"

"噢，但那就太麻烦了。你还有顾客要照顾。"

"为我的秘密情人就不麻烦。美女是随时欢迎的，亲爱的。到那边找个座位；你知道的，那些是女士专座。整体来看，伦敦的这类座位不是很多。不过，做点喜欢的事情对我们有好处，对不对啊？"

她不自在地坐在了窗口凹室内的长凳上，可以饱览皇后大道的宜人风景。哎呀，风景宜人这个词不合适，令人生厌这个词合适。不过，我们想看到什么，通常就能看到什么。对奥尼尔小姐而言，即使在风景没那么别致的季度，伦敦也有一种不会磨灭的高贵。它是一座指甲盖里有点污垢的城市，但你不一定要看它的手指。每一位都柏林人在这儿都感到自由自在，她经常能注意到这一点。但是，也许只有移民才能觉察到，那残缺的优雅会像豌豆汤浓雾一样出现。铁路桥的弧形——不是拥有一种荒凉的自我吗？被铁链锁上的废弃铸造厂大门造得宏伟壮观：朴素、漆黑、一个吊门的沉重，带箭头的栏杆上方，拱形框架上用铜制大写字母铸着"刚毅工厂"几个字——多么漂亮。如果工人们的村舍小一点，会整齐得像一排士兵，这湿润泛红的砖结构会在天空的灰色、街道和各种面孔的衬托下愈发可爱。她看见一堆扫好的垃圾被风吹散，只是由于酒吧太过喧闹，让人听不到风声。狩猎的图案和团徽弥补了褪色的猩红色墙纸；可怜又可爱的巴兰坦先生,这不是最女子气的装饰。在桌上的啤酒杯垫之间,还摆着几十年前就已经过时的各式女士杂志。杂志上,看起来像是拳击手的女人伪装成社会新潮女郎,出现在一部马克斯三兄弟从没拍过的电视画面中。

她匆匆翻阅了剧本,好像里面的任何内容都可能叫人惊讶。年轻的时候,她扮演主角。今天,她要扮演寡妇。饥饿像愤怒一样猛烈地爆发了。她忍着继续看下去,但再也无法集中注意力。不管怎样,她已经了解了这个角色,了解每一个停顿和逗号。她可以在睡梦中扮演这个角色,她有时候会这样。太善良了,巴兰坦先生,一位温柔平和的英国人。她想到他的时候,意识中浮现出盖尔语中的 caomh 一词:可爱的、温和的、高尚的、宁静的;Caomhnóir:保卫者、监护者。死在敦刻尔克的儿子。再也不一样了。想起他们所有人会令人难过,勇敢的小伙们,他们永远也没法结交的朋友,他们没有吻过的女孩。她抬头瞄了一眼,发现他和妻子在通往厨房的门口轻声交谈。两个人看了她一眼。他们知道吗?

男人们快速地进进出出,带着他们的咒骂和粗鲁,还有滑稽的撞柱戏和多米诺骨牌游戏。("嘿,韦尼!欧尼!伯尼!麦金纳尼!该你请客了,你这该死的骚货。嘿嘿!")为什么他们从来不会只是简单地坐下来,而总要发出噪声,为什么那些噪声非得是震耳欲聋的元音?天啊,看看那种色狼惯犯,肚子跟老女王的裙撑一样大,脸长得像码头工人的腋窝一样。想到他也有一张选票,就让人惊恐。如果有人给他一本《斯特林堡全集》,他可能会拿来擦屁股或者吃了它。他的信徒都在尖叫、吐口水、拍背打招呼,好像这是在魏玛共和国某间德式啤酒屋的半夜时分,而不是贝斯沃特的上午十点。地上的锯末脏兮兮的。当一个男孩给她端来一个小托盘时,她谨慎地向他指出,台阶该拖一拖了——在那边,通向抽水马桶的地方。面包上还有手指印,真是一个粗俗的地方。巴兰坦先生尽了最大努力,可他妻子来自佩卡姆。不过,当有人以礼相待时,更明智的选择是什么都不说。即使你不是故意的,也可能惹怒某个特定的阶级。

> 一切都已就绪,不列颠尼亚的儿子们,
> 面对俄国暴君的钢枪,
> 英勇挑战他的炮击与炸弹,
> 在漂亮的阿尔玛高地。

噢,现在是全新的一天。外出有益身体健康。吹开蜘蛛网,重新开始。在那间屋里待得太久了,姑娘。停摆了。一头老海龟。难怪会有伤心、午夜感怀、遗憾,记忆的蝴蝶飞舞半天,过去的餐盘从橱柜中掉落。当然,在那样一间屋子里,如果你入睡时神志正常,醒来时就会像个疯和尚一样。吃东西时必须端庄得体,速度不能太快,因为也许有人在看你。虽然人在极端饥饿时很难记得举止得体,但如果像码头工人一样狼吞虎咽,会让别人不舒服。哪怕因感激而哭泣也有失淑女风范。慢慢地,不用着急,这是一个美妙的日子,一个在这个星球上从未出现过的早晨。饥饿会过去的,还有善良与友情、叶子上结的霜,没有出现氰化物颗粒爆发,还有要扮演角色的剧本、要记住的老歌、一个因为结婚要被嘲笑的苏格兰人。世界不是一个屠宰场。不,它不是。如果你允许的话,它可以颠倒过来。

她正进入英国广播公司地下室中的镶板录音棚,年轻点的演员半转过头来,露出大学生一样的微笑,一位漂亮的秘书在分发注释稿。在广播节目开始前四分钟的时候,他们把像一小根五朔节[1]花柱的麦

---

[1] 五朔节,欧洲传统民间节日,用以祭祀树神、谷物神,庆祝农业收获及春天的来临。

克风围成了一个圈,小声快速地念绕口令,好让嘴巴放松——红色货车黄色货车红色货车,黄色货车。擦鞋匠买回黑色靴子。噢,这一刻消逝的兴奋感,让人激动的焦虑感。哈特尼特先生应该在录音棚里了;弧光灯会暗下去,有人会小声称赞她的登场。多么可爱的衬衫啊,莫莉。这是找沃斯牌定制的吗?啊,我想是的。再次见到你太好了。哈特尼特先生会发出嘘声,让录音棚安静下来,并提醒新来的人员、扮演天真少女的演员们,要把每一个麦克风当成是直播。

他们会朝它聚集起来,两分钟能听到测试音,印度现在正在收听,还有澳大利亚、新西兰、目前正值夜间或酷热正午的地方、轮船上。有些人一辈子也听不到一场戏剧。还有罗德西亚的男仆、澳大利亚内陆地区大汗淋漓的农场工人、在上海的疲惫店主。还有几百万人如果不感兴趣,就会转动旋钮,在噼啪声、沙沙声和星际的尖叫声中搜索其他频道,也许是孩子找不到的频道。这种伟大的力量,你想都不敢想。倒数五个数的嘀嘀声开始时,她会摸着一个同事的腕关节。"镇静点,"她的微笑像在说,"相信你的台词。台词就是一切。"这里是英国广播公司国际频道来自伦敦的广播。格林尼治时间下午六点。欢迎收听《周一戏剧》栏目。接着有人开始说话,接着另一个,再接着又一个。他们说的话就会播出来。

那些话放送到希尔弗瑟姆、里尔、卢森堡、阿鲁瓦、阿斯隆、德罗伊特维奇、华沙、莫斯科。也许有一个只有无线电波才能到达的彼世,逝者们正在一起安静地听着。她的儿子、她的两任丈夫、壁炉台上方照片里的男人、她的兄弟们、她的母亲、叶芝、她的姐姐。死在战争中的勇敢、残弱的男孩子们。奥斯威辛-比克瑙集中营的死难者。记忆是他们的氧气,兆赫是他们的雨水。他们的国家没有货币和旗帜。北极光是他们的国歌,因为他们能听见颜色,触摸声音。他们闪亮的双眼看不见闪电战,看不见暴烈大火。他们的语言不需要形容酷刑的词语。这也许是个蠢主意；但这大概是真的。我们虽然知道《呼啸山庄》是虚构的，但仍相信它。在她珍视的圣典中，希斯克里夫、拉撒路、奥菲莉娅和白雪皇后都有同样的特点。即使有些人只扮演一个小角色，他们也是有用的。万事万物，都有一个自己的季节，没人是一无是处的。也许，都柏林的那些蠢货也会有人听。没错，失败的蠢货们，我在英国广播公司上节目。我还没走呢。你们这群爱妒忌、拍马屁的盯梢汉。我的名字是莫莉·奥尔古德。给我滚到玛丽街上吧。你们这帮为满嘴玫瑰经、明一套暗一套、跪下舔主教、张口吐子弹、随意乱尿床找借口的伪君子。

"巴兰坦先生，你知道吗，我是一个又老又傻的糊涂虫。我还没烤圣诞蛋糕。为了英国退伍军人协会正在筹备的一场义卖，我本来打算今年多烤一个。"

"我敢肯定，这很有爱国思想。可以那样吗？"

"再说一遍？"

"哎呀，像你这样凶狠的爱尔兰反叛者吗，我的蜜糖？"他这会儿在打趣她。他那青筋暴突的面容皱成了一个伤心男人的微笑。

"艺术家不分国度，巴兰坦先生，"她反驳说，"把你种在哪里，或者打算种在哪里，你就在哪里开花。"

"这种表达方式很迷人，也就是说，这样说比较美妙。如果我哪一刻觉得不该把你的话写下来，那就用石头砸我，奥尼尔小姐。你简直就是个哲学家，那是绝对的真理。你有一副好口才，是吧？当然那也是你的职业。比如我吧，一直喜欢爱尔兰人，对此永远不嫌麻烦。如果这样说合适的话，我觉得他是一位合得来的老朋友。可一旦他学会捧起啤酒，就得小心啦。不是所有人都会这样，就是说，无论你到世界的哪个地方看，总会有一两个烂苹果。在我这个行当，不能说我从来没遇到过一个这样的。也许跟你的职业一样，对吧？

不过，给你的搭档一点机会，他绝不会欺骗你。他看事情的方式不同——但他是有能力的，他有这个能力。只要引导他远离烈酒，如果可以，再让他结个婚。他当不了快乐的单身汉，想要一位漂亮的小艾琳。那是泰德·巴兰坦一直以来的发现。大体上来看，关于你的爱尔兰人，还有一件令人愉快的事……"

请最仁爱的耶稣发发慈悲吧，他真的继续往下说了，他马上就要升起三色旗了。哦，那就不要太吝啬了，莫莉。他性情这么温和，一直保持微笑。对巴兰坦先生来说，交谈是一架永不停歇的旋转木马，是所有以分酒为生者的职业病。等下回话题转到圣诞节蛋糕上时，你要把话题跳过去，并牢牢把握住。"我需要一及耳[1]廉价白兰地，用来泡水果，巴兰坦先生。您觉得大概能帮到我吗？"

"问题是，"他吸了吸胡子，稍微叹了口气，好像要说什么难言之隐，"还有一点赊的账，宝贝儿。我不想提的，可现在有四英镑十先令了，欠了有一段时间了。家庭议会上有人提问了，如果你明白我的意思。我老婆一直唠叨个不停。"

"我现在正等着英国广播公司的一张大额支票。他们最喜欢拖延时间。人们通常认为，他们都是共产主义者或百万富翁。我一收到支票，就立马结账。我以个人的名誉担保，巴兰坦先生。"

"我不该提的，这是我的责任。千真万确。"

"一个星期。最迟一个星期。"

"那就对伯爵夫人只字不提？她会扒我的皮的。"

"我非常理解。乱说话，伤人命。"

"更像是他妈的阉割。"

他回到吧台后面，用一叠报纸包住瓶子，匆忙塞进她的口袋里。

---

[1] 英美制液量单位，英制1及耳约合0.142升；美制1及耳合0.118升。——编注

"稍等一下。"他悄悄地补充道,消失在厨房里。人们对着飞镖分数发出笑声与叫喊声,她站在其中。等到他带着一个棕色纸袋回来时,她的一阵头疼厉害了起来。他把袋子小心地放进她手里,陪她走向门口,嘴里吹了一个她隐约熟悉但叫不出名字的曲子。

"祝你今天快乐,巴兰坦先生。"

"上帝保佑,亲爱的。路上小心。"

她想再说点什么,但不确定说什么。他妻子在怪异地注视她,双唇紧闭,面容冷酷。丹弗斯夫人戴着卷发夹,穿着家居女袍。那是他们的儿子,奥尼尔小姐猜想。一个人必须学会理解,学会原谅。一个在战争中失去孩子的母亲过得不容易。巴兰坦先生轻轻地握住她的胳膊肘,打开通往路上的那扇门。

"天冷,裹严实点,好不好?我亲爱的姑娘。"

袋子里是一双袜子和一包香烟。但是,那瓶牛奶最终还是让她哭出来了。

·3·

都柏林一个繁荣的郊区

金斯顿

1908 年

在沙砾较薄的车道弯曲处附近，西卡默槭树丛旁有一处花园。如果在一个无风的周日早晨，附近没有仆人烦他，母亲在楼上的房间钻研《圣经》，他静静地站在那里，就能远远地听见从都柏林来的火车在靠近：随风而来的嘘嘘声与轧轧声意味着，她可能要再次来到他身边。他现在三十六岁，已经病得很严重了。自从他不再相信有人会爱他，已经痛苦地度过许多年了。现在发生的一切，有一种让他害怕的魔力。

他离开母亲的花园，匆忙朝格伦纳格里车站赶去：顺着两侧种着柳树的大街，往爱尔兰圣保罗教堂走，穿过当地称为"五金路"的采石场车道的入口。很久以前，就是通过这些车道，将花岗岩运进来，建成了金斯顿码头的支柱。他有一段日子感到崩溃，呼吸时像有刀割他一样。但守时很重要，这是一种尊重的标志。

从母亲的房子里走出来花了大约七分钟。通常，他到达的时候，火车头正在叫嚣着缓缓停下，喷出灰烬与水汽形成的脏雾。他溜进车站门廊，不敢抱希望。如果恰好有个邻居经过，他就快速低头往下看。不能让人看见：不能在此时此地。他们之间存在年龄差距，但这不是全部，还有一下子发现不了的差距。

然后——她会在哪儿？——她在烟雾中出现了。她在那里，从二等座车厢的窗口谨慎地打招呼。就像是托尔斯泰作品中出来的一个小瞬间，也许像他在俄国小说中珍视的一个形象，看似简单，却让人魂牵梦绕。他想象她手里拿着遮阳伞，下车穿过蒸汽和煤烟，然后在站台上快速地跑向他。她穿过污浊向他走来，脸上满是希冀与善良，一缕头发被蒸汽弄湿，粘在额头上。但这是不会发生的。别人也许会看到，格伦纳格里附近会有人说闲话的。

反而是他上了火车，在车厢里她对面的位置坐下来。他们像两个密谋叛国行为的通敌者。车厢外，售票员"砰"的一声关上门。一声口哨吹响，一面绿旗挥舞起来，随着发动机的一声尖叫，他们在剧烈震动中离开格伦纳格里，他开始感觉像是松了口气。

从她的雨衣口袋里冒出一个剧本；她从市区来的途中在练习台词。确切地说，没人会说她漂亮，但她是一位演员：她可以决定要漂亮还是平凡。像一个小叛徒，他对她说；这是他偏爱的情话，就像许多甜言蜜语一样含糊不清。

火车在基利尼咣当咣当地开进了隧道。他单独和她待在黑暗中。他感觉她的手悄悄地塞进了他手里，这让他兴奋，让他像通了电一样。没人看得见。这一刻过得很快，出现了一道炫目的光。海湾的全景壮观迷人，带着一种意式风情。沿着尚甘纳赫的崖顶，一只鸬鹚悬在空中。过不了多久，他们就要进入布雷镇了。那里没人认识他。布雷镇是安全的。

她挽着他的肘部，走出布雷站时，行人大概以为他们是父女。他们沿着黑德山方向的步行大道，穿过了一群脏海鸥和旧报纸。他看起来比实际年龄显老；她看起来比实际年龄显年轻。他在剧作领域获得了一些认可——他有两部作品的译作在布拉格和柏林登台演出，他是爱尔兰国家戏剧协会的联合主任——但在这个没见过世面的小布莱顿，很少有人知道他是一位作家。即使有人知道，在意的人也少之又少。他的这位同伴参演了他的三部戏剧：她一开始扮演小角色，但很快晋升为主演。

冰冷灰暗的小波浪在击打岩石，吸走海滨的细流。

当她跟她姐姐一起进门时，他正站在楼下排练室的书架旁。他身穿一件紫红色天鹅绒便服，看起来好像曾是个身材更魁梧的人。一条农夫款围巾松松地挂在衣领处，翻领上是一缕枯萎的欧石楠。他的目光在除集合演员外的每个地方扫视。演员们的存在似乎让他尴尬，好像有人在大惊小怪。格雷戈里夫人介绍了他：约翰·辛格，我们的朋友。一位未来的戏剧大师，一位名副其实的莎士比亚。似乎每一种称赞都是刺穿他心脏的钉子。他的脸变成了跟他那件夹克一样的褐红色。

他头油抹得多了一点，头发乌黑发亮，还有点凌乱，像耕童的头发一样。他讲话的方式奇怪而富有美感，甚至让操着上流社会腔调的叶芝似乎也回到现实。他有一副来自新教都柏林郊区的口音，善于调节嗓音，带着传教的口气，满是得体的举止，但又因为有一丁点过分强调的爱尔兰气质而变得复杂，好像一个在华丽的和弦中需要抑制的音符。那是戏剧中的伊顿公学式长元音。他花了十分钟向会议致辞，查看怀表注意时间的分配，很少与任何人对视。明喻的运用、自相矛盾的论题、盖尔人童话的提及、来自法国小说和尘封的希腊神话的引语：他想当然地认为每个人都明白他的意思。演员们有一点害怕他，他也有一点害怕他们。他从来不会与你对视，除非他想这样做。

她那晚回家绕了远路，穿过萨克维尔大街，顺着码头走，经过她出生地下方的旧货店，走过书摊和公寓楼。因为她已经到达这样一个时间点，只能通过推迟回去的时间，来忍受玛丽街的贫民区生活。房子里正在吵架，跟钱和租金有关。厨房里有一口黑锅似乎在愤怒地冒泡，锅盖激烈地碰撞着锅边。她立即走进跟姐姐们和外婆同住的小房间，在套间后部的打麻机区域找了好久。男孩们曾发现一只被遗弃的花斑马，把它拴在灰坑附近，用一个生锈的浴盆喂养。圣玛丽修道院里敲响了差一刻钟到八点的钟声，引出了市场上的屠夫们。他们三三两两，灰色的工作服被染成了红色，默不吭声地往酒吧里走。天空也在变红，尖塔在慢慢变黑，煤气厂的警报声穿透了雨水。

　　莎拉到晚饭时间还没回家；她在弗朗西斯大街上有个喜欢的男孩。那男孩在克罗斯比与艾莱恩律师事务所工作，是个初级文员。莎拉让那男孩请她到伯顿餐厅吃饭，要把那可怜的家伙逼到破产。每晚诵玫瑰经的声音飘来，又飘走。卧室里暗了下来，影子变长，又消失。她梦见在一个周六的午后，她在旧货店里帮母亲招呼顾客，不停地打开旧餐具柜的抽屉，抽屉的里衬是褪色的绿色毛毡。一个女人从码头经过，大概是格雷戈里夫人——透过雨迹斑斑的窗户很难确定是谁。当她醒来时，天已经黑了。莎拉睡在她旁边，小家伙们蜷在床脚头。她能听见一条狗在三声一阵地叫个不停。她母亲唯一的外套盖在她身上。

　　第二天早上，她走去排练的路上，看见在萨克维尔大街的邮政局附近，他像一根路灯柱一样，一动不动地抬头盯着一个屋顶。他戴着破旧的粗花呢便帽，穿着牲畜贩子穿的泥靴，让他看起来像个迷路的乡下人。他的围巾看起来像是曾经在洪水过后擦洗过马厩一样。他在看一只鸟吗？一位工作中的高空作业人员？也许是梁柱上的纳尔逊勋爵雕像？一个修女诧异地从他身边经过，也抬头望望天空,才继续往河边走。他举起一只手,挡住自己的视线。他看起来身体虚弱,比昨天还显老。也许,他当时因为不得不为他们致辞而焦虑,所以血液都涌到了脸上。这会儿,他的脸色像死灰一样。

"辛格先生,您好,"她担心他说,"您还好吗?就您一个人吗?"

他转身对着她时,风度中自带一股虚弱与温柔。"原谅我,小姐。我认识你吗?"

他的目光断断续续地移动,好像他正在听着自己思想殿堂里的奇妙音乐。那音乐改变了节奏,停了下来。

"我是奥尼尔小姐,先生,莫莉·奥尼尔。我在剧院工作。"

"你是说在剧院?哦,那是一份好差事。"

"是的,先生,在艾比剧院。我是一位学徒演员。您昨天跟我们在一起。您一切都好吧?"

"哦,一切都好。我只是在做白日梦,我在想德国。你曾经去过德国吗?"

"我从来没出过都柏林,先生。您去过那儿吗?"

"有趣的地方,音乐之类的很有意思。你要来个李子吗?我在摩尔大街买了几个。"他拍着自己的大衣口袋,在夹克里寻找,"噢,天啊。好像弄丢了。"

"您要去剧院吗,先生?"

"是的。我可以跟你一起走吗?"

"当然可以,先生。只是我要赶紧走。"

"天上有一片巨大的风暴云——这会儿飘过去了——让我想起科隆大教堂。完全一样的轮廓,太引人注目了。他们说,那里出现过魔鬼,你相信有魔鬼吗?"

"我母亲一直说,它是一种没那么讲理,但我们最好心怀恐惧的活物,先生。"

"我敢肯定，说得没错。你说你叫什么名字？我很抱歉，没有听到你的名字。我和精灵们一起走神了。"

"我的教名是莫莉·奥尔古德。我现在用玛丽·奥尼尔这个名字。"

"啊，是的。我这会儿知道你了。你是萨莉的妹妹，我想是吧。"

"是的，先生。"

"我觉得她会成为一名非常优秀的艺术家，可能远不止在爱尔兰。跟我说说：你和你的家人叫她萨莉，还是莎拉？"

"萨莉，先生。不过，她有时候在家里被叫得更惨。"

"你说什么？"

"我在——开玩笑，先生。开萨莉的玩笑。"

"啊，没错。我这会儿知道你了。请原谅我。"

"为什么，先生？"

"哦，因为我这样一个蠢人没认出你，诸如此类的事情。我一点也不擅长记住别人的脸，但我记得你的声音，非常甜美，非常悦耳。我昨晚还想起你的嗓音，它拥有某种潜力。你考虑过上歌唱课程吗？"

"课程？我没想过，先生，没有。"

"如果你听我的建议，就去上课。它将成为你的一项才艺。"

"谢谢您，先生。我会的。我喜欢唱歌。"

"亲爱的，在我看来，你在休息时讲的那首叶芝的小诗，真是被你讲活了。我之前都没有真正地理解它。老叶芝擅长描写星星之类的，是不是？"

"是的，先生。"

"是的，老叶芝擅长写星星，我擅长写其他的一切。"他害羞地露出微笑，"我在开自己的小玩笑。"

那天早上的排练很难让人集中注意力，因为进程慢得叫人恼火。男主角缺席，候补演员不高兴，总是忘词，要求提词和简化台词。

叶芝和格雷戈里夫人一直神经紧张，交换着不可捉摸的表情，就像复活节岛上沉思通奸罪或谋杀罪的雕塑。但是，他根本什么都不会改，哪怕是一句台词，或是一个音节。对于私下里缺乏信心的那些人，他怀有一种不寻常的信念，并且能够用异常亲切的方式运用这种信念。而且，他还有钱，或者至少曾经有钱。即使在股市暴跌的情况下，这种财富带来的风度也从未完全褪去。排练室里萦绕着令人不安的必然局面：如果没有获得完全的服从，他就要离开。而且，他离开时不会冒犯别人，或当众大吵大闹，只会收好笔记本和许多铅笔，也许还会在出门的途中道歉。他把注意力投向别处了。他没有脱掉外套。他似乎因为简单的问题感到困惑，可能会说些不是非要说的话。连他古怪的笨拙气质似乎也成为他特立独行的一种方式。

"请您原谅，辛格先生。但在爱尔兰，乡下人不这样讲话，先生。我不是想冒犯您，但这有点歌舞剧院风，先生。就是有一点花里胡哨，如果您明白我什么意思的话。"

"真的吗？你是这么说的吗，格伦南先生？我们肯定不想画蛇添足。"

"这些台词悦耳动听，先生。上帝啊，如果您愿意，甚至可以唱出来。"一些其他演员发出肯定的声音，因为格伦南拥有都柏林人那种欲抑先扬的能力。无论是在他的行业中，还是许多其他职业中，这都是一项有用的才能。

"从诗意的方面看，这就像一首飘舞的民谣。我不质疑它是一部优秀的文学作品，先生。它是真正的艾利-戴利标准[1]，只是大概需要更加——什么词来着？"

"你是在——问我问题吗，格伦南先生？"

---

[1] 艾利-戴利标准，以艾利斯·戴利的乳制品质量为基础的一种卓越标准。

"更加……自然。如果你理解我的话,先生。天啊,哪个短语来着?我想我的意思是更加忠实于生活,先生。就像乡下人一样,脚踏实地,不要太不切实际。观众能从忠实于生活的事物上获得极大乐趣。"

"是吗?"

"噢,是的,先生。你是能分辨出来的。你在表演的舞台上,能听见观众中间出现一阵沉默,或发出某一类笑声。你几乎能听见他们相互轻推,说着'你就是那样'或者'妈妈就是那样'。你明白我什么意思吗,先生?这些时刻出现时,会给人带来快乐,屋里就像有一种美好的纯真感。"

"我能叫你的教名吗,格伦南先生?用姓称呼显得太正式了。"

叶芝不放心地环顾四周,好像怀疑是某种恶作剧。格雷戈里夫人似乎需要一点嗅盐,这会儿默不作声地坐着,好像要开始一场表演。当格雷戈里夫人坐下,尤其是默不作声地坐着时,几乎就像她站起来一样让人担心。

"上帝啊,当然可以,先生,"这位候补演员有点窘迫地轻声说,"直接叫吧。我们在这里当然都是同一条船上的。"

"我出生在爱尔兰,威利。我在爱尔兰时常走动,对古老的盖尔语也算比较了解。你也了解一点,我猜?"

"算不上,先生,不是……没有那么了解。"

"啊,可惜了。难题可能就在这里。不管怎样,我要向你保证,让你的思想放松,剧本里没有一句话不是我听人说过的。在阿伦、威克洛或者真正的爱尔兰地界,人为外来输入的讲话方式还没在农民间扎根。也许,你需要清理一下耳朵了,我亲爱的威利·格伦南。也许是都柏林污染了你,嗯?不过,在这个问题上,我会非常认真地考虑你的观点。对于你令人尊敬的坦率,我表示无比感激。"

演员们的微笑淡淡的,透着不确定。他用一种过于熟悉的方式拍了拍候补演员的背部，就像一位主人反驳桀骜不驯的男仆，驳回了他的休假请求。然后，他悄悄回到角落里的书架旁，稍稍地斜靠在上面，很快地闭上了双眼；他在等待重新排练时，他那戴戒指的手指像思想者雕像一样托着下巴。这本身就是一场表演，她意识到这一点。她感觉到，外表背后的他被吓坏了。

当晚稍后的时间，她穿越城市走在回家路上时，在卡佩尔大街一家乐器店的窗前停下来，黄昏把窗玻璃染成了红色。一位贫民窟的孩子正在乞求施舍。这就是荒唐可笑，愚蠢至极，想想他们之间的差距——他的年龄，他的阶层，他的口音，他严重的伤感，他跟她讲话或讲起她时看墙的样子。这是永远不可能发生的，她不愿意那件事发生，也许他也不愿意。这不是一场表演。

他们的恋爱关系维持了一年了。他以前在爱情中受过伤，因为抑郁而苦恼，反省了许久。他发现在都柏林，参与社交活动像是受难一样。他厌恶那种言语粗俗、过分亲热和虚伪行为：那一切"廉价的俗世欢乐"。他告诉她，她应该对表演同行"一直保持礼貌"，但必须戴上一层面具，永远不要相信外人。他说的"外人"是指除他以外的每个人。最重要的是，他们订婚的消息还是一个秘密。剧院里可能有闲言碎语，人们会有各种看法。叶芝和格雷戈里夫人认为，一位副导演和一名小小的女演员那么熟悉是非常不合适的。当然，还有母亲的问题。这个消息会渐渐地透露给母亲。

他们绕着布雷镇艰难前行，回到洛克林斯镇或香基尔，步履沉重地走过杂草丛生、布满车辙的乡间小路，泥泞不堪的小道，就像一次郁闷的小幽会中，没钱找地方躲雨的男生和初恋女友一样。他认为迷人的东西,她不能理解,岩石、灌木、蛾子、废弃的巢穴,一只小松鼠——看!——从树上掉下来了!("圣摩西啊。"这位剧作家尖叫着——这是他最喜欢说的诅咒语。)这位做白日梦的男人凝视着一道灌木篱墙,像是初入社交场合的上流社会女子面对珠宝商橱窗一样。

她不喜欢这么一直走,很快就累了。她跟她的老流浪汉不一样——这是他对自己的称呼——无论她有什么感觉,都要不断地努力工作。她在家里没有可以呼来喝去的女佣和仆人。她的薪水是每周三十先令。她全天排练,大多数晚上都登台。她还没有完全学会演员的呼吸方法,没有领会到表演与身体有关,同样与本能有关。导演费伊先生正用力紧逼她。她的口音太普通,太都柏林,没有艺术气质。你不要说"猛想",这个词是"梦想",奥尼尔小姐。你扮演的是一位德鲁伊教的公主,不是一位卖鱼妇。这工作让人精疲力竭,她必须给女裁缝们帮忙。假发里满是虱子,还沉甸甸的。所以,她认为步行主要是一种到达某个目的地的方式,而她的剧作家将步行本身视为一个终点。她偶尔会怀疑,他对求爱也是同样的感觉。一种只会通往文学的愉悦爱好。

这位尴尬的儿子、冒牌的行乞者、穿着从他父亲那里继承来的萨维尔街定制靴的流浪汉。他不记得父亲,长得不像父亲,也没父亲的脚大。但他母亲一直没扔掉那双靴子。不管怎样,那是他父亲的。如果人人都要穿着父亲的靴子前行,那么最好真的那样做,他露出了微笑。

他穿着磨损的旧靴子,走过热气和雨水,她就走在他身边。他们经常肩并肩,几乎没有面对面。他们在一片海滨的脚印形成了优雅迷人的平行线,只是偶尔才交汇在一起。

他强烈地认为,她应该学习,应该提升思想,应该停止阅读"裁缝的垃圾"。他为她精选了小说和诗集；他说，她很快会成为"欧洲最有教养的女演员"。这个表达方式给她的印象怪怪的，如果出现在海报上会显得很奇怪。他坚持用专业术语描述她的进步，并想让她引以为豪。她要学他一样做阅读笔记，列出她喜欢的作品及原因。在格伦纳格里的家里，他有"成独轮车装的"这种便笺簿，是从学生时代就开始保存的，她应该养成这个习惯。他们之间发生的事情，有一点皮格马利翁与雕像[1]的意味，但她有时候怀疑他们到底哪个对应哪个。

"下来学会爱与活着。"在威廉·莫里斯的版本（他赞赏莫里斯的作品）中，不快乐的皮格马利翁向他苦恋的、冰冷的大理石雕像发出这样的祈求。她怀疑她的剧作家、她的石头恋人有没有想过这个祈求。如果他是这个祈求的接受者，他又会做出怎样的反应。

他缓慢地移动，这身穿粗花呢衣服的流浪汉，这风尘仆仆的马路绅士。在基尔玛肯诺格、恩尼斯凯里、巴利布莱克的石板墓、都柏林-威克洛边境地区的边远林区与崎岖车道。他没有地图，没有指南针，没有计划，只是继续走下去。越过下一座小丘的顶点，总会有下一个小丘。绕着湖水，走进洞穴，穿过树林，越过小溪。天啊，他还能走，他一定是爱尔兰最健康的病弱者。圣井或隐居处无法再保持无人窥探的状态。他们在舒格洛夫山疲惫地爬上爬下，直到她能分辨所有绵羊。一份遗憾的爱情不是以累坏的脚掌衡量的；如果是，她这会儿已经是已婚女士了。

对话中，不知不觉提起安排一次约会的话题。他总能找到理由谈别的事。作为一名学生、一位熟练的小提琴手，他放弃了培养专业音乐才能的志向，因为太难面对怯场带来的僵持局面了。她有时候

---

[1] 皮格马利翁是塞浦路斯王，爱上了自己雕的少女像。

认为，他仍在舞台两侧僵着，不敢走进等他上场的情景中。

也许，有一些是源自母亲的所作所为。他的童年"源于善意却特别残酷"。她用《圣经》，用地狱般的惩罚折磨他。他在她寡居的火焰上慢慢地炙烤。他在小时候就决定了，他永远也不能当父亲；父母传给孩子的只有他们的脆弱。"我永远也不会创造像我一样受苦的人。"她想象出一个画面：一个吓坏了的新生儿，被哮吼折磨，气喘吁吁，对着俯视婴儿床的报丧女巫拼命乱踢。

他不合群，不想合群。不想合群让人精疲力竭。"我一直是个外人。"他声称。然而，他永远都在因别人的想法而苦恼。在中产阶级的郊区，生活是无尽的枯燥："金斯顿、酷热和邋遢的女人。"但在一天结束的时候，当漫步已经结束，剧院的观众席照明灯暗下来时，他要回到这里来。而在通往这座城市某个房间的火车上，他的小叛徒正在默默地排练台词。

在每周的工作日，当他们在剧院排练中看见对方时，他不喜欢两人私下交谈。别人有可能在偷听。"如果我有点冷淡的话，"他写信给她说，"你一定不要介意。我们可以在青山上交谈，比世界上所有的绿屋（指演员休息室）都要好。"她姐姐和接待忏悔的神父提醒她要多加小心：男人不想让人看见与一个女孩公开在一起，要么是有非常严重的问题，要么就是他没说真话。还永远不要孩子？怎么会有女人同意？他追求的是一次消遣，一次与单纯的当地女孩进行的冒险。直到有一天，他娶到一位像他那样、近亲结合出生的小姑娘，某个眼间距有点太近、带着蹼状脚趾、拿几座钻石矿当嫁妆的汉丽埃塔。但她不会听劝的：他们不明白。她还不到十九岁；她知道这是爱情。他怪异一点有什么问题？作家通常都这样。

他消失了几周时间，独自去了威克洛，像隐士一样在小山与峡谷间漫步。几乎没人知道他寄宿在哪儿，打算什么时候回来，他的山间时光是如何填满的，这些时光可不可以空着。如果她有情敌，那就是威克洛，他独处的故土；当她呼唤他，在她的生僻领域漫游，渴求有人填补她的空虚时，他却消失不见——在日常不重要的对话中避开她，就像一位丈夫在转移对不忠行为的注意力。威克洛总在那里，这是必须默默接受的。有些男人带来的是一份迷失的爱情，无论它在哪里。

一个下雨的周五早晨，在剧院的女卫生间里，她流完鼻血后去水池边洗脸时，看见破碎的镜子上留着几个已经模糊的缩写字：JMS（约翰·米林顿·辛格）有梅毒。

———

"约翰先生，欢迎您回家，先生。"老管家轻声说，"我帮您脱掉外套和背包吧？"

"谢谢你，爱丽丝。我累死了。晚餐快好了吧？"

"是的，先生。我会告诉姑娘们的。您在外面的散步还愉快吧？"

"什么？噢，是啊。这里一切顺利吧？圣摩西啊，看看这靴子上的脏东西。"

"您母亲……状态不是太好，先生。您不在的时候，她心情不好，在楼上的房间里待了半天，几乎一点东西都不吃。我觉得应该告诉您，先生。我希望我没说错话。"

"没有，没有。谢谢你，爱丽丝。情况非常严重，是吗？"

"霍顿医生周二来我们家了，昨天早上又来了。她让我发誓不要告诉您，先生，我说不好为什么。但我觉得，凭良心……"

"没错，你做得对。你看起来很担心，爱丽丝。你情绪不太好。"

他带着恐惧，这会儿看见管家在哭。这个女人暂时转过身，颈后变得红红的。"约翰先生——"她起了个头，又顿了一下，用围裙轻轻擦着眼睛。等她再次开口时，她控制住自己的声音。"约翰先生，我不知道她还能不能撑很久了。这就是上帝的生存真相。感谢上帝，您现在回家了。有一道光刚离开了她的身体，先生。我以前看见这一幕时，您父亲去世了，愿上帝怜恤他。"

"爱丽丝——噢，我亲爱的爱丽丝——我很抱歉，你一直这么痛苦。你来坐一会儿吧？也许可以跟我喝一小杯雪莉酒？"

"我还是不要了，先生，我还得想着厨房里的姑娘们。"

"我觉得，如果我们进书房待一会儿，是不会造成混乱的。"

"都一样，先生，我宁愿不要。不过，您可以去跟她说说话吗，约翰先生？我们都吓得半死。她这些年对我们都那么好，如果有任何事需要我们帮忙，先生，任何事都可以。我已经让姑娘们今夜为她诵玫瑰经了。"

"她是个勇敢的老家伙，她会下来见我们的。现在好了，有主心骨了，打起精神来。"

"您不明白我的意思，先生——请您原谅，先生——但我想告诉您的是……"

"亲爱善良的爱丽丝……噢，别……请别哭。"

"摩根律师才来过这儿，先生。昨天，他被请到都柏林了。他与另一个男人陪您母亲待了一个小时。布丽奇特被叫去拿纸了，先生，还有一瓶墨水。之后上茶的时候，他们正在聊您母亲的遗嘱，先生。我的想法是，已经到了那一步了，先生……我不知道该做什么……"

"我明白了。好了，别苦恼了，姑娘们需要你做表率。我们不能用最悲观的态度看待我们不明白的事情。"

"别让她知道是我告诉您的，先生。您肯定不会吧？"

"当然不会。谢谢你，爱丽丝。你的谨慎让人敬佩。有你在身边，我们感觉非常幸运。你不要担心任何事情了。好了,告诉布丽奇特,我一会儿就准备好了。如果你愿意的话,帮我把母亲送到餐桌旁。"

他在卧室洗了洗,看看外面的树木、邻居花园的围墙和温室。现在要远离人群了。在某一片不安全的黑色泥沼中,要抬头面对一场暴风雨。

"晚上好,母亲。您一切还好吗?"

她没有回复。用餐室冰冷得像是十一月的果园。

"我很抱歉,我回来的时间被耽搁了。我在威克洛漫步。天气很迷人,我就在拉特纽的旅馆开了间房。我让一个当地人替我发了份电报,可我听爱丽丝说,电报没有送到。"

"你是想杀了我吗,约翰?这个家经历的苦难还不够吗?"

"请您再说一遍?"

"我用和解的态度对待你恶劣的自私行为,好像被你看成是慈母应该做的事,这难道还不够让人受伤吗?"

"我看得出来,您把自己弄得心烦意乱,母亲。现在是什么问题?"

"蒂兹·瑞安告诉我,有人看见你在格雷斯通斯游泳。"

"这有什么关系?"

"和某位女性。这件事是真的吗?"

"大热天游泳违反规定吗?如果是这样,我得小心,不能再犯了。"

"和一位女性?你能认真点吗?这是不老实,还是干蠢事?你对礼数还有最起码的尊重吗?你现在不是在巴黎!"

"她是一位朋友。天气晴朗,我们在公共海滨游泳。她是剧院的一位同事。我们后来吃了冰激凌。好了,现在您听完一部廉价惊险小说了。"

"我知道这件事,你所谓的剧院,某个卖票的小打字员。我想,她能这么轻松地勾引到你,一定高兴得引以为豪。至于如何做到的,就不需要猜测了。"

"她不是个打字员，母亲。不妨让您知道，她是个演员。"

她恐慌的、美丽的面容似乎失去了所有颜色，一阵颤抖让她的嘴出现了短暂的肿胀。"这么说，这是真的了，最坏的情况是真的。你就那么恨我吗？这么恨我这个给你生命的女人？"

"母亲——"

"我对你做了什么？"眼泪弄脏了她的脸颊，"我爱你爱得不够吗？保护你？支持你？上帝命令我们尊敬父母。所有体面的社会都以这条美好的命令为依据。现在，这条命令要随同其他九条命令一起被践踏。想一想，你居然会请那种人住你所谓的旅馆。我想，你意识到了吧，我们在威克洛都出名了。'羞耻'和'丑闻'这两个词从你的词汇表里删除了吗？就更别提这位姑娘的名声了，如果她有名声的话。"

"她是个完美无瑕的人，她显然没有跟我一起住旅馆。顺便说一下，那家旅馆是一个非常体面的地方。她早上乘火车过去的，晚上回到了都柏林。我们外出游玩了一天；就是这样。我一个人住在那儿。我感觉自己发了一阵烧，觉得山里的空气对我有好处。"

"有人猜测，她是一个罗马天主教教徒？"

"求您行行好吧，母亲——"

"你的忠诚在哪儿？忠诚对你就那么陌生吗？"

"我朋友——她叫奥尔古德小姐——正好出生在一个异教通婚的家庭。我听说，她已故的父亲——如果这件事重要的话——是个长老会教徒。您是在——如果我可以这么说的话——好了，我宁愿不用这个词。"

"我听到的可靠消息是，她出生在一个旧货商店里。是这样吗？"

"我相信，当您见到奥尔古德小姐，您会发现——"

"当我怎么着,先生?"

"我曾经希望,在适当的时候,能有荣幸引见她。她是一个非常热心、温和、勇敢、善良的人。"

"别想!你明白我的意思吗?别想,约翰。压根别张口。如果你昏头地以为,无论多么幼稚的藐视,都能得到我的认可,你就大错特错了。"

"很好,我不张口。但我要按自己的意愿活着。如果那样激怒了您狭隘的偏见——事实就是如此——我就完全不再理会责备,祝您幸福快乐。"

"用我提醒你吗,先生——"

"不要叫我'先生',母亲。这样极其贬低身份。"

"用我提醒你吗,先生,你无所事事的口袋里装的每一个法新[1],都是我在你已故父亲的授意下提供的?你一次次地证明——你对他的遗孀没有天然的尊重或敬爱——这一点我太清楚了——可有人还想象着,你对人们说的话还有一些尊重。"

"他们想说什么,就说什么。我他妈的才不在乎他们说的话呢。"

"别在我面前带脏字,约翰,我警告你——我警告你。"

"蒂兹·瑞安,这个每周来家里收一次脏衣服的女人,现在要当公众仲裁人和道德告密者了?"

"她一直忠诚于这个家,你怎么敢擅自那样说她?"

"难道要去关心流浪汉与农民的闲扯吗?"

"根据我对那位女性的了解,你似乎很喜欢流浪汉。"

"收回那句话。"

"我不要。"

---

1 法新,英国1961年以前使用的旧铜币,等于四分之一便士。

"收回那句话,母亲,马上。否则,我就立即离开这间屋子。"

"那你可要跟着感觉走啊。我的回答还是一样:你不可为自己雕刻偶像——"

"我以前听过这句话——我这辈子总听见这句话……"

"或制作上天、下地或地底水中任何事物的任何相似物。剧院是骗子之家,它本身就是一个谎言。任何靠公开卖弄获得酬劳的女人都配得上一个词。我不能说出口这个词,但是你知道是哪个。"

"说出这个词,母亲。你巴不得这样做呢。"

"听听你是怎么跟我说话的,听听你声音中的憎恶,就对着这个生下你的女人——你父亲的遗孀。我与他们的淫荡之心决裂,那心已离我远去;与他们的双眼决裂,那眼对着他们的偶像行淫邪。"

"这就是你的基督教仁慈吗?它们——这样神圣的价值观——给你带来安慰了吗?"

"我要在自己摆好的餐桌前,自由地表露我的良知。你要服从我的命令,约翰。这件事就到此为止。你住在我的屋檐下,就要做出我认为得体的举止。你的道德水准要向我看齐,而不是向你选来围在你身边、所谓有审美气质的那些粗人看齐。"

"我三十七了,母亲。"

"那你应该好好反思一下。"

"那么,我要当囚犯了?那是您希望的吗?"

"这栋房子的门可以开,你随时可以用。它也可以关,可以锁上。你住的监狱——如果你确实住在一间监狱里——是由你心里的治安法官看守的。他总是在那里,约翰。你最终要面对他,你要在可怕的某一天站在施恩座前。'他要降临,在他的圣徒身上获得荣耀'。"

"母亲——"

"只要记住,你一旦离开,就永远不受欢迎了。你要靠自己的力量前行,这一点我非常肯定。我很久以前就该这么做,可是当然了,我很虚弱。你要自己养活自己,先生,就像仁慈的上帝对一个人的打算。如果你真是那样的人。"

"那我要尽快离开。我要在市里找一间寄宿公寓。因为很显然,那就是您想看到的。"

"毫无疑问,在贫民窟的某个小巷子里,好好地靠近你的妓女。"

"没错,母亲,是的。我要住在妓女中间。"

"好啊,逃跑吧。逃跑吧,像你往常一样当个没信仰的懦夫。我一看到你就觉得恶心。"

女佣端着汤进来了。这场谈话结束了。

"欢迎您回到我们身边,约翰先生,"伺候的姑娘担心地小声说,"我希望您经历了一次快乐的郊游。"

"谢谢你,布丽奇特,是的……但回家令人愉快……啊……咖喱肉汤……我的最爱。"

汤匙在观察他,画像在细看他。这栋房子里的一切东西都有眼睛。

·4·
回到我们初次见她那天，伦敦的奥尼尔小姐
国家肖像美术馆
上午11：32

老天爷啊，多丑的老家伙。脸像一袋生锈的扳手。想想看，居然有人花大价钱让人画下这种瞪眼的模样。上帝做证，户外厕所门上的图像比这漂亮多了。我万能的耶稣啊，但我们所有人还有希望，莫斯。《布兰福德的公爵夫人》看起来像是戴假发的墨索里尼、有乳房的领袖。上帝救救我们吧。

但是，接触艺术有益于心灵，只是想感受这种益处，需要花费一点时间。就像笨蛋去参加降神会，或者给保守派投票一样。你想想看，一幅画能有什么坏处？它不就是一片旧帆布上的小污点吗？没有人被一幅画谋杀过。

也许，在嫁给布兰福德家的公爵和其他人，在必须生下继承人和其他孩子之前，她——布兰福德的公爵夫人也是一位美人。也许公爵有一个情妇，这伤了她的心，让她烦恼。因为，你知道跟贵族在一起是什么样的，莫莉。他们的内裤像缆车道一样上上下下。只要得到一丁点机会，他们就会像兔子一样发情。我知道，他们看起来不像你在画像中看到的样子，但兔子也跟画里的样子不一样。

一张惨白吓人的脸。可你自己也不再是美人了。坦白说——岁月无情。你感觉，你已经沉浸在对年龄的焦躁中。你听见自己像个孩子一样，身处高深莫测的世界中，带着不安的警觉性，小声说出

你的焦虑。还有你那老女人的嗓音——怎么会发生这种事？你的喘息声、脆弱的低哑声，你心烦意乱，沉默不语。你与茶杯闲聊，以此为伴。许多年前的一天，在康尼马拉或凯里郡，你偶遇了一只废弃在沼泽里的旧划艇。划艇中间的工作台被压弯压垮，腐败的船杆扭曲歪斜，已经随桨架沉到了黑色的软泥沼里。最近以来，当你意识到自己的嗓音时，脑海中总会出现这个形象。

而且，另一个征兆是起得早了。哪个年轻人愿意在黎明时分起床？还有跟无线电广播交谈，跟雨水交谈，跟狗和人们花园里的花交谈，跟不再适合你的衣服交谈，跟要洗还没洗的盘子交谈。跟你从来没真正喜欢过的肖恩·抱怨·奥凯西交谈，不过，这个想象中的奥凯西至少不会答话。跟莎士比亚、首相、反对党领袖、发明胸罩的人、莫扎特、斯大林、贝弗利三姐妹、佛朗哥、布拉格的圣婴、《二连的布吉伍吉司号兵》、为女人拉上裙子背后拉链的人（这是一个假设，如果真有这么个人，那每个人都结婚了），以及与你自己的全部对话交谈。

——他们在牙买加一定还有家人。你不觉得他们会思念家人吗，莫莉？

——哦，你会这么觉得。

——也许是一位妻子,或者小孩子。他们在生活中没有父亲。你想一想，多让人伤心。上帝一样爱他们。

——我发现，他们是非常善良的人。

——我是说，在饥荒时期和之后的时间里，我们许多人必须走，我不是说他们没有走。耶稣保佑他们，他们没有选择。威克洛受到了重创。威克洛的整个教区都死了。刚断奶的婴儿被丢在路边饿死。维多利亚女王那个贱人给五英镑的救济金,就跟你会给狗一个窝一样。想想看。

——那是真的吗?

——即使在我自己的时代,我也完全支持我自己走。我经常为没有走而感到遗憾,去那我曾经喜欢的波士顿。我相信,他们在波士顿总是可以拥有灿烂的人生。但是,他从来不想要,也不会前后矛盾。所以,我猜想,我们不能停止努力,世界已经逆转了。

——噢,不。

——没错的,世界真的逆转了。就是这样。

啊,现在是更好的时代了。我们一旦出去了,就是真的出去了。这里让人宽心,就像一座教堂。还有白兰地冒出的气体,它不像是杜松子酒。白兰地给人一种美好的微醺感,就像你在泽西,感觉暖暖的,热气透过你的凉鞋底向上升腾。但是,杜松子酒总透着股伦敦味的腐败气息,根本不在意你在世界哪个地方喝这种酒。你带佩金去过一次泽西,她那时大概十二岁,是当天嘉年华上最漂亮的孩子。蓝色的印花棉布连衣裙,软帽上的丝带,在她背后转动的旋转木马。

圣诞节会带来考验,因为不仅你的女婿滴酒不沾,东阿伯丁工党的支部书记也是。噢,一个着魔于红旗的人,信奉我的就是你的,同志。但没有一丁点波特尔,也没有一口阿蒙迪亚多酒,更没有有一丢丢价值的威士忌酒来配布丁。像工人禁酒协会的财务主管。餐后甜点是雪莉蛋糕——没有雪莉酒。不过,那对双胞胎、可爱的猴子们和戴围裙的佩金,我们所有人都在公寓里。你要在他的屋檐之下,所以,制定规则的是他,不要再去惹祸了,莫斯。让一个女人反对她丈夫是不公平的。当他作为这些孩子的父亲时,不可能完全是个坏人;当他用双臂把孩子往高处抛时,孩子们会放声大笑。

这会儿看看那个男人。他严厉地直瞪着我,就像他的蛋蛋接缝是手缝的。好了,羞耻死了,你这个没有鸡鸡的老公牛。我没有权利在这儿吧,就像你一样?把你的眼球塞回你的脑壳子里,乖乖。给你的脸一点假期。今天早晨的土里凉吧?

把他们的命运扔进阴燃的地狱。让我造成的这点危害见鬼去吧。我有个为国捐躯的儿子,我的小伙子。如果我不能像这个王国里的任何一群人一样观赏它的图画,那我的名字就不是莫莉·奥尔古德,而是山姆。所以,如果你不喜欢我的样子,就把另半边脸转过去,滚去亲我的屁股吧,好像它欠你租金一样。

"早上好,神父大人。"

"早上好,女士。"

"我希望你一切都好。"你露出一个笑脸,让他们感到疑惑。除了纳尔逊,让他们都见鬼去吧。可为什么不包括纳尔逊呢?因为纳尔逊已经见鬼了。这就是原因。

你在一个个安静的房间里漫游,开始更加深入地探索这栋楼,经过被遗忘的名人面孔。一位老师试图让一群焦躁的女生安静下来。她们就像猴子对骑自行车失去兴趣一样,已经对指导书上的厚涂颜料技巧失去兴趣了。你在一扇天窗下经过,突然增多的冰雹让每个人都抬头看了看玻璃。一个波兰服务员对你露出殷勤的笑容,好像天气是个调皮可爱,但必须忍耐的孩子。一位士兵和他女朋友正在一个凹室里亲热。愿上帝爱护他们,这对年轻人来说太难了。希望搬运工们不要管他们,不要把他们一起搬走。我们不是都终有一死吗?

长长的走廊阴森森的,一片空荡寂寞。你的脑海中浮现出威克洛北方农村的地名,就像雪花吹向一位徒步者一样。瑙克辛克、凯瑞克高乐岗、克龙树林、达格尔深区。你母亲的嗓音正在念出它们的名字。然后是肖恩·奥凯西的嗓音。还有一个你很久没听过,但常常记得的嗓音:它讲的是爱德华七世时代的爱尔兰英语,流畅而得体,还透露着害羞、精确和一点害怕。一个去世多年的男人的声调,它会将你的爱情圣地念成威克洛。

你是不是打算抓着他的信不放,一直等着那个美国来的女人到来?她也许会愿意付更多钱?但也许永远都不会来。毕竟,计划是会改变的。无论如何,把信给某个陌生人就是感觉不对——这跟把信给和善的道格拉兹先生不一样。如果你确实同意见她,无论你找到任何只言片语,她都要感到满足。可你手上的这些东西不多,只有照片、撕烂的碎片。你多么羡慕许多行内人,羡慕他们安排奇闻逸事的技术,能像黑市商人分销偷来的长筒袜那样熟练。

但现在——坐下来,莫莉,在长凳上休息一下——把你的眼睛闭上一会儿。没有人在意。一轮弦月躲在基利尼山山顶的方尖碑后面,车夫的马车底盘发出带扣的叮当声。驾车人弹着舌头,想让马兴奋点,这条路也开始出现一段蜿蜒的下坡路。远处几英里的地方一定是威克洛的山脉,但现在天色太黑,看不清楚它们。你想象自己在舒格洛夫山上——薄雾中的金雀花、山羊的气味——大厦的花园好像为了体现你的想法一样,生出了大卵石和碎石堆、破碎小崖组成的屏障、地面突起的岩石和片岩聚成的小山。那栋别墅里住着一位伟大的歌手;常有年轻人在门口驻足,就像赞美诗中等待残羹冷炙的饥民一样。经过一座废弃的圆形石堡、一间常春藤覆盖的门房、一栋神父住宅、一栋改建的教区长住宅、一家养老院、一座城堡。还有曾经住在房子里的住户的幽灵:房子里的女仆们、沉稳的新郎们、男管家们、喝醉的儿子们、变成本地人的学者们、遗孀们。当你在天窗下点头时,雨水召唤着幽灵们。

你正乘坐一趟夜行的火车穿越美国西部。你镇定地看着自己,就像一群观众中的某个成员正在观看一个简单的消遣故事。那是一个关于演员的故事，会是一个好剧本。他们正要驶向纽约市，这趟旅程要花费五天的时间。因为特快列车现在不运行，似乎也没人知道为什么。但是，奥尼尔小姐，没错，那是她的名字。或者奥尔古德小姐——那是她的另一个名字——她怀疑，快车不运行就是一堆鬼话，其实是制片人想要精打细算，但又狡猾地不愿承认。他会为了两美元和一瓶啤酒炸毁耶路撒冷的围墙。他会在瓶子里小便，再卖给你装香槟。所以，这几个白天会让人受尽折磨，让人疲惫，让人饥饿。夜里也绝不会好过。不过，乘一辆火车夜行，穿过绵延不断的、前所未见的美国景色，也不乏郁闷中突显敬畏的时刻。即使你在经历幽闭恐惧症，如果处于移动过程中，也会让步于一种阴郁的救赎感。在夜间轨道的碰撞声和穿越黑暗的一阵呼啸声中，这种必要的凑合与妥协换来的隐私空间、小小的即兴创作和偶尔听到的冲洗声也变得神圣。穆迪遭遇过许多次这样的艰苦跋涉——穆迪是服装师。这是她第八次在巡演中照顾这位夫人。夫人冷静的时候难伺候，不冷静的时候变泼妇——不过，没人请穆迪分享对这次探险的观点，穆迪也没有主动分享，就像她对其他事的观点一样。她是一位兼职戏剧服装师，要根据指令行事。她会时不时地以此为生。

一到达纽约市，她们会休息两天。夫人要看医生，还要从当铺里赎回一些物品。这些事情要在公司任何人都不了解的情况下安排好。不过，他们所有人当然都会知道一切。但是，任何优秀的小说家都会告诉你，了解和知道不是一回事。在周五，她们会登上定期客船"丹麦王子号"，开启回归科夫的七天旅程。

我们现在看一看，我们来看一看。现在走到哪里了？好渴啊，噢，我的嘴。现在是黎明，还是黄昏？哦，火车正驶入一条长长的上坡隧道，车厢的左右摇晃增加了嘎吱声。随后的旅程一直很难受，太过漫长，太过艰苦，住着狄更斯式的破旧旅馆，休息的时间太少。警察在开幕之夜到达了位于费城的剧院，以淫秽色情为由逮捕了整个演员队伍。有人在取走营业收入。食物就像肮脏的污泥。这出戏在许多美国城市引起了骚乱，演出计划发生了改变，排练时间太短了，报酬也完全不是她已经习惯的水平。她怀疑，她丈夫和她姐姐的薪酬更高。不过，他们俩都否认了这一点，指责她无事生非。公司里的每个人似乎都有一个保护者，但夫人再也没有任何保护者了。

她最近身体状态不佳，比她的实际年龄显老。她在早晨非常迟钝，身体沉重，心神不安，容易忘记她想回忆起的事，记起太多伤心事。她夜间的思绪让人难受，睡觉时会开着一盏灯。她喝酒的习惯很容易造成严重的危害。

但是，老天啊，谁会愿意看那样的故事？它可以改编成一部沉闷的老电影了。那是他死后的那一年吗？噢，看在上帝的分上，睁开你的双眼。你想控制住自己，再去看看艺术品。因为这些物件都是荣誉的象征，是帝国的宝物。你可以亲眼看到他们，将军、探险队员、作家、首相，而非洲人现在还在挨饿，这难道不是你的幸运吗？

梅西娅·文森博士。你会告诉她什么？告诉她你在他去世许多年后，还会幻想看到他？看见他在街上，在公园里，在剧院的包厢里。你夜里会梦到他。他会默默地走向你——像你水中的倒影一样警觉。你有一种感觉，感觉你在舞台上，感觉你知道他在大厅的暗处，感觉内心在神奇地暗示自己——他在观察你。

你曾在第二大道看见他一次。在一个圣诞节的早晨，你透过有轨电车的窗户，见他穿过了中央公园。当时，电车沿着鲍威利街疾驰而过，将你抛在身后，把你留在费城帝国剧院更衣室里，对着变成褐色的旧镜子。他会穿得像第一次带你出去的那晚一样。他出现的时候总是没有变老。有一次，当你在华盛顿等着登台时，你很肯定听到了他羞怯的嗓音。你当时正站在黑暗里,手上拿着皮面书道具,专心地听着上场的提示。突然,你从后台的那片黑暗中听到了他踌躇的话语:

小叛徒……

你跌跌撞撞,浑身发抖,迈到了灯光下。剧院座无虚席,美国是爱你的。观众一看到你,就疯狂地喝彩——扔鲜花——喊你的名字——站成几排——因为他们热爱了解你的过去、你的故事。在他们期待许久后,你的现身让演出停了下来。你周围的其他演员已经习惯了你的声名显赫,阴郁地念出台词。跟某人的创作女神出演同一个场景是很难的。

在你呈现最出色的表演后,已经过去几年了,但这似乎对观众或演员没有影响,其实也没有影响到你。你正在行鞠躬礼的那家剧院里,曾经有一位总统被射杀,但是,当晚没人在想那位总统。你对着喝彩声跪下,像歌剧女主角一样抚摸胸口。顶层楼座的男孩子大声吼叫,不断地猛扔百合花。"只从他们身上捞一点,"他总是这样建议你,"然后,等他们要求更多时,你就离开,一旦离开,就一去不回。让顶层楼座骚乱起来,永远不要给他们想要的一切。"

记者们来跟你谈话,问着有意思的傻问题。他的灵魂似乎闪耀着拒绝的光芒。

——他是个伟大的人,是吗,奥尼尔小姐?
——他是个伟大的艺术家,是的。
——还是个伟大的人?
——那是什么?

——哦,那是什么感觉——你作为他的灵感来源?他的创作女神?

——我不喜欢那个词,它属于神话范畴。我发现,一位伟大的艺术家除了他自己的伤痛,不需要任何东西。我只是他的用人。如果他有的话。

——他的用人?

——从某种意义上说,演员是剧本的仆人,这就是我接受的训练。其他人对此的看法是不同的。但是,老实说,我已经忘记有关辛格先生的许多事情了。我更愿意谈论我目前在演的作品。

你站起来离开,穿过走廊的寂静,经过商船队长、女王、朝臣和商人。但是,更难远离的是一些画面。在一个寒冷阴暗的四月,就是你划桨去达尔基岛的那天,空气里布满湿气,天空像海鸥蛋一样灰暗,烟状的云彩形成一个拱形,一直从霍斯黑德半岛延续到雾霭袅袅的威克洛山区。远处,利物浦的汽船停泊在海湾里,一艘红白相间的灯塔船正向斯凯利格群岛驶去,那里有一个雾堤正开始漂过来。灰绿色的大海缓缓朝海岸滚动,用尾波把石头吞没,在沙粒上发出低沉的咝咝声。在一个水花喷溅的碎浪区中,有一只海豹突然冒出头来,就像民间传说中浮出水面的男性人鱼。

你们在周围艰难地跋涉了一会儿。他在拍照片,在笔记本上做笔记。但是,在你到达那里一个小时之前,雨水滴滴答答地下起来,并且没有树可以做掩护。你们挤在废弃的圆形石堡墙壁旁,降雨像雷声一样拍打在你们头顶的纸袋上。四只野山羊在岩石上徘徊,雄山羊愤愤地凝视着汹涌的大海,像李尔王一样对着大海晃动着它肮脏的胡须。海湾对岸,一群小学生出现在科利摩尔公园。一些人开始疯狂地挥舞和打手势,但他们离得太远,听不见他们说的话。一只野兔从塔墙上的一个洞里窜出来,跌跌撞撞地朝沙坪爬去。

你们共享了一支湿透的香烟。如针扎般的雨水就像被烟气熏走了一样,愤愤地转成了蒙蒙细雨。码头上出现了黄白色的游艇,崖顶咔嗒咔嗒地驶过都柏林的火车。

你从一开始就明白,面对不舒服的话题,他的处理方式就是躲避话题,或者显而易见地尝试用反讽手段替换话题。这不是什么难题,相反,你还会感到开心。但随后,当你从塔边离开,回到他停泊划艇的油腻海滩时,你自己也感到好奇,采用这些防御手段的人会不会爱上任何人,或者,你可不可以这样靠近他,了解他。在你看来,他的经历似乎并不让认伤心,甚至像没经历一样。他是个会在父母葬礼上制作三明治的人,为人勇敢无私,会转移讨厌的问题,会在教堂里的棺材周围扫地。他擅长转移话题——你几乎注意不到他在转移话题,直到你的讲话主题已经被转移。到那时候,再回到原来的话题上就不礼貌了。他了解大多数人的心理。但是,这样的思绪会像绳子上的雪一样消失。当你回到沙滩上时,小船已经不见了。

"圣摩西啊。"

"它在哪儿,约翰?"

"我肯定没有把它拴好。见鬼。"

你爬上一个岩石堆,看到五十码外的海湾里,小船在上下颠簸,缓缓地绕圈,拖着桨架上的船桨,拖着像尾巴一样的系留索。一只鸬鹚落在工作台上,不知怎的成了船的所有者,好像把船恶意劫走了一样。你突然想到男学生们在喊什么了。

"见鬼,"他又说了一遍,"这是一张非常漂亮的煎饼。"

"没关系。我们不要惊慌,镇定下来。"

他脱下衬衫,蹚进水里。水里一定冷坏了。奇怪的是,当你想起来的时候,不知道为什么会出现角色逆转。感到心怦怦直跳、呼吸困难、海浪刺痛的人是你,你就像一个不熟练的游泳者,遭遇了全世界都被水包围的恐惧。他不知怎的爬到船上,疯狂地摆动身体,几乎让小船倾覆。当他划过逆流,划到海滩上时,你的衣服像是湿透的破布,你的浑身都在颤抖。你想起来这件事,常常觉得很好玩。但事实上,这一点也不好玩。

第二天,你到了剧院,在一次去后台换装途中,无意中听到格雷戈里夫人在她办公室跟人讲话。她语调中的古怪吸引你走向门口。门开着一两英寸的缝,这件事就够不寻常了。因为,格雷戈里夫人坚持剧院里的门都要关着,除非是有绝对的必要才会打开。她会跟员工们强调,这是为了关住热气。煤不是从树上长出来的。

你一开始觉得,似乎是有人在念某个奇怪的剧本。过了一会儿,你明白了,从某种程度上说,还真是这样的。你也开始怀疑,你是不是像当时看起来那样,真的就在舞台两侧,或者其实是在舞台中央。

"我听说,在我们公司巡演时,你在公开场合对天才的奥尔古德小姐用了某种姿态。"

"我不确定你是什么意思,奥古斯塔。一种姿态?"

"你的手臂揽着她的肩膀,或者其他那一类的身体姿态。"

"全世界的目光真是敏锐。你可以放心,只有她的肩膀。没有别的地方。"

"我亲爱的约翰,我当然不该评论你的私交,也不该评判你手臂的地理坐标。"

她简化了一些礼节,有一种希望破灭的感觉,但仍然自带一种无可指责的贵妇气质,仿佛外界对她说的一切都是在为某个错误道歉,而且,仿佛她不向讲话者大喊大叫,就已经是宽宏大量了。在她的这些编剧中,只有你的爱人知道如何应对这种局面,也许是因为他也精通于此。

"我在各方面都非常赞赏你的才智，奥古斯塔。"

"真糟糕，这有一点难办。没人想当加尔默罗会修女。但是，你知道的，公司里还有更年轻、更敏感的人。"

"更敏感？"

"叶芝也是这样认为的。他觉得没法跟你说，大概因为你们都是男人。"

走廊里布满灰尘；一束肮脏的阳光从天窗斜射进来。你能看见，海鸥在气流中旋转或悬浮，好像在观察什么食物。不知道为什么，你突然想到，附近就是一条河，河的另一边是冰冷广阔的都柏林湾。再往远处，是利物浦、曼彻斯特或利兹的自由自在，在烟囱林立的城镇里有一个房间，那里没有人认识你们俩。你感觉到，英格兰北方城市的严苛作风是个谎言，在那里也许能找到一种伪装起来的自由。

"篱笆筑得牢，邻居处得好，约翰。如果你听我的话。跟演员深交会造成困惑，造成某种躁动。尤其是，这件事还发生在众目睽睽之下。当然，你和奥尔古德小姐之间是有差异的。"

"确实，"他轻轻地发笑，"我注意到了。"

"如果你当我是真朋友的话，我觉得，这不完全是一次讽刺的消遣。我必须告诉你，一直有一些对我们工作无益的闲话，尤其是在公司的年轻成员当中。当然，我感觉你是知道的。你是一位熟练出色、敏锐细腻的倾听者。"

"这些势利眼的小动作当然是无关紧要的。"

"你说这是势利眼——但更多的是同事对你的感觉，约翰。重要的是，还有他们对奥尔古德小姐的感觉。"

"原谅我，亲爱的奥古斯塔，我觉得我不明白。"

"作为一个女人，也作为你的朋友，我来跟你大概说一说。给任何女孩无缘无故的期待，或让任何女孩形成这样无知的期待，对她来说都是一种严重的暴力。尤其是，如果与给她这些蠢念头的男人相比，她的年龄小得多，而且受教育水平较低，而且不是——好了，你知道我什么意思。"

"不是什么？"

"你让我用我觉得不合适的术语，就是在故意嘲笑我。"

"如果你想说，可以坦率地说出来，奥古斯塔。"

"我从来不信任那样做的人。他们粗俗得无可救药。坦率是低俗者的最后手段。"

"你是不是想说，奥尔古德小姐是个违背社会秩序的人——"

"这是你说的，约翰。"

"你要说什么呢？"

"你的遗传特征——这样说吧——显然是几乎难以比拟的。"

"你的意思是？"

"实际上，就是说，我们一些人把家具遗赠给别人了。另一些人以买卖家具为生。"

"在我们的舞台上，我没发现有太多名媛或贵妇。"

"你是想说？"

"我想你知道我的意思，我不需要画一幅画，我们服务的对象是只继承了勇气的阶层。每天晚上，是他们在我们的舞台上奉献血肉。但在生活中，有人却要屏住呼吸面对他们？"

"你跟我说话的样子就像一个社会党教区神父。你现在有一点虚伪。"

"奥古斯塔——"

"我有一封来自女孩外祖母的信。一个厉害角色。我得知，奥尔古德小姐家里出现了焦虑情绪，约翰。你知道的，她没有父亲。这女孩很年轻，不只是年龄小，成长经历和情感经历也少。显然会存在这样一种感觉，这段关系是存在某些弱点的。我也禁不住有这种感觉，对你们双方都有这种感觉。"

"这件事不涉及任何一方。"

"一个男人和一个女人之间？我觉得总是存在各方的。如果我们想把范围限制在双方之内，那我们就要做好向导工作。"

"这本质上完全是私事，我可以心怀敬意地说，这是任何其他人都不应该关心的事。"

"如果一段时间之后，你可以最终理解奥尔古德小姐的处境，以结束这种复杂局面，那么，我要请你考虑一个事实：她的职业生涯正处于起步阶段，她将笼罩在不会令人愉快的阴影中，面对她今后的职业生涯。一些人会建议，趁着还没造成严重伤害，现在结束这段友谊更好。"

"对她的职业生涯造成伤害？"

"也有这方面的影响。"

"我跟奥尔古德小姐的友谊不会结束。那是一种我非常珍视的爱慕之情。"

"那是显而易见的。嗯，那就这样了。但无论如何，也许你会考虑一下。"

"我希望，我永远不会不考虑来自一位祝福者的忠告。"

"是的。当事情发生时，这样总是明智的。"

"我们现在可以回去工作了吗？我需要编辑一条短信。"

"我不想看到有一天，我不得不赶她走。她很可能是有天赋的，但当然也不像她姐姐那样有天赋。你的奥尔古德小姐缺乏每个最高级演员必备的虚伪性情。她过于个性的特点意味着，她永远不会取得任何卓著成就。但是，她仍然有一种天赋。我喜欢她的声音。"

"我也希望你设想的那一天不会到来,奥古斯塔。因为如果真有那一天,你也是在赶我走。"

"好了,我亲爱的朋友。你是在威胁你最忠实的崇拜者吗?"

"从我的作品角度来看,我永远不会威胁最坚定的盟友。我只是在表明,任何一家剧院如果不给奥尔古德小姐留位置,也就不需要我的才能。"

"我认为,把自己交给运气是不够精明的,约翰。"

"可不是。我也不这么认为,放心吧。"

你在一副画像面前停下来,画上是一位头戴佩皮斯风格假发、面容慈祥的治安法官。

他面色发红,像患了痛风病一样,但双眼闪烁着温和的光芒。他的轮状皱领就像游手好闲者的牙齿一样泛黄,这让他有一点臭无赖的气息,这是你一直都喜欢的男人气质。理查德·皮尔斯-利爵士。你还好吗,先生?非常好?你看起来英俊逼人,非常让人神魂颠倒。我可以跟你待一会儿吗?我不会耽搁你很久的。说实话,在今天这样寒冷的早晨,我有一点站不稳。烈酒起效果了,唉。但是,如果你允许我在你陪伴的慰藉中待一小会儿,我会如我所愿地站稳脚步的。你知道吧,我一直在想过去的事情,我没法改变它们,所以不如忘记——但今天早上,不知道为什么,它们像狗一样攻击我,所以,我需要一位像你一样勇敢的朋友,先生。

这个地方安静的夜晚会让你害怕吗,先生?你能听到可恶的汽车穿过特拉法尔加广场吗?在战争中,你常常被轰炸机的嗡嗡声吵醒吗?我是这样的,我自己。你会流泪吗?当画廊空荡荡的时候,你们会相互抱怨吗?也许你在向布兰福德的公爵夫人献殷勤?当你们从画框里溜出来时,会有精彩的骑士舞蹈吗?当夜班门房睡着的时候,走廊里会跳起加沃特舞吗?我要说,你提到女人的时候很在行。

我在想，你恰好拥有一个浪荡子的长相。噢，好了，噢，好了，不要否认了，你个老无赖。他是布吉伍吉司号兵/理查德·皮尔斯-利爵士。

将来某个时候，你会带我去"上层人物"或"米尔罗伊家族"吗？这些都是夜间俱乐部，先生。我年轻的时候经常去。也许在首夜演出后，我们会等着听评论。所有聪明的年轻诗人会在凹室里争论。充满韵律的空气，椅子靠背上的无尾晚礼服，噢，还有香槟，噢，还有居家办公晚餐间令人疲惫的调情挑逗与扬扬得意。油炸面包块加纽伯格汁龙虾、皇冠烤羔羊肉、土豆配欧芹黄油、豌豆配薄荷奶油。一位崇拜者想用二十畿尼买我的一只吊带袜。你能想象这种粗鲁行为吗？你知道我告诉他什么吗？对买得起的人来说免费，对其他人来说消费不起。他小声说，如果允许他把我带到他床上，我可以决定他属于哪类人。嗯，我去了他的房间，先生，在布鲁姆斯伯里的汉德尔大街上。因为我曾经大胆过一两次，否认也没有意义。他很快就不让我闲聊了，先生，我会无偿地献身于他。他有耐心，老练得冷酷，说话很少。我们早上聊了聊。他刚离开牛津不久。你吃过蜗牛吗，先生？我们应该去蜗牛餐厅。我的名字是莫莉·奥尼尔，先生。我曾经恋爱过。过了很长时间，我才开始逛夜店，穿着拖鞋喝苦艾酒。那里有我爱的男人的画像，只不过不是在这里。

你看画像的时候，他再次来到你身边。总是这样反复出现，这样爱吃醋。在达尔基岛不久后的一天，你正要前往英格兰巡演。他要在都柏林办一些差事，你打算跟他在一间咖啡厅里见面。你稍迟一点进门时，他正在笔记本上潦草地写着什么。他朝你打了手势，你靠近桌子时，他假装不耐烦地翻着白眼，无法从他的工作中移开目光。他用右手手指慢慢地转动一支木工铅笔，把目光放在天花板上，好像试图看见一只虫子。他戴着手套的左手朝你举起来，好像一位警察在拦截交通，担心你会说话，打断他的书写。

"约翰？"

"拜托，什么也不要说。你会非常介意吗？我要赶不上火车了。不要动。"

你在墙上挂的钟表旁等了七分钟。

"我为此感到抱歉，老朋友。刚才那一幕。你还好吗？"

"很好。我正期待这次巡演。"

"我会想你的。"他轻轻地说。

"你可真够浪漫的。"

"我说真的。"他说的话也许比他表示的意思更唐突。近来，他惯常的唐突让你更加困惑了。你开始怀疑，这其实并不是一段时间精心打造的结果，而完全就是习惯模式。

你注视着他。"那就跟我一起来。"

这时候，他的笑声很刺耳，也许这不能怪他；这是他反复做喉咙腺体手术形成的后遗症，但是他玩乐时喉咙发出的刺耳声很难听。你知道，他自己也讨厌听到这个声音。

"我不能跟你去伦敦，我的小傻猴子。"现在，他那修长的音乐家的手指正忙着制作一支香烟，用蝴蝶纸加上便宜的粗切烟草。他的手指就像工人的手指一样，用长期习惯但不熟练的动作裹住烟草，并卷起来。

"为什么不能？"

"你会很忙。你要工作。我不想碍你的事。"

"哦，是啊。碍我的事。谁会想碍事？"

"什么时候开船？"

"三个小时后。我们要快点了。"

"我不行。我在剧院的约会不能改期。"

"一个像我这样有魅力的女人几乎在投怀送抱,要求跟人家一起共乘水上,那人却不愿意。亲爱的上帝,女士们、先生们,世界到底要变成什么样子?"

"我说了我不行,莫莉。如果你可以的话,就把这件事先放一放吧。"

再次收到决绝的答案,你感觉自己表情中的欢乐消散了。服务员带来你们的菜单,放好盘子和水杯。

"你有时候很强硬,约翰。"

"我很抱歉。我累了。"

"你会给女孩一种感觉,你在为她的陪伴感到羞耻。"

"我永远不会为我的小叛徒感到羞耻。你指责我是对的,莫莉。都怪这一团糟的可恶戏剧,把你这忘恩负义的可怜虫变蠢了。你回家的当天,我们可以来一次快乐的短途郊游。你离开后的每个晚上,我都会写信给你。你会看到的。我会梦到我坐在包厢里,全程为你喝彩,梦到我骂公司里的其他人乡巴佬。"

他露出灿烂的微笑,你回了一个微笑。但是,你们之间有什么东西凝结住了。从某些方面看,既然两人感觉没那么亲密,那就更容易一起待着了;你们可以自由地谈论无关紧要的事情。如果他开始显得更加厌倦,你可以把原因归结为咖啡馆里压抑的热气、附近谈话的嘈杂声和来来往往的人们。那里就像都柏林所有的餐馆一样,餐桌之间的距离太近,你都能闻到邻桌的食物味道。

"那我最好还是走吧,约翰。周末人会很多。"

他付了钱。你们走到萨克维尔大街上,但没有停着的出租马车。他跟你一起等待。你想吻他,但不敢公开这样做。他没有正视你的双眼,把手伸进了你手里。经过雨水的洗涤,空气寒冷而刺骨。你想象着跟他一起在伦敦,走在拥挤嘈杂的街头。你想象着这样一副景象，你俩穿过特拉法尔加广场，经过乞丐和悲伤的民谣歌手，走向画廊。或者，你只是想象跟他一起在船上。在没有窗户的客舱里，低矮的椽子上挂着一盏灯，甲板发出嘎吱的响声。你们一起发出带着阴谋气息的笑声，就像不听话的小学生将无意识的恶作剧付诸行动一样。客舱里会是暖暖和和的，狭窄的床铺能碰到两堵墙。你们狼吞虎咽地吃饭，经常在相互对视中咯咯笑出声来。这次航行会很差劲；工人们喝得醉醺醺的。你们可以一起经历一次小小的、愉快的冒险活动。

他给了车夫五个先令，告诉他你在赶时间。那天的每一个细节你全都记得。但是，来自美国的年轻女人永远也不想知道这样的事，她会觉得这是完全不相干的。她这样想也是可以理解的。

·5·
都柏林艾比剧院的一场排练

"奥尼尔小姐,你说台词的方式不太对。"

"辛格先生,我是照着写的说的。"

"这是一个完全可以理解的错误,请不要过于自责。我上面的意思是,你的角色在说这段话时完全不是真心的。"

"指导说明上没有这么说,所以,上面怎么写的,我就怎么读。"

"再说一遍,奥尼尔小姐,你的错误几乎是完全可以原谅的。我想争论的只是,如果你考虑一下前五句台词,其实还有整体大意和场景要旨,以及我们前面在排练室里针对这个问题的许多对话,你就会明白,她说的话确实不是真心的。这个话题我们已经重复一百遍了,这一点肯定是清楚的。"

"我一点也不清楚。"

"那么,奥尼尔小姐,你也许应该再看看独白。"

"辛格先生,也许你本来应该换一种写话[1]。"

叶芝坐在正厅前排位置上,缓缓地抬起头来,好像被一个神秘的钟声唤醒了。他从马甲口袋里拿出一件东西,放在翻领上仔细擦拭,最后证明那是一个单片眼镜。他其实没有对他的剧作家同事微笑,反而大概是在亲切地撇着嘴。他对着单片眼镜微微呼气,把它举起来对着光线,就像珠宝商在检查一块青金石。

---

[1] 即"写法",奥尼尔的口音问题,文中用别字代替。

"也许确实是，"辛格说，"但我没有换一种写话，或者'写法'，我想你一定指的是这个。当我需要一门戏剧学课程时，我会飞到你身边，奥尼尔小姐。因为在这个问题上，你不断贡献的智慧财富，让我们都很珍视。同时，也许你要屈尊说出页面上出现的实际文字，而不是说出你脑海中存在的出众文字。"

"如果我脑海中没有它，辛格先生，那它就根本不存在。"

"我看我们有一位剧作家，还有一位哲学家。"

"我看你更喜欢应声虫。"

"奥尼尔小姐，我已经向你请求过了，现在我要给你一个合理的警告了，你是一个专业人员，是需要服从命令获得报酬的——"

"如果你认为，辛格先生，你要用那种方式凌驾于我之上，那让我来告诉你——管好自己那碗饭。"

"奥尼尔小姐，你能控制一下自己——"

"管好自己那碗饭，我的免费教练！"

"这女孩只是在表达观点，先生。"一位叫多西·赖特的电工打圆场说。当需要突出人群场面时，他偶尔会穿上缠腰布，说他是一名勇士。他是一个见了漂亮姑娘就扑上去的人。如果他觉得能获得一场艳遇作为奖励，他愿意冒被开除和随后行乞的风险。布景画师们羡慕地传言说,他会骑上一个容易轻信人的下贱货。有那么一两次，后台发生的事件涉及愤怒的父亲或丈夫，因为赖特先生扮演过许多人的白马王子。"我们中的任何人都不想扮演蛆虫的角色，"他用那种头脑迟钝、但出于好意的监狱官般的嗓音继续说，"做表演的是我们自己。这是跟写作完全不同的。如果奥尼尔小姐想这件事得到解释，我觉得它就是混乱得不得了了。这就是多西·赖特先生对此事的看法。"他一边用一种近乎暴力的殷勤注视着她，一边笨拙地摆弄手里握着的那一码长电缆。

"如果有人能帮上忙的话,"叶芝用神父般的沉静开口说,"辛格先生心里想的是——"

"我心里想的女演员至少要承诺记下我写的台词,然后把这些台词说出来的时候,不能向正厅前排喷口水。这样的要求过分吗?还是您尊贵的自我太过分了,奥尼尔小姐?我跟您说话的时候,您能不能多多包涵,用我肯定配不上的礼貌看看我,您觉得呢?"

"也许吧,莎士比亚先生,你要阐明你的意思。"

"不好意思?你现在是在抽烟吗?请你把烟灭掉,好吗?"

"等我准备好了,我会灭掉的,你这个喜欢打断别人的小男人。既然你是世界上神圣的专家,专挑我犯个不停的错误,那你要是登上舞台,用最适合你的方式把台词给我们念出来,可就是帮了我一个大忙了。因为,我敢肯定,我们公司里的所有人说这样的台词,无论如何都会笑出来的。我们是不是这样啊,女士们、先生们?"

"噢,不,奥尼尔小姐,我有一个更好的主意。为什么你不下来,我要给你一支笔。你可以随心所欲地重写整个剧本。"

"你知道,可以把你的笔插到哪里吧。"

"我要叫格雷戈里夫人来。"他警告道。

"陛下,我是在说您的墨水池。"

叶芝慢慢地站起来,张开手指,放在他前面的椅背上,就像参议员要开始发表次葬礼悼词一样。他鲜明的罗马式容貌布局严整,他带着对此刻的感觉,就像披了一件披风一样。他已经根据眼科学的规范,把单片眼镜放在指定的地方。接下来将是难对付的几分钟。

"我来说说吧,辛格?"他小声说。

这位剧作家愁眉苦脸地点头回应。

"你够了,奥尼尔小姐。"这位诗人说。

"我只是在说,"她说,"没有人在听我说话。剧作家们冲我大声尖叫，弄得像在充满黑猩猩的动物园里一样。"

"这个比喻现在倒挺适合你，小姐。"叶芝厉声说。

他等待众人完全安静下来，就像一个人在等待火车一样。他知道火车肯定会来，只不过可能要花一点时间。他解开一只手套的纽扣，不慌不忙地摘掉手套。然后，他像一头牛似的眨着眼，盯着她看。她很想知道，他究竟会如何应付这种局面，因为到这时候，她注意到了有关叶芝的一件辛酸事：他像大多数男人一样，不管处于什么阶级，都对相对地位有一种轻微的、明显的不安。他羡慕辛格继承的一切——包括破落的贵族气派、对古老语言的流利、机敏处世的才能、传说中的信托基金，这种羡慕已经表现为一种她经常见到的外在形式。那就是，他想成为这位贵族成员的街头小弟。这也许是一种敬爱，但也代表了其他意义。她把香烟放进高脚杯里碾灭了。

"我们似乎遇到了麻烦，"他用尖利刺耳的声音说，"一种认可上的麻烦，一种理解力丧失的麻烦。好了，不管是什么吧。这是意料之中的事。当我们天分不够时，就会发生这种事。我们深陷于变幻无常中，误认为我们赢得了重视。这个男人，"——他指了指辛格的单片眼镜——"是一个天才。你们明白我的意思吗？"

"是的，叶芝先生。"两位演员咕哝道。

"他是什么？你们所有人一起说！"

"一个天才，叶芝先生。"

"是的。没有错。他是我们的埃斯库罗斯，我们的易卜生。他就是东方三博士之一，甘愿自贬身份落入我们的马厩中。我们是臭猪，是母牛，是反刍动物的典范。我们是稻草里的粪便。我们是什么？"

"粪便，叶芝先生。"一位跑龙套的演员顺从地回答。没人扭头看他。

"是的，我们是粪便。我们是要被清除的，我们是下流胚。当你，还有你——尤其是你——理所当然地被人遗忘,成为灰尘时,这位当代荷马的作品应该获得赞誉。他要骑着我们的带翼飞马,进入奥林匹斯山的阳光里,而你的……你的自行车正在当铺里生锈。我们没有一个人配得上——注意,我是说,我们没有一个人——配得上给他的粗革拷花皮鞋系鞋带。而且,当你们上了年纪,满是疲惫,不得不回忆悲惨琐细的小商贩生活时,你们能想到的最美好画面就是,你们曾经站在一位巨人面前。你会从架子上拿下在那里躺了几年——也许是几十年——的剧本,也就是你现在用可怕的口水弄脏的剧本——我们的创作女神的古老壁炉会因为羞愧而烫伤你,因为你在有机会屈膝的时候却没有下跪。"

"我说叶芝,老先生,我觉得你有一点太——"

"安静,辛格!"

他再次朝演员们转过去,用一只手推了推下垂的头发,一丝冷冷的嘲笑让他显得更加高大了。

"你这个可怜兮兮、专唱反调的忘恩负义者。"他继续冷酷地说道。

"你这农民大腿上的疖子。"

"啊,嘿。"多西·赖特说。

"你是个无关紧要的人,赖特。一个真空人,一个漏洞。你——你们所有人——就是一群剩余人口,令人憎恶的Z,多余的字母。没有这位天才的作品,你们就是……变音符!"他重重地说出最后一个词,假装不喜欢它。现场出现了困惑的目光。有人打了个遗憾的响嗝。

就在这一刻,叶芝空出他的位置,沉重而严肃地大步走向舞台边缘。他距离舞台越近,越是明显地放慢步伐,就像一艘战舰在靠近一个暴动的殖民地。他原本想用的语气里悲伤多于愤怒,但呈现出来的却是蔑视混合着压抑的愤怒。这也与他惯常的模式明显类似。因为，从朗诵抒情诗到命令女清洁工去哪里拖地，从这些种种行为中很难知道他是完全严肃的，还是在对自己进行滑稽的贬损式模仿，想努力地打破紧张局面。直到披肩随意地披在僵硬的左肩上，就像西班牙斗牛士正准备对着肖像画家摆姿势时，他才明白自己不是在开玩笑。

"以上帝的创伤起誓——"他轻轻地说，似乎要仔细看自己的双手。一位愚蠢的旁观者也许会形成一种想法，那就是他在跟自己的手指说话。事实上，他在用自己的方式让你知道，你不值得他费尽心思地去看。"你们能面对自己吗？真的吗？你们还能厚颜无耻地活着吗？是不是没有一个缝隙，没有一个角落，能让你们溜进去死掉？你们这该死的小棒棒糖，你们这屠宰场的臭气。你们会把圣杯做成痰盂。"说到这里，他抬起那双愤怒的双眼。他那年老但闪闪发亮的双眼中，却没有一丝丝快乐，"你们这群不识珍宝的败家子，你们这群挥霍者，你们这群老鸨子，你们这些长椅上的污点，你们这模糊不清的……湿气。一想起你们浪费的财富，我就要落泪。我一个人，在自己的房间里落泪。你们可以按照辛格先生的意思，清晰地说出这些艺术之珠，也可以游荡回……你们那片圆白菜地。你能听懂我说的话吗？"

"是的，叶芝先生。"

"好的。这就好。我现在要回座位了。你们要从第三幕重新开始，要把台词说准。如果你再叽叽喳喳地捣乱，奥尼尔小姐，我会在把自己交给法庭处置前，拿起一根棍子来打你。在我看来，如果我替你母亲做了该做的事而被罚款两个半便士，那就有一点太苛刻了。"

"如果你觉得要那样跟莫莉·奥尼尔说话，叶芝先生，那管好自己那碗饭……"

"不！管好你自己那碗饭！现在吃吧！"

周日是属于他们的日子；她会坐十点四十五从城市里出发的火车。这是一个长期的习惯，但他还是写信提醒了她。他们漫步在基利尼山长满金雀花的山坡上，或者躺在高山间俯瞰海湾。这种安排有双重的好处，既体现了华兹华斯式的浪漫，又兼顾了谨慎保密方面的考虑。在这里，他们可以单独相处，私密性基本上可以得到保证。他们相互喂对方长在方尖碑附近的野生浆果：用本地话叫越橘，但她称之为"紫葡萄"。它成了他们俩的一个委婉语，变成一个充满亲密意义的情话短语。他们的越矩联络，就像发生在仙女与流浪汉之间一样，仿佛某个民间故事中的一个场景。他有一个剧本就源于这个民间故事。但是，谁在解放谁呢？

有时候，他朗诵为她写的抒情诗：这是他的礼物。"我昨夜又写了一首关于你的诗。"他吐露着，好像把诗印在了她的肉体上一样。但是，这些诗很少是愉悦感官的，通常是隐晦的。他很难得会像个男孩一样，害羞地告诉她，他多想看她"穿着轻薄的夏装"。奇怪的是，在这样的时刻，她强烈地感觉到他的破碎，感觉到他活得多么的艰难。曾经有一段日子，他看到一棵橡树时，只把它视为制作棺材的原料。他没有关于他父亲的记忆。他父亲死的时候，他还是个婴儿。

她把他身上的癌症想象成在他内脏周围缓缓移动的一群微光，没有留下一块没疤的地方。她每对他善良一次，她就看成是熄灭其中的一道光。这与她小时候听到的一次布道有关。那是在米拉的圣尼古拉斯教堂中的拱形大堡垒里。神父说过，优雅是一群等待被罪人点燃的蜡烛。即使当她的信念不得不让步于伴随成年生活而来的校订和调整时，这样引起回忆的叙述也一直伴随着她。上帝、天意、基列的乳香——这是要在半路上遇到的。

如果他在她面前咳嗽,她会默默地祝福他。如果他喘息,她为他做一次祈祷。她就像在黎明临近时观察一座大城市一样,看着他的癌症光线一道道地熄灭。她设想他的肺部——散布着痛苦——她开始仁慈地吸起鼻子。如果她能触摸它们——从生理上触摸它们——那肺部的空气会减轻、净化和更新,会把它们烧焦的火焰化成虚无,就像她用手指掐掉的蜡烛芯一样。

如果他愿意的话,她鼓励他吃饭喝酒;他在成长过程中对酒精的看法,受到了清教徒的影响。他在威克洛周围漫步时进过酒吧,在那里与补锅匠、流浪汉和偷猎者交谈过,但他从未真正摆脱过他接受的教养观念:酒是魔鬼之门。她告诉他,波特酒是健康的,是一种滋补酒。她母亲当时生过八个孩子,她母亲经常说,她能生那么多孩子,只是因为每夜喝一杯波特酒。她外祖母表示,从一种有意义的角度看,生下的孩子当中,也有一半是因为这个唯一的原因怀上的。

他们在一起的头几个月里,他的体重涨了一点。他不再谈论瑞士。阿尔卑斯山区有一家诊所,是专门为他这种情况的人开设的。在那里,他们不停地喂你吃卷心饼,像对待奥地利大公一样让你吃饱,强迫你在寒冷的山间空气中行走,听带着山笛的庄稼汉吹奏。他一边讲这些故事,一边哈哈大笑。但是,她能看出他的恐惧。当他惊慌时,总是会狂喜。

如果他在画像里发掘一位对手的存在,他会嫉妒得发狂。她不会跟其他男人说话,从来不会抱住一个人的胳膊。尤其要躲开多西·赖特,他强调道。他还奉劝她,要时刻对其他人保持警惕。音乐家是靠不住的。许多人有难以启齿的疾病。医学生是"把女演员引诱出来"、吹嘘她们的魅力、毁灭天真无辜者的浪荡子。他自己不喜欢猎艳,也不会到舞台后门偷腥。没有哪位绅士为了引诱一位女孩而抱着虚假的希望。

他不是传统意义上的英俊;那撮山羊胡子让他显得诡诈。一张像涂黑刷一样的脸,莎拉有时候这样说。他看上去有点像《潘趣》杂志漫画中一位典型的爱尔兰人:皱着粗眉,活泼善变,刚从树上下来。但他不是一位典型的爱尔兰人:他喜欢倾听。他的少数几位真正的知己都是女性。("像叶芝这种嘲笑女性身上过时的善良和坚定的人,似乎想夺走这个世界上最神圣的东西。")她跟他谈论自己的衣服、帽子和长礼服,她难缠的姐姐,金钱问题,排练中的争论,她所在的可怕"住处",围绕各省份的糟糕巡演,以及她的痛经。他为她安排会见都柏林一位有名的妇科医生;他一想到她要经历不必要的痛苦就无法忍受。在她小的时候,她父亲去世了,她母亲因为突然丧夫,应付不过来,把她送进了一家孤儿院。她给他讲了教区执事、研读《圣经》、燕麦粥的故事,讲了她是如何逃出来并跑回玛丽街,恳求母亲让她留下来的。她后来的生活是在一个瑞士人的制衣店里当店员:她跟他说了,他听得好像入了迷。她像个士兵一样抽烟。他唠叨着让她停下来。

她发现他太古怪了。他是"十分敏感"的,他告诉她。每一位作家都这样,这是艺术的代价。她了解艺术的代价,她曾经有一段时间付出过这样的代价,她创作的一些爱情诗似乎就是悲伤的号叫。

他和她谈论巴黎、德国和阿伦群岛,那里的人们很严肃,允许你们独处。他渴望向她展示布列塔尼、诺曼底和伊尼什曼。他承诺,当他们结婚时,一切都会好起来的。不过,他母亲常常大声质疑,他自己也暗暗怀疑,单靠一个作家的微薄收入,他和妻子怎样才能维持生活。母亲似乎在用这种方式表明,她的家当不会用来补贴阁楼爱情。他渴望那种可以让他们独立的成功。为了逃离格伦纳格里,为了自力更生：这种需求开始像欲望一样在他体内冒出来。

他正在创作一部奇怪的作品。故事发生在梅奥郡的一个小村庄里，讲的是一个小说家用棍棒打了他的父亲。他编了一首歌，吹嘘自己的罪行，不知怎的就成了一位英雄。这出戏快把他逼疯了；他害怕追随对剧本框架、诗意和野蛮行为的任何直觉。他一直试图用他所谓的"强大写作能力"来掩盖他不确定的事情。但是，他开始觉察出这是一种欺骗，形式和内容必须密不可分地结合在一起。它要有该有的样子，而不是哑剧或寓言。如果人们不喜欢它，它也仍然是它应有的样子。他开始觉得，这部剧里有一个重要的角色适合他的傻姑娘。他的佩金，他一直喜欢这么叫她。

他们讨论了这个角色。她说话的时候，他在听。她适应性强，经得起考验。哪个叛徒不是这样？她觉得他是一个天才。他告诉她，她才是。她爱他的奉献、他苦行僧般的严肃。在他旁边，即使是严厉的老奥古斯塔·格雷戈里，似乎也可以试音成为舞姿放纵的卡巴莱歌舞演员。他讨论他的人物角色，好像他们是真实的一样。"我努力对付那个花花公子。"他阴郁地开玩笑说，但他真是那个意思。好像任何一个晚上，只要去母亲的花园里散步，就会碰到健谈的小伙子和说话暴躁的美女似的。

一个温暖的周日晚上，在基利尼山上，他给她读了这部设定在梅奥郡的戏剧的少量独白。他背诵道，单身汉就是在出洋相："就像一只尖叫的老公驴在岩石上走散。"他怀着希望抬头看了看她。这个口吻合适吗？真实吗？有趣吗？他们会笑吗？

他对他的小叛徒称，他写作是出于他对安慰的渴望，创作故事中的东西让他放松，让他的恶魔们平息，但也让他筋疲力尽。他必须要小心谨慎。"一个人不能一次集中使用大脑超过六个小时。"深夜，在他寂静黑暗的房子里，他来到书房里，看了看他那天写的东西。

他喝了四分之一杯的掺水威士忌,再读一遍稿子。在猎人挂毯下方的行军床上,跛脚的老拉布拉多在打着呼噜。她能想象出房间里的情景:灯上的绿色灯罩,翻板书桌上的皮面记事本,床头柜上的一个沃特福德玻璃瓶,瓶里从铁路路堤上摘的毛茛正在枯萎。昏暗的竖框窗户,笔尖轻轻的刮擦声,他就像赌桌上的赌客一样,解开了衬衫袖的纽扣,但赌局还要继续很久。有时候,他朝外望望远处月光照耀的达尔基采石场,或听听仆人们在房子周围轻轻走动的声音。他们这么晚了要去哪里?他们有什么故事?他们为什么在我门口暂停?随着火柴的刮擦声和一小团火焰,他点燃最后一斗烟草。

他知道,让我们跟野兽区分开的特征只有一个:就是每个人都怀揣着一个伊甸园,一个寂静的内心领域;这就是有些人说的灵魂,它没有别的名字。关键是要让人们触及它,受到它的祝福,哪怕是短暂的祝福,把他们从肮脏的生活低语中拯救出来。

在某一刻,他意识到已经写了二十页优秀的内容了,然后就要看勇气了,继续下去可能毫无结果——一切都会消亡。任何人都会做好开头,但开始第二步行动就需要勇气了。他说,这就跟建房子一样,最微小的错误也是致命的。砌砖的每个过程都要摆正角度,否则,整栋房子最后都会倒塌。到第五六十页时,他就会知道不可能的事情是否正在发生。在古老的文字力量召唤下,人物也许开始陆续登场,四处走动,谈情说爱,不是用他的声音,而是用他们自己的声音,说出他做梦也永远说不出的话。他说,这就像在雾中看到枪口的火光,却希望子弹击中你一样。必须要保持镇定,而不是因点石成金带来的兴奋感,坠入刻意取悦大众的愚蠢或夸张中。这些从来没存在过的人们,谁能说出来他们来自哪里?但是,他是一个调解者,他们会找他寻求帮助。他像所有人偶尔会做的那样,似乎在用第三人称的立场看待自己。他把自己看成一个角色,这有可能吗?

负责服装的姑娘们私下里说，他的角色们是乡下的地主。在经济不景气的时候，地主会驱逐佃户，烧掉他们的小屋。有人说，他们中的许多人是身无分文的流浪汉，这些流浪汉是由辛格家的人创造的，且其中虚构的相对较少。她对谣言置若罔闻，拒绝相信这些故事。她猜想，他跟母亲在政治问题上发生了争吵。但是，他母亲显然是带着圣经式的愤怒指出，乡下的佃户们正为他的写作自由买单，所以，他几乎不可以采取革命性的姿态。他母亲和他母亲的妹妹成长于帕内尔一家附近的庄园里，在这位"首领"小时候经常摇晃他的小摇篮。后来的几年里，简阿姨开始喜欢说，她们真后悔没把他掐死。

月复一月，季节转换，排练变成了正式演出。他的目光越来越暗淡；她在他目光中看到的天气是阴沉的。他似乎爱上了死亡，就像济慈凝望猫头鹰一样。一次次的手术，让他咳嗽得像一辆坏掉的火车，但他家老太太还是不肯死。他现在几乎一直生病：他颈部的肿瘤让他颤抖。他恐怕是得了结核病，可能需要一场大手术；他经常会在床上躺好几天。他开始认为，他的发烧是辛苦写作造成的。

剧院里也有麻烦，出现了小集团斗争和分歧。剧院里的人们到底为什么总为琐事争吵？他不是济慈那样的委员，也不是格雷戈里夫人那样的斗士。但他对管理尽职尽责，觉得要做一位调解人。不过，他说，他更愿意在威克洛，漫步在他的岩礁附近，"远离所有善良平凡之人"。他开始建议他的小叛徒也成为一名剧作家。她已经有剧作家的样子了，只是她还不知道，因为她没意识到他在记录她的措辞和新词。对他来说，爱她变得跟爱工作一样。"我的镜子，我的空气。"他称呼她。

他们每天都通信，有时一个早上就通信两次。通常，当他在格伦纳格里锁住花花公子的脑袋，或骑自行车经过斑驳的林荫道时——

他喜欢在黄昏时那样做,因为那时一切都是安静的,他可以呼吸得轻松一点——她就会飘到他脑海中的舞台上。他对她的爱如此炽热;他不会让任何人伤害到她。"连你自己也不行。"他情不自禁地补充道。他真实的本性是那样善良,在温柔中带着谨慎,但他总觉得要用讽刺隐藏这种本性。他是那种最悲哀的人,那种似乎为自己的正派感到难堪的人。"一个受折磨的可怜虫。"他有时候会说。

她感觉,如果他们能更公开地谈恋爱,平常就不那么需要写信了。这会成为一种解脱,就像突然打开一座老宅的窗户一样。他几乎在不停地责备她没有给他多写信。她没有说出她的意思,她写得太简略了,她忘记了他的病,她违背了她所有的诺言,她想从他那里得到的太多了,她想要的还不够,她冷冷地看着他,她对着某个跑龙套演员眨眼睛。"你这是在掘走我坟墓的石头。"一个来自金斯顿的邮戳让她感到恐惧;就像她母亲在看《利未记》时抬眼看,看见温室屋顶上飘着一面三色旗时的感受。要是他们能花时间真正地体会感情,而不是想出新方式来组织语言、表达感情就好了。但是,他似乎觉得如果不能写下来,任何事都不是真实的。在那个梅奥的剧本中,女主角首先要面对的就是写一封信。

她注意到,他用来形容自己最多的形容词是"寂寞的"。在写给他的小叛徒的信里,他几乎总是寂寞的。他喜欢用的另一个词是"失望的"。这个词像微酸的古龙水一样洒在他的信上。她给他带来的失望那样频繁,那样深刻和不可原谅,她有时候忍不住想知道,他到底在对她做什么。

他经常重复一个她觉得奇怪的故事,那是关于他曾经在威克洛的一次特殊逗留。从某种程度上来看,这个故事象征了他俩都不太理解的他。当时,他住宿的房间正好在一间厨房上面。所以,如果他跪到地板上,把耳朵贴到裂缝处,就能偷听楼下女服务员的谈话。

作为莎士比亚的崇拜者,也许他想到了皮拉缪斯和忒斯彼——这对注定要通过墙壁裂缝交谈的恋人。也许——他把她视为跨越那种分离的一种渠道和方式?——有这种可能吗?骆驼穿过针眼也比金斯顿人穿过地板上的裂缝容易。在和他真正亲密的女人当中,她是唯一一位不属于他的阶层的。莫非是把她看成阿伦群岛上的某个丑兽?——不是的。那样他会害怕的。那她的角色是让他获得某些东西的女向导吗?"小心别把油彩弄到你眼睛里。"他曾跟她说。你自己小心,她想回答。暮光不是真实的,只是低处亮起的聚光灯。剧院里的烟雾和镜子太多了。

她看到他在艾比剧院的大厅里,周围都是崇拜者。他会同意给一个节目题字吗,他会握住一个狂热者的手吗?辛格先生,亲爱的大师,我为你带来源自法国的致意。她站在更衣室门的半帘下,看着多西·赖特和她身后的其他演员大笑、喝酒。叶芝和老女士拉着他的袖口,领他穿过了门厅。这是他们最新的展览,好像是从沼泽地里挖出来的东西一样。她想朝他们尖叫:放开他,你们要弄伤他了;你们看不见吗?你们粉碎了你们想从他那里得到的东西。他转过身,与她四目相对,但没有给予其他应答。他消失在一场由恭维组成的暴风雪中。

他们在打印厂门口接吻,双手放在彼此的外套里。他转过身去,回头望望街上。到金斯顿的最后一趟有轨电车就要出发了。车窗湿湿的、暗暗的,车内的人们都全神贯注。

——至少让我送你回家吧,莫莉?
——邻居们会发现的。
——我多希望有勇气要求我想要的东西。
——其他夜晚还有机会的。我爱你。

电车颠簸地驶过萨克维尔大街。她独自与他的鬼魂在一起。回家去找他在金斯顿的母亲。

他像许多自我怀疑的人一样,有时也会有法老的傲慢。她以前收到过情书,但从来没见过像他这样写的。以受难圣徒的名义来说,这个蠢蛋剧作家以为他是谁?男人写这种信件的正确方式是:表明自己不配得到仙女的偏爱,表达自己唉声叹气,辗转反侧,夜不能寐,再稍微暗示对比一下如神话般的舞者。你不是那个意思也没关系:上帝啊,这只是一种不错的形式。但是,这位花花公子却不愿意"花"一点。这些算不上情书。

他赞赏地告诉她,她"漂亮、安静、善良"。她感到好奇,他真的渴望从一位情人身上得到这些吗?这篇生硬如石、死气沉沉的文字真是一位诗人表达爱意的最佳方式吗?他为什么从来不说真正想要的东西?即使美女站在我面前,脱掉她们的衣服,我乞求的也会是你,只会是你。他为什么从来不给她写这样的东西?

他的口吻大多是讽刺的,就像学校里的男老师一样;他是那么唐突,似乎想把她推开。"我不会在布雷等你,所以你别错过火车。""我害怕每天给你写信会惯坏你。""我有任何不赞成的事情,都会尽快让你知道。""为什么你知道会深深伤害我,还要那么反复无常?"他跟许多女人了解的男人一样:一个人渴望得到你、背地里却想被拒绝的求婚者。

他们的争吵是维苏威式的长篇谩骂。"你真是荒唐可笑!"她一面指责他,一面愤怒地把手绢撕成了两片,"如果你愿意,可以不要再写信了。如果再也接不到你的来信,我也不会介意,就这样!"她让人靠不住,他"可怜自己";她怀恨在心,他"墨守成规";她让他生病,他让她筋疲力尽。如果他继续这样下去,她就不再演戏,"去开一家店",

或者到某种粗俗的哑剧中当一名舞蹈演员，他会怎么样？她的一次爆发遭到了格伦纳格里的最终谴责："你最终毁了我的假期。"

他们在剧院里恳求他修改梅奥的剧本。这个剧本会带来麻烦，爱国人士不会喜欢。你不能刻画一个"自夸"是杀人犯的爱尔兰人——一个虐杀自己父亲的暴徒！这是一部荒唐剧。对女主角来说，对他声称的残暴行为感兴趣，就相当于请人焚毁剧院。排练令人惴惴不安，评论者会毁了这个剧本，当局会关掉这个地方。农民们用火折磨一个人的场面——那样太过分了，并且怪诞可恶。他不会改一个词。该是什么样，就是什么样。他承诺道，这个角色将令她成为一个传奇。那是她想要的吗？

《西方世界的花花公子》首次公演的那个周日，他们从卡里克曼斯走到格伦库伦，一路上被雨淋得浑身冰凉，穿过撒满卵石的山谷，可以看到远处的舒格洛夫山。那天夜里，她梦到他在一个荒芜的花园里，杜鹃花要结籽了，一只鹰栖息在他靴子上，羽毛上血迹斑斑。

他没有出席首夜演出：病得太厉害，呼吸困难。她想象他的到场，看到他很晚溜进来，坐在包厢里令人安慰的黑暗中，看着她在灯光的炙烤下走来走去：她站立的姿态，她说台词时的力量。她说台词的样子像是在调情。

她穿过脚灯，知道他在看着她——在金斯顿，他在那个发热的房间里，透过漆黑的窗户，可以看到影像，看到愤怒。在这里，她是艺术家，他是学徒。他远离了一切皆重要的地方。没有骚乱，没有虚伪，没有警棍，没有警察。众人之怒毫无意义。他们的唾沫和她的汗水都将被忘却，演出将走向尾声。"那不是西方世界。"观众中有个男人大喊出来，好像在剧中一样。从某种程度上来说，他就是在剧中；无论这部剧在什么地方，在什么情况下再次演出，他现在会永远在剧中了。到美国，到澳大利亚，到那些她从未想过会看到的地方时，关于他的记忆会随之而来，他的谴责声会响起。她同情这个男人，她理解他的悲痛。这些年来，他一直听说，他的西方世界是一片满是人猿的土地。他希望它是一片充满天使的土地，并为它不是这样感到心烦与惊慌。他的祖父母在他们出生的土地上饿死了。在那个国家，懒人抢走了除石头以外的一切。他的人们死在济贫院里，死在船上，死在监狱里，他们连一座坟墓都不配拥有。他无法忍受他继承的羞愧和残忍，通过这个故事啐到他脸上，但她却紧紧攥住了这些台词。人们在尖叫。随着哭声越来越受伤，辱骂越来越残酷，她设想着爱人与她一起默念台词，他独自一人在金斯顿码头的暴雨中，他胡须上、衣服上沾着水沫。她想哭泣，但那是不会发生的。她呼吸并说话，她说话并呼吸。他在沉默中写下的文字被抛向了空中。表演就是呼吸：身体赋予生命。由于某个原因，还要继续生活在这个堕落的世界上：到处都是伤害，身体走向衰竭，破灭的童年愿望永远不会遥远。这个原因虽然很小，但不是无关紧要。她每天晚上都做的这件事，这是一种仁慈的行为。她为了他而呼吸；允许他暂时死去。大多数夜晚，他都待在家里。

  玛丽街的邻居们不断投来冷漠的怒视。整个城镇都在谈论这部肮脏、邪恶的戏剧。这是对爱尔兰女性的一次羞辱，对农民阶级的一次诋毁。一个残暴对待他父亲的坏蛋；耶洗别[1]也在渴望得到他——想象一下，在一个基督城市的舞台上，出现了这样一个移动的恐怖场景。她自贬身份，像个女叛逆者一样，出现在这样冒犯一群人清白的场面中——她这样的一次背叛会得到原谅吗？

---

1 王后耶洗别，《圣经》中的十大恶人之一。

·6·
写给《泰晤士报》的一封信

1952 年 11 月

阁下：

　　我们必须采取措施，控制在伦敦游荡的贫困人口数量。最近，在一次访问首都时，我碰巧在一个工作日的 12 点半左右，在我妻子和女儿的陪同下穿过特拉法尔加广场。我们看到，一个年纪不小的女人睡在纳尔逊纪念柱的基座上。我们为此感到困扰。我看见这个女人手里拿着一只瓶子，衣冠不整，非常令人生厌。作为一名纳税人，作为在战时自豪地为这个王国服务的人，我为必须资助这样一个懒散的人而感到恼火，我心中的愤怒不是一星半点。她应该知道，容易受外界影响的年轻人也许正在外出办事，更别提她对本市游客的影响了。一位警察靠近这个女人，发现她是一个来自临近岛屿的本地人——我大概要补充一下，那是个共和国——她继续暴露许多身体部位，这是对女王陛下的臣民明显的不友好。如果我可以创造一个流行短语，这确实"有一点爱尔兰"。

敬启

来自伯克郡的忧心纳税人

· 7 ·
格伦克里的幕间休息

两个人正走在布满车辙、草木丛生的马车小道。这条小道往北通向威克洛郡的安纳莫伊村外，穿过满是悠闲的紫色植物、被雨水漂白的棕土、长着齐臀高的成熟大麦的乡村。经过石块密布、高低起伏、形状不规则的田野，田野四周是被地衣染黄的低矮石墙。在草地的边缘，低垂弯曲的柳树下，是一团团湿漉漉的风铃草。这种沉静是如此令人愉快；潮湿的爱尔兰式空旷和山羊被雨水淋湿的淡淡气味。

前一天夜里下雨了，雨下了整整一夜；但是，当太阳慢吞吞地升高，早晨变得温暖而柔和，荆豆覆盖的露地岩层中飘来一股椰香味。一只母羊从一间倒塌的、没有屋顶的、椽子上长着羊胡子草的茅草村舍中小心翼翼地走出来。看到男人、自行车和女孩经过，它好像被幽灵惊呆了似的凝视着。男人评论说，晨光下的红色欧洲蕨的惊艳绽放就像孕妇皮肤的光泽。

"像什么？"她哈哈笑了。

"不对吗？"

"你被精灵迷走了。"

锈迹斑斑的铁丝网缺口处挂着一簇簇羊毛。雨水在低处的草地上汇集。

他们走了九英里，直到小道差不多变成了一条人行小径，到处都是蔓草丛生的荨麻和黑莓丛，像是因被人忽视而发疯的女人。杓鹬、塘鹅，你也记得这些吗？他在告诉你它们的拉丁名字。

他们缓缓地爬上悬崖小径；路上布满石块，松松散散的。他推那辆旧自行车都出汗了。女孩热得难受，但男人作为男人，可以解开衬衫。噢，空气中是一片乌青色的蜜蜂和黄蜂在轻微骚动。高高的野生灌木篱墙形成泥泞的、狭窄的巷道里聚集着成群的水蚊。作为一位城市居民，女孩拍打着周围的空气。"它们能让你发狂。"她说。

被碾碎的捕虫堇与欧石楠，山间香葱的味道，绵羊粪、金银花、香杨梅与蔷薇根，野草莓湿漉漉的甜味。远处，从都柏林出发的南行火车沿着海岸驶过，身后留下了一缕烟雾。引擎缓慢移动的声响随着微风中隐隐传来，有一股泥炭和掌状红皮藻的气味。火车轧轧地通过一条几年前开凿的隧道，穿过伊格尔山的山底，发出尖锐刺耳的哀鸣声。鸣叫声让人想起一个邻居的男孩，他的职业是一个地窖挖掘工。他移居到了布鲁克林，在一次爆炸中死在那里。在车轨的远处，大海呈现出一种不真实的颜色——那是文艺复兴时期意大利圣坛镶板上的一种彩虹蓝，男人曾在画廊里指给她看过。他们可以看到，一艘艘游船定期驶出格雷斯通斯，渔网兜尾随着渔夫们的小渔船。但是，碎浪区露出大量奇形怪状的花岗石，给整个景色平添了陌生与焦虑。黑色的圆舟绕着小岛快速移动，上面的挖掘工人快速操作吊车、石板瓦、撬棍、尖锥和几圈链条。他们正在那块浪蚀岩石上建造一座灯塔——旧灯塔已经停止使用了。

女孩和她的同伴轮流用他的望远镜。男人小声抱怨道，这个任务会让人受尽折磨。她看见，峭壁上有一位士兵，用一根槌棒把铁桩钉进去；他高高举起槌棒，有节奏地使劲击打。他就像通过望远镜观察到的任何生物一样，看起来跟天使一样神秘和超凡。一位中士正对着他大声喊叫，但她听不见他的命令。士兵用锤子击打得更卖力了。

他们继续往前走。自行车嘎吱作响。他拿着一张旧地图，折叠的次数太多，折痕处磨损得很厉害。有人用墨水在地图的象限上零散地画了轮廓线，但不知为什么，制图师好像没有注意到这些线所指的斜坡。在地图封面上，靠近涡卷装饰的地方贴着一张藏书票，上面写有"都柏林圣三一学院藏书"字样。在它下面，用优雅的手写字体印着一首奇怪的押韵短诗。

　　　如若此图——由你窃取，
　　　你将如何言语
　　　——在末日审判得遇？
　　　然若此图——画中有误
　　　旅行者——莫要指责——望你宽恕。

　　她大声念出最后那组对句。他咯咯地笑了笑她的发音。用他的口音念，它是押韵的；换她的口音，它就是不押韵的。为了少数人，饿死百万人。

　　昨夜有一场暴风雨；狂风在利菲河口怒吼。营房的士兵们集合到了凤凰公园；郡治安长官领地里的一丛古老的榆树被推翻了，给马房、客人区和冰库造成了威胁。在她看来，计划得如此谨慎、如此漫长的假期也许要推迟得更久一点了。他们俩为了让假期延长都说了谎。飓风令人不安，来得如此突然——这在暗示一种遭遇和惩罚。雷声也在怒气冲天地咆哮。她没法面对自己姐妹共用的那张床。爱尔兰的夏季又来了。

　　厨房里的煤气灯暖暖的，给人带来安慰。她弟弟下班进屋了。他的一套礼服都湿透了——他的工作是伺候进餐——她帮他脱掉了浸满汗水的西服外套。餐厅里很忙，接待了一场来自城堡的派对。"西部英国人和拍他们马屁的背叛者们。"他们不会给你小费，也不会给你一点热情。他跟以陌生人的短暂友好为生的许多人一样，喜欢经常在家里吵架。但是，当他最喜欢的姐姐在场时，他可能会弱化自己的激烈反应，只是变成他觉得似乎必须为她扮演的角色：长期受煎熬的苦工、受人指使的骡子、被迫生活在女人堆里的男人。

"有一个夜场演出。妈妈在哪儿？"他的双眼发出微微的光芒。

"她去联谊会了，过会儿回家。"

"圣母玛利亚，我们在赛跑吗。你那个朋友也在那儿，那个叫叶芝的。要我说，他说的话比祈祷词还多。"

"坐到桌边，乔吉，等我给你热好晚饭。"

"我不相信那一小群人，就像我不会对着该死的老鼠吐口水一样。我说：你认识我姐姐，先生，她在你们楼下的剧院里。你知道他跟我说什么吗？"

"我们家里没有面包了，乔吉。你要喝一杯波特酒吗？"

"她说话的声音非常文雅。他抬头盯着我，这个卑鄙的细高个儿。他的三明治都像贵族一样，全部咯咯笑着掉进汤里，把酱汁从牡蛎垂肉上抖下来。你看到这种景象，真能把晚餐吐出来。还有他们说的那些话题——全能的耶稣啊。某个中场球员跟他们在一起，他喷出的蠢话比一闰年的旅行中听到的还要多。他们那群人的德行，简直都跟拉重活的役马一样。如果他们得到允许，几乎能他妈的一溜小跑。"

她的心脏就像碎浪在击打一艘船似的砰砰直响。

"不要在家里诅咒，乔吉。你想要波特酒吗？"

"啊，我赶紧滚一边去。"

"如果你想要，在那儿放着呢。我要去洗衣服。"

"你最近神秘得很。没什么事吧？"

"没有，乔吉。我很好。吃晚餐吧。"

午夜来了一个中间人，说约会仍然进行，她天一亮要到韦斯特兰街车站,坐在第十四节车厢里。男人会在火车开进格伦纳格里时上车。她不能认出他或问候他。

"那家伙是谁,"她母亲逼问道,"他这个点打电话?"

"只是一个剧院的男孩,说巡演没有取消。"

"我来给他巡演一遍吧。就是你单独跟他出去,你披上那身皮,在黑漆漆的夜里,晃荡到基督教之家的门口。看在神圣的耶稣面上,扣好你们的纽扣。我追着照料的人是个奶妈吗?或者更差劲?"

在亨利山的山顶,他们来到了建在那里的三角测点。他告诉她,那是由维多利亚女王的坑道工兵们建的。最后一丝阴霾正在消散;他们这会儿知道,这一天会酷热难当。他们向一个安纳莫伊的牲畜贩子问路时,他预测天气会很热。在他们脚下的峡谷里,是一个被残留的耕地包围的 L 形白色小屋。没有马路通向农庄,不过,有人走出了一条穿过莎草丛的小径。他们沿着这条小径走的时候,能看见齐头高的芦苇,听见凄凄惨惨的蛙鸣声。

小屋没有锁,只是上了门闩。一个挂钩上,挂着一英尺长的钥匙。几口大锅从橡子上垂下,挂在充满灰烬的灶台上。炉边挂着一张丹尼尔·奥康奈尔破裂的银版照片。房间里闻起来有一股亚麻籽和旧亚麻制品的霉味。这种味道在洗完之后也无法正常风干。壁炉架上是一根没有灯芯的黑色蜡烛。他好奇地看了看,用手掂了掂。她只好告诉他,那是一块家具打光剂。

房间里有一张锈迹斑斑的铁架床。很久以前,有人把床架涂黑了,但油漆却掉得厉害。

"你从背包里掏出来的是什么,约翰?"

"一张吊床,你这个夜猫子。我自然要睡到外面。"

"那它很适合你。"她不知所措地说。

最近的商店在十一英里外。每到早晨，他很早就骑着自行车，去安纳莫伊买面包、新鲜鸡蛋和前一天的《泰晤士报》。("如果爱尔兰发生任何重大事件，都会在《泰晤士报》上报道。")如果小商贩家开门，他还会买黄油和烟草。他说，他喜欢跟邮件管理员和他那三个"像撒旦一样乖戾"的脏孩子交谈。有时，他会给村民或他们的房子拍照。他会离开三个小时或更久。

她趁他出去的时候清扫小屋，一直走到小河边取水，洗衣服，在荒废的院子里静静地看剧本。她一想到母亲不知道她在哪里，就感到兴奋。她为了一个男人跟母亲说了谎。这有一种小说或某种戏剧的特质，她想知道主角是谁。

她母亲这会儿在干什么？也许正在打开店面，或者坐在橱窗里的高脚柜和衣柜之间，用手指抹掉汗珠，等待客人的到来。她身材矮小，性格开朗，是个不再抱幻想的女人。如果你像她较小的孩子那样，时不时调皮地舔一舔她的手，就能品到淡淡的失望。根据邻居们的说法，她曾经高傲美丽，说话刻薄，肤色黝黑，是西班牙人式的长相。想当年，自由邦的每个男孩都为她崩溃；她选择的丈夫让她父母失望。他们是对的，她说，我没做理智的选择。她有一个满是"蒸汽和气味的"小后厨。婚姻闻起来像是卷心菜和煮过两次的羊肉，等到过完一周，闻起来就是油汁的味道。"一个男人的身体就像爱尔兰的地图，把你的手离利莫瑞克[1]远点。如果你们中有任何一个挺着肚子里的惊喜回家，做出有辱家门的事情，你们知道在插上门闩前，会发生什么吗？我会把你们的外祖母扔到街上——不是扔你们。"

---

[1] 利莫瑞克（Limerick）是位于爱尔兰中西部的一个城市。利莫瑞克的爱尔兰语说法为 Luimneach，意为"裸露的土地"（Bare Land）。

在单调索然的热气里很难沉心阅读。阳光落在泛黄的旧纸页上。她想用一用他的吊床，但两棵弯曲的紫杉树下的蚊虫太多，没法静静地躺很长时间。这片田野、这间小屋的历史是怎样的？这里有孩子出生过吗？他们现在在哪儿？那张铁架嘎吱作响的生锈双人床——但是，还是不要想象这样的情景更好。她发现，梳妆台下面粘了一张弄皱的美元钞票，钞票上亚伯拉罕·林肯的脸上写着"不要告诉他"的字样。在圣雅各日前夕——她想象力过于丰富，他常常取笑她——她在院子里转过身来，震惊得血液沸腾起来。她敢肯定，她听到从粪堆里传来了婴儿的哭声，但那就是一只发情的小猫。

他们徒步走到那座废弃的灯塔，螺旋式的楼梯幽闭而狭窄，通往灯塔室的砌块墙显得比较笨重。破碎窗格周围的油灰在她的指尖剥落成粉末。远处，沿着海岸往南几英里处，有一座参差不齐的岛屿。再过两年，岛上将竖起一座闪闪发光的灯塔。只是他们两个都还不知道，他那时候就不在人世了。他们向外眺望水沫和海鸟。她在一棵橡树的树干上发现一个布娃娃，布娃娃的眼睛没了，双臂双腿被磨成了碎片。

一天早上，她在奥罗拉湖里裸浴，湖水冰凉得厉害，湖面上是苔藓组成的花纹。岩屑堆构成的阶梯状悬崖上，发出了长脚秧鸡的回音。当他从村里回来时，她看到山坡上出现了他的轮廓，他用力蹬着自行车，身后拖着披肩。她喊了出来，但经过水的某种作用，他听不见她的声音。空中有几只野天鹅，还有一只老鹰。

她必须熟悉一个出自格雷戈里夫人的剧本：她的角色复杂难懂。他为她阅读了其他部分，提出了见解。他是一个糟糕得可笑的演员，会做作地念出台词，挥舞双臂，在小屋里跺脚，对着椽子自言自语。粗人听了他尝试模仿的康尼马拉人口音，都会感到难为情。不过，他也知道自己不行，所以没关系。他念表示爱意的台词时声音太大，仿佛是在连续抨击,在念表示愤恨的台词时又过于平稳,漏掉了其中的精华。当他想威胁别人时,又会错过提示,等待时间太长,结结巴巴,中断台词,口齿不清。起誓的勇士到他那里变成了语无伦次的小丑,男巫让他演成了没精打采的英国校长。一天晚上,他非要披上一条床单,假装是库·丘林的神秘长袍。他鼓起双眼,卷起裤腿,披着床单怒吼,指着壁炉要复仇。

几天后,他变得像个乡下人一样:皮肤晒黑了,外表乱糟糟的,头发和胡子变成了白色,衣服上都是红土。他那冷酷阴郁的双眼似乎充满了思考。他的长袜破了个洞,她替他补了补。

"你的胡子里有只黄蜂,约翰。你好好坐着,等我拿块布把它赶走。"

"它们不会叮我的,别担心。"

"你怎么知道?"

"它们闻到我血液里的疾病,会感到厌恶的。"

"别傻乐了。"

"或者,它们也许害怕新教徒。"

他听说,有一种能引起幻觉的威克洛蘑菇。如果有人吃了它,就会看见幻觉和幻影。("老叶芝有一次尝了一些,都发疯了。当然,他也没有疯得过火。")她喜欢他模仿叶芝的样子,准确得毫不留情——那种手势、那种嗓音、那种装模作样的红润脸色。他俩就像是在公开挖苦男老师的淘气学生,而那位男老师也许会随时冒出来。

"你真是个大坏蛋,居然嘲笑叶芝先生。我一直以为,你们(youse)是我听说过的最好的朋友。"

"你呀你,我的小笨学生。我要把你放到我的膝盖上。'雌羊(ewes)'[1]是成熟母绵羊的复数形式。"

---

[1] 莫莉口中的"你们(youse)"跟"雌羊(ewes)"发音相同,此处为辛格嘲笑莫莉的发音。

"哦,是吗,教授?那我马上给你的胡子打蜡。"

"小可怜,试试老叶芝。我当然喜欢他。他反应缓慢,脾气暴躁,圆滑老到,就像一只系着宽腰带的银背大猩猩。每天早上,他的贴身男仆会给他脱衣刮背,你知道吗?"

"不管怎样,他就跟找格雷戈里夫人吃饭那样跪下来。"

"亲爱的老奥古斯塔。你知道她给他喂奶吧,对不对?每晚在第二次幕间休息时。"

"你这会儿说的废话够多了。让我一个人看会儿剧本,你这个卑鄙鬼。"

"其实我说谎了。你没发现奥古斯塔是个男人吗?"

"你现在能不能别演了,让我安静会儿吧!"

"威利·费伊告诉我,一天早上,他逛进艾比剧院的厕所里。恕我冒昧,奥古斯塔正站着制作'亚当的酒'。奥古斯塔说:我英勇的小马,可该放松放松了。费伊说:确实是,女士,感谢上帝。他们两个像喷泉里的水钟一样小便。他告诉我,她尿得像一头水牛。"

"你不要说了。行行好,就给我一个小时。不过,你很可爱。"

他在小屋的茅草里找到一把镰刀,把它带到了树林里,回来的时候抱了一堆荨麻让她煮。但是,这种油滑的绿色汁液太苦了。在爱尔兰乡下一定要小心,因为某个植物群能要你的命。有一种紫杉木的浆果,看起来是鲜红色的美味,却毒死了大量不知情的人。

一天早上,辛格去安纳莫伊买面包,她正在巷道里徘徊时,忽然有一位年轻的警察骑着自行车过来。他像拳击手一样健美,还下车朝她敬礼。他大概跟这女孩一样大。

她跟身边的警察一起沿着小路走,闲谈起天气和鸟类。这位警察是个梅奥人,用他自己的话说是"一个新来者"。这个短语似乎悬在他们之间的空气中。他显然知道,她是暂时住在小屋。他是一位警察,专长就是无所不知。一个男孩肩上背着大镰刀,割完牧草回来,回头瞄了眼这对奇怪的组合。他们沿着小路继续走。田野里的金雀花闻起来香甜浓郁。这位警察的颧骨很高,高得可以挂一顶帽子。

"我听说,他是个作家,小姐。"

"他是个作家。噢,他在试着成为一个作家。"

"当然,我们任何人努力,最后都是能做到的。"

"是的。"

"说说我父亲,愿上帝保佑他。如果你愿意听他说,他倒是个会讲故事的人,小姐。在冬天的夜里,在我家那边的教区,邻居们进去的时候还会谈起他——尽管他已经去世十四年了。他能让你对一个故事入迷。"

"真的吗?"

"有关苦日子的故事,你知道吧,小姐。当时发生过饥荒,人们跟着他们去了美国。他讲过一个很奇怪的故事,说是有一次,一栋大房子着火了,他和兄弟试图救下房东一家。但是,高高的火苗扑向他,他也无能为力,并因此而苦恼。你知道吧,小姐,那种无能为力的感觉。因为房子里有孩子,有个小家伙。他再也没伤害过任何人,连一条小狗也没再伤害过。母亲说,从那以后,他就再也跟以前不一样了。"

"想想那种苦难,真是可怕的时代。"

"确实是。我们摆脱了那个时代,过得越来越好了。那时候人们互相争斗,全国各地谋杀横行。上帝保佑,我们再也见不到那样的情景了。"

"好了,我们要到小屋了。你要来一杯茶吗?"

"好的,如果不麻烦的话,我愿意,小姐。你现在太客气了。"

他在荒废的花园里四处走动,默默地看看地面,然后靠近一间小屋检查门锁,试了一两次门闩。她为他泡了茶。他摘下漂亮的帽子,小心翼翼地放在一块圆形巨石上。

"我们没法改变过去,小姐,事情本来如此?"

"我母亲也这么说。"

"他去安纳莫伊了,要去很久吗?"

"两三个小时,有时候更久。"

"我也想着要更久。安纳莫伊就是用来安排多出的时间的。"

风吹动树枝,一缕阳光将他包围。他试探性地用脚尖走在地上,好像用这个动作可以发现什么事情。他弯下腰,捡起一块拳头大小、长满苔藓的石头,扔进一块远处的田野里。

"我已经没以前瞄得那么准了,"他笑着说,"我曾经从四十码外击中过一只乌鸦。"

"你扔的力气很大,"她说,"我有个弟弟是打手球的。"

"我以前也偶尔会打手球,我是说在梅奥,在威克洛就没有这种需求。"

她看着他扔石头时呼出的气体;想象他在河里的裸体,想象他弯腰去洗乌黑发亮的头发时被太阳晒黑的强壮身体;或者,想象他在小屋里,慢慢地闩上门,看你解开衣服扣子的样子。上帝原谅你,但是,如果能跟一个年轻强壮的人懒洋洋地睡一个小时,那就太美好了。没有爱情,没有交流,没有过去,没有未来,只有他的汗水滴在你的脸上、背上和胸前。天啊,他会像头公牛似的;你会愉悦至死。要是能这样,哪怕经受一千年的炼狱之苦也值。男人们有这样的想法吗?其他女人也这样吗?你的流浪汉这样吗?这位年轻的警察这样吗?"

"那你今天会很忙咯?或者只是巡查道路?"

"我稍后要跟巡佐一起去恩尼斯凯里。几天前的夜里,有一家人被抢劫了。真是一件麻烦事。"

"你不是很勇敢吗?我不会羡慕你的职业。你会抓住抢劫犯吗?"

"我现在也不知道。我是说,他们已经跑了,就是同一拨人。我昨天早晨跟乡绅一起,他是个体面的老先生。我说:'您要时刻警惕房子里的任何小女孩,女仆之类的人,先生。您是个阅历丰富的人,先生。只是,有一些女孩现在的同伴比较古怪。同样是年轻人,他们说的话比祈祷词还多。'"

"你现在把一切都怪在女孩子身上,你不就是个可怕的人吗?"

"上帝保佑您这么天真无邪,小姐。这也许永远是您的福气。但是,作为一名现在的年轻人,她是可以转变思路的。这些飞贼在说土腔方面跟撒旦一样聪明。他们在舞厅里转悠,就像你想象中那样狡猾,拿眼睛盯着等待召唤的正经女孩。或者,当女孩们散步的时候,他们会出现在布雷的滨海大道上面。他们说着花言巧语,唱着甜蜜老歌,简直能把雨水说得不敢淋湿他们。同一只老狐狸还会施展他的狡猾骗术,我不需要告诉您具体情况,小姐。一些女孩没有理智。我们接下来知道的是,您的女主人是什么时候出去的?房子里还有一大笔钱吗?您正在抛光银器吗?这里说的少女不就是您本人吗?我们最近看见许多这样的案例。并且,案例中的少女都被毁了。"

"还好总是有你来保护她们的名誉。"

"巡佐说,在爱尔兰,舞厅和求偶造成的伤害比来自美国的所有炸药还多。"

"真是可怕的大灾难。你没有爱人吗?"

"我曾经有个深爱的人,可她最后去了马萨诸塞州。我们相恋两年——差不多两年。我以为我们会结婚,可她还是打定主意去了波士顿。一年前,也就是上一个圣马丁节,她去了那里。"

"你一直没有再找一个?这么长时间也没找吗?"

花园中的一切都沉默了一会儿。一丛杜鹃花上出现了一只乌鸫。它落在厨房菜园附近的猪舍顶上,似乎要对着天空扬起聪明的面容。警官目光沉着地面对女孩的凝视。

"如果她们都像您这样,小姐,世界就美好了。"

她感觉自己在发光。除了那只乌鸫和蚊虫,没人会知道那株欧石楠的沉静。

"我还是让你接着工作吧。"她非常沉静地说。

"如果您确定的话,小姐……上帝保佑您。"

他为了提高她对盖尔语的了解,有时候晚上会用盖尔语唱忧郁的歌。他唱歌时像个喝了威士忌的民谣歌手那样闭上双眼,轻轻地摇摆身体,抱紧双臂,或者伸手触摸被语言召唤或驱走的、如幽灵般的隐形物。他的嗓音没什么力气;他呼吸得非常痛苦,到了晚上变得更加虚弱,经常因为一次喘息就浑身发抖。但是,他知道在一首歌中如何把握时机,如何展现戏剧效果。他让悲哀的对句像树叶一样落在你身上——那些恳求、乞求与黑暗的诅咒。

> 你从我这里夺走了东方。
> 你从我这里夺走了西方。
> 我恐惧得厉害,
> 你从我这里夺走了伟大的上帝。

"来坐到我腿上,莫莉。"

"我们都知道这样的后果。"

"你不喜欢这样的后果吗,我天真的小野猫?"

"现在非常锋利了,先生,小心不要割伤了你自己。"

他变得更强壮了,体重也涨了。他每天徒步十英里,越过多石的崎岖地带,涉渡河流,攀登悬崖。他发现了一条被遗忘已久的小路,从那里走可以穿过克罗恩森林,通往鲍尔斯考特瀑布。"我把它命名为莫莉之路!哈利路亚。"他深信山谷中有一口圣井,便用他那张古老的地图去找。不过,扒开荆棘丛,找到圣井的是他的小叛徒。井水是油腻的黑色。

"扔一片树叶进去祈求好运,莫莉。"

"我更有可能在里面干点别的事。"

"圣摩西啊,你这张嘴可够放荡的。"

"你有时候喜欢我的嘴。或者,你就是在告诉我这个吗?"

"玛丽·奥尼尔,你令我感到绝望。"

一天晚上,他们在松林里散步时,他走到她身边,用双手和目光请求她。解开你的裙子,亲爱的。不要把这当成罪过。一头雄鹿从小灌木丛中跳了出来。当她靠近时,它那一触即发的听觉被她的低语吓了一跳。

她在有沙子的康斯丹湖水中洗头。来自城市的灰尘似乎要通过汗水排出来,好像她的皮肤蜕了一层。

他阅读拉辛、皮埃尔·洛蒂的作品,把莎士比亚的第一百三十首十四行诗翻译成爱尔兰语——或者说他尝试这样做,只是一天后就放弃了。他说:"优秀的作家是不可译的。"她就取笑他找借口。他大口喝香甜的乡村牛奶,每次能喝一夸脱。有时,他还会喝上一瓶盖威士忌以求"好运",阿兰莫尔岛上的渔夫是这样教他的。威克洛酪乳的味道让他快乐地呻吟起来。"喔,你一定要尝尝,莫莉。他们在奥林匹斯山上也喝这个。"酪乳顺着他的胡须滴下来。他像狗一样舔着自己,一直大笑或叹气。他吃得狼吞虎咽,津津有味,通常也不说一句话,还会用面包抹抹盘子。

如黄金般奢侈的一天来了,不断变化的微风中有一股野生迷迭香的芬芳。每一片沙锥草叶片生长时,或被镰刀割掉,面对香甜的死亡时,都能听到声音。当她在清晨走向小溪时,犁沟中会跃起百灵鸟和蓝色的朱顶雀。她在内心感知到脉搏与血液运行、身体的作息规律,以及身体内的流动。

柳枝间有一条鱼,是一条银色的小鳟鱼。她知道,如果她愿意的话,可以抓住它,亲亲它没有唇的嘴巴,再放了它。如果你这样做,那条鱼会说出一句祝福,告诉你真爱的名字和你丈夫的名字。如果它说的名字只有一个,那你就真的是个幸福的女孩了。

他抬头瞄了眼,读得头昏脑涨,露出一种昏昏欲睡、局促不安的微笑。

"基督徒的舌头本身容易干吧,哈?"

"呜撒,先生,是这样的。我马上就让它变润湿。"

"愿你青春永驻,长生不老。"

拿他的台词开涮,这已成为他们谈情说爱的一部分。他们在对话的时候,就像他剧本里的角色那样。他的微笑仿佛阳光落在黑暗的水面上那样闪烁。她的嘲笑令他快乐。

她起得比以前早,起来时太阳才升起四分之一,阳光也第一次把山染红。这样可以让白天就变得更长。在提神的鸟鸣声中走过潮湿的田野,你会感受欢乐和悲伤的融合,感受树木连成一片黑色的奇迹。一位杂工每天都送来酪乳和苹果,早餐通常持续一小时。

你在他身边入眠，知道他就在那里，感受暖暖的男性香味和他呼吸的节奏，还有月亮映出橡木树枝的阴影。但是，有一天早上，接近黎明时分，他从噩梦中惊醒。

"我梦见把你弄丢了。我父亲在那里。"

"你父亲？"

"我想是这样。亲爱的耶稣啊。"

有一天，他们躺在石楠花圃里消磨时光，抬头望着被他们的喊声吓跑的长脚秧鸡，能闻见香杨梅、熏衣草和柳草的香味。在这样的时候，他会生出甜甜的睡意；他像一个温柔的男孩子，告诉她自己对纽约的想象。

"等我恢复了，我们要去那里。你会得到美国人的崇拜，你会征服所有城市。他们生活得非常自由，就跟每一个摆脱贵族统治的民族一样：为阶级之间的差异而着迷。他们热爱美与勇敢。我无法理解他们。他们是世界上最杰出的人。"

他劈柴的时候割到了手；她为他冲洗并包扎。他把从石楠丛里采集的野生日光兰盖在她的枕套上，还在一棵桤木上刻了她的名字。

在一个下雨的午后，他亲吻她的乳房，感觉好像亲了一个小时，直到她用亵渎神灵的低语乞求他更进一步。然后，她双手握紧床架的横档；她从没想象过，一个男人的嘴唇可以如此温柔。事后，她感觉自己一览无余，不想正视他。暴风雨之后是一阵平静。

他伸手从她的头发上扯下一截断了的麦草。

"你呆呆地在想什么，我的棕眼小妞。"

"你跟许多女孩一起过吗，约翰？"

"没有许多。在法国有几个。"

"你爱过她们吗？"

"我觉得有，有一个我想我是爱过的。"

她逼他说出来，他再次哈哈大笑，用麦叶扫过她湿润的乳头，然后亲吻她的头发和脸部。

"你闻起来有草莓叶的味道，"他小声说，"我爱你。我的小美味。"

"我马上给你吃草莓。先跟我说说她，我的情敌。"

"噢，那都是很久以前的事情了。她跟我的宗教信仰不同。"

"她是罗马天主教徒？"

"不是。她是一个普利茅斯教友会成员，是我们在金斯顿的一个邻居。"

"她伤了你可怜的心吗？"

他停顿了很久才回答。"我那会儿年轻。我猜，我当时是那样认为的。我那时候跟现在很不一样，但这些都不再重要了，我的小淘气鬼。"

阿特金森的大不列颠地名录（含爱尔兰）
写给慢行者、漫步者和探洞者

每逢晚上，他工作的时候，她就看他的旅行指南。那本指南的书脊裂开了，书页散开了。他画了许多条线——有时候整段整段地画。她思索着，这些大概能透露出关于他的什么情况。

威克洛的怀抱给灵魂带来了太多愉悦——对她这位游客来说，本地人有一种顺从的可爱。他们面容幸福快乐，就像在帝国的晴朗气候下，遇到的女王侍从的满足面容一样。

他开始创作一部以医院为背景的小说，开始整理笔记，塑造场景。她听到他对着角色喃喃自语，就像有时候跟她说话的样子一样：唠叨、哄骗、乞求他们来找他。"婊子的私生子，出来！"他号叫得那么使劲，吓得茅草屋顶上的白嘴鸦嘎嘎直叫。文字就像围绕在他身旁的蚊虫，他要做的就是抓住其中的一只。她想象他在一大堆文字的样子。

她浸泡在破旧的铜制浴缸里，水散发着草皮的芳香，他为她念了一章草稿。她告诉他，这一章不好。他说，他知道。那天晚上，他们看到一片金雀花像火一样在卢格纳基利亚蔓延，冒出红色与金色的火焰，迸出几阵紫色的火花，而一些黑色的小身影正拿着干草叉、长柄钩镰和长柄大镰刀，在火光中匆匆穿行。

"噢，我整个下午都不在，你可以享受一点安静了。我说过，我要跟叶芝一起吃晚餐，他正在拜访鲍尔斯考特。这顿饭肯定很乏味，但也必须面对。"

"你之前没告诉我。"

"我给忘了，很抱歉。"

"我可以跟你一起去吗？你会介意吗？出去一次也很好。"

"叶芝……"他停顿了一下，"他不知道我们处到什么程度了，我觉得你也意识到了。我一直打算告诉他的，可他有时候太守旧了，守旧得出奇。"

"我们不能说是一次巧合吗？你在安纳莫伊碰到我了。我在探望一位生病的朋友。"

"噢，你会讨厌这次对话的。你知道叶芝有多唠叨。白人是很难忍受的。我最晚会在五点脱身。"

"可你早上九点就走了。我这一整天要干什么？"

"我天黑前会回来。除非你不希望我去。"

"如果你答应了叶芝先生,那当然要去。"

"你的语气让我吃惊。我想,我让你失望了。"

到午夜时,他还没回来。黑夜充满了各种声音。小屋里最后一支蜡烛快要燃尽了。一阵风肆虐而来,窗边的山楂开始不停地敲打玻璃,显得比较单调。床上用品散发着他的肥皂味、他胸口的药膏味。蜡烛在最后一次跳跃的阴影中渐渐熄灭,房间里萦绕着蜡烛熔化的味道。

下半夜的时候,她突然渴得难受,昏昏沉沉地起来,去窗边找大口水壶。远处,一盏防风灯发出了微弱的环形黄光。

"约翰?"她喊了出来。灯光不动了。不知道为什么,她知道那不是他。

她"砰"的一声,闩上了门。她意识到自己在发抖,望着灯笼光穿过幽暗的夜晚,听到沉重的脚步声、低沉的男性嗓音。三个人——也许是四个人——很难确定。有靴子踏在碎石上的声音,还有咳嗽声。

"我被吓个半死,吓得都说不清楚话!而你正在鲍尔斯考特熬着夜,听着甜美的范妮·布朗之歌。"

"他们也许只是偷猎者,或者可能是猎场看守人。"他发出温柔、躲闪的笑声,瞥向远处的湖,"当然,这通常是一回事,尤其是在威克洛。我很抱歉,让你受惊了,我的小麻雀。"

直到后来,他们才在小屋的后面,看到新刷的文字。

驱逐者要么滚出去,要么抓起来

"他们来过,"他轻轻地说,"我们玩得太兴奋了。"

"可是——他们是什么意思,约翰?他们有什么理由这样写?"

他望着远处的舒格洛夫山,麻鸦们正在盘旋和喊叫。他似乎很久没有回应。最后,当他开口说话时,仿佛他身上发生了什么新鲜事,或者他看不清的某个人把一束尴尬的光线射进了他的眼睛。"在我家的庄园上,以前发生过一些事。我不想再提这件事了。"

"但肯定没有人被驱逐吧?"

你看他的时候,他似乎在变老。

"约翰?没有人被驱逐吧?你为什么不看着我?"

"他们拒绝支付欠款。我们对此能做什么?他们中间有一些人最爱挑拨是非。革命分子、暴动者,看你愿意叫他们什么。我哥哥——他是地产经纪人——试图找出双方的共识。我的哥哥,他是个好人,想寻找双方的共识。但是,他们表现得像顽固的孩子,拒绝所有和解。那是一件苦恼的倒霉事,我完全受不了。"

"有多少人?"

"这个重要吗?"

她仔细地看了看他。

"我想是七个。"

"七个人?"

"七个家庭,或者八个。"

"可是,约翰——那可能就是四十个人。你把他们扔到大马路上了?"

"我没把他们扔到任何地方。我没把他们扔到任何地方!我住在巴黎,对这件事毫不知情,也没人问过我的看法。"

"你是在巴黎吗?"

"他们拒绝帮助自己，拒绝承担一丁点责任——"

她不理他，继续问道："你是在巴黎吗？"

"他们有一些人十五年不付租金了。你为什么那样看着我？我当时住在巴黎。这些人为什么总是想找麻烦呢？在一个国家的烂阴沟里激化的事情，别管它是什么事情，都让人绝望。"

"如果你说的这些人是指穷人——"

"我不是那个意思。"

"他们的家人要饿死了吗？"

"我的家人就不会饿死吗？"

"你很荒唐。你知道这一点吗？为什么要装乡下的蠢人呢？"

"我母亲会饿肚子吗？那是她所有的收入。你可以帮我弄点水吗，莫莉？我要把那脏东西洗掉。"

"约翰——"

"这个世界不是我创造的，莫莉，也不是你创造的。我要去湖边弄水。"

一位老农妇出现在小路上，手里牵着一只公羊，肩上扛着一篮黑色的草皮。她看起来像他的年鉴封面上的科曼奇族酋长。她在伊利诺伊州有个儿子。

他试着用盖尔语跟她讲威克洛北部农村的地方传奇、民俗和地名。她有关于饥荒的记忆吗？她在英格兰有亲友吗？她不明白他在说什么。当他解释说，他在讲爱尔兰语，她和蔼可亲地看看他，就像一个淘气的孩子问了一个不便回答的问题时，她大概也会这样微笑一样。去年夏天，峡谷里有一位来自德国的教授，他手里拿着一本新教《圣经》大小的笔记本，头上戴着一顶猎人的羽毛帽，嘴里吐出一串串神圣的盖尔语（愿上帝保佑阁下，但您从来没听过类似的语言）。他把书夹在腋下，拖沓地走在沼泽周围，向所有的乡下人打听神话故事。他们穿着水靴在河里挠头，而你的男人在对他们大喊，询问关于维京人的故事。他会缠着你问，你有关于圣徒的故事吗？你设陷阱抓住过猪吗？你是基督徒吗？说句实话，他简直会问"你早上吃什么饭"这样的问题。警察都不会问你的事情，这个耕童都会问。还有饥饿、移民和所有旧日的伤心事，他希望把这些写到书里。恕我冒昧，只是谁会看这个啊？如果有人看书就好了。这在格伦纳格里是不可能的。饿鬼和鬼魂都不知道，在这个世界一本书就能让人心满意足，先生。你不觉得当今世界上的苦难已经够多了，你就不要把它写下来，为世界平添苦难了，先生？我们只能用这种方式嘲笑魔鬼了吗，先生？哈哈大笑，笑到魔鬼受惊。但是，这位德国教授，或者无论他是什么身份，愿上帝保佑他还活着，先生。请宽恕对教授阁下的不敬，但是，他很可能会感到失望的是，你们这群人一个也没淹死，或被英国兵踢破肚子。回他的德国吧，没什么可说的。这周围的人什么也不记得了。

"愚蠢的老马车。"

"她叫德罗琳，拜托。"

"她这样的人应该在疯人院里。我根本不知道你为什么要跟他们说话。"

"他们让我感兴趣。这些人们，就像古老的希腊人。"

"他们像我神圣的屁股一样。"

"我希望你说话不要那么粗俗。"

"你看见她那像蛆一样的胡子了吗？她比公羊还恶心，就像一头母猪盯着泔水桶一样。"

"我说过,我希望你说话不要那么粗俗,莫莉。"

"噢,你是这样希望的,我的阁下?哎呀,我很担心。"

"不过,你明知道这样会伤害我,为什么还那样做?这个可怜的女人对你没有任何伤害,反而是你的态度让她受挫。"

他正在削一截在沼泽地里找到的橡树段。

"我觉得,就是有什么事让你不安。"

"没有,约翰。我累了。"

"是什么事?"

"好吧,既然你问了——我们不能结婚吗?"

他用大拇指戳了戳桌面上的一小块蜡油,缓缓地长吸了一口气,像个要开始唱咏叹调的男高音一样。"我也心急。可是,你也知道,现在有各种障碍。我们还要再忍耐一阵子。"

"再忍耐一阵子是多久?直到我们年老白头,是吗?是不是直到我们不剩一颗牙,才没有怀疑与犹豫?"

"从手术以后,我的身体就变虚弱了。你非常了解这一点。"

"你虚弱到承受不了祝福和一把五彩纸屑?"

"我没办法养一位妻子,你肯定也明白这一点。"

"这不要紧的,这句话我都说厌倦了。"

"可是,对我来说,这显然是要紧的。我作为一个男人,肯定是看重这件事的。如果人们看见我没法养活妻子,他们会说什么?你知道的,流言蜚语会像狂欢节一样。"

她迅速地从长凳上站起来,在放盘子和餐具的旧梳妆台前忙碌。

"不管怎样,婚姻不就是最终承认了父母是对的吗?而对社会来说,可以想象,婚姻是可以想象到的、调节自然冲动的最沉闷方式。"

"自然冲动?"

"哦,你管这叫什么?"

"我听到许多叫法,其中一个是爱情,约翰。"

"啊,是的——爱情,这位裁缝师的朋友。"

她看了看他,把一大堆代夫特陶器扔到了石板上。有几件陶器被摔得粉碎,其他几件滚得到处都是。还有一个大浅盘干脆裂成了三块,缺口处蓝白相间,就像天空的碎片一样。烟囱里突然冒出来什么东西。

"圣摩西啊,你在干什么?"

"你这个婊子养的蠢货和恶狗。你从这里滚出去,不用管我。你可以睡在那该死的吊床上,我的花花公子。"

"这种歇斯底里究竟还会不会继续,你能告诉我吗?"他仔细地斟酌措辞,但她能看出来他很恐慌。她想瞥一眼他面对女人发怒时的无助,并了解这种恐惧的根源。她开始抽泣,他在她眼中模糊起来。他从挂钩上拿下扫帚,他的靴子轻轻踩在陶器碎片上,发出嘎吱嘎吱的响声。

"你打开门,我帮你打扫一下,莫莉。发生这些小意外很正常。"

她开始打包衣服,装进巡回演出时常带的那只旧旅行袋里。

"所以,我要你离开,你就会离开吗?你打算怎么回都柏林?"

"如果非要我走,我可以用脚走,我完全可以步行。这是自认识你以来,你教会我的唯一有用的东西。"

"你当然很荒唐,你会把一切搞砸。"

"我可以理解为,你不愿意给我一先令买火车票吗?"

"看在基督之爱的分上,女人,你非要这样做吗?"

"如果你愿意,可以称之为嫖资。就叫嫖资吧!你介意吗?我永远也不想再看见你这张骗子的脸了。"

这趟巡回演出是去英格兰北部的,接着是威尔士,然后是苏格兰。你忽略了他的电报和信件。但是,每晚说他写的台词,都会让你想到他。他的语言中有一种残忍,措辞中充满了刻意的不和。这些措辞会让你深吸一口气,喃喃低语,转向邻座的人,感觉房间里有人喊着奇怪的东西。

无论你们之间发生过什么,你现在都不得不放手了。你感觉,他要么觉得给你写信是必须坚守的一种责任,要么就是他需要戒断的一种习惯。你们正在解开对各自的羁绊,也许不会伤害到任何人。一天晚上,在曼彻斯特的一次表演后,你跟姐姐一起走,跟她说了一点感受,以及没有兑现的诺言。她指出来,你现在说到他时用的是过去式,她建议你给他最后一次机会。你为什么退缩了?你应该试一试,最差的结果无非是一次最终的拒绝。难道你还能继续骗自己说你不喜欢他吗?你肯定能识别出这是一个谎言。

你梦到了威克洛:隐藏的湖泊、废弃的老矿井、沼泽草地、渡鸦峡谷、鲍尔斯考特的瀑布。他之所以再访他的童年夏日之地,有一个理由就是你——这就是你一直以来的作用:一种消遣。他说出那些让他感到宽慰的地名还有一个原因,他用金斯顿口音说出那些字眼是很好听的:德乔斯山、通达夫、卡里克高乐冈、诺克辛克、奥格哈瓦那、格伦马鲁尔、安纳莫伊、纳罕纳干湖。恩尼斯凯里的新教墓地里的坟墓,离情人跃岩石不远。你让他领你看他最喜欢的风景;他带你沿着基尔莫林的森林往上走,在一条蜿蜒小路上徒步。你从东方的地平线上,认出斯诺登尼亚的山峰,还有位于霍利黑德入口处光秃秃的霍利岛冰丘。那片景色来自你的梦境,你是在利物浦的一间寄宿公寓醒来的。他给你寄来了一封信;你把信烧毁了。

曼彻斯特、牛津、梅德韦区的城镇、约克郡、卡莱尔、大雅茅斯。你梦见跟他一起在布里塔斯湾，在沙丘里吃难吃的三明治，还梦见在阿克洛的一间麦芽作坊附近有一个仙女环废墟。在附近捉鹡鸰的孩子们说，仙女环在诞生一千年以后，仍在传播施展它的威力。一位农民尝试推倒它，可一走进这座旧堡垒，手里的锤子就突然着火了——锤子还没落地，他就死了。"这就像耶稣一样真实，先生，我亲眼见过。"

"见上帝去吧，你这坨眼屎。"另一个少年嘲笑道，缓缓地跟他的女朋友小声嘀咕。但是，第一位男孩一直坚持这个故事的真实性："我不会对着坟墓发出嘘声，也不会跨过那个仙女环。她们会跟着你，真是这样的。她们作恶多端，真是这样的。以前，这条路上住着一位老流浪汉，他告诉我，仙女们带走了他的妻子。如果你亲眼见到他，你会相信的。"

八月份，你在伦敦表演了一周。有传言说他会过来。他留下一张便条，大概意思是他感谢你的首夜表演，只可惜他因病必须提前离开。女化妆师为你念了便条的内容，你没做任何回应。有人拿来了香槟，你把它喝了。

他在便条上说他想你了，本来想到国王十字站接你的。他都从俱乐部出发了，才意识到这样做逼得太紧，你也许不希望他这样做。他在风雨中走在车站周围的街道上，在一间咖啡厅里坐下，试图整理思路。他看着一趟趟火车进站。他知道，你就在其中的一趟列车上。要是他跨过月台，走过去抱住你，接下你的包会怎样？你会为在那里见到他感到高兴，还是认为他的存在令人不安？他最后坐了很久很久，那个时候，你一定已经到站了，或者在去酒店或剧院的出租车上了。毫无疑问，你根本不希望见到他。

你昨晚梦见他了，梦里的你正走在伦敦的罗素广场上，他说着那么轻松自由的话，让你很难在清晨的黑暗中醒来。你快速写了一封情书，情书的内容真诚坦率，只是太过冗长。你写信说，你已经把他视为据你所知的一切幸福和勇气的源泉；你一想到未来没有他，就感觉难以忍受。你考虑了很长时间，才写下"难以忍受"这个词，感觉这样激动的宣言会吓坏他或激怒他；这样的声明对你肯定会产生这种效果。然后，你会直接放手，写下你的一切感受。因为你知道，你永远不会把信寄出去，你没有勇气展示它。愚蠢的短语蜂拥而至，现在都不重要了。你从爱情诗歌中，从有意义的歌曲中引用语句。当你看着那封信烧起来时，你感到一种神奇而明亮的希望：随着信纸的毁灭，信上试图描绘的事实也开始分崩离析。你想知道，你为什么花了那么长时间写信。

利兹市下了一场雷暴雨。他的胸膛挨着你的背。你听到外面街上的年轻人在尖叫。你之前忘了说一点，房子里条件很差。你们在酒店里喝得太多了。

这种事还是第一次发生，酒店里都是莱弗里特医生开的滋补酒。"为了女性疾病和大体的月经周期干杯。"房间里太冷，毯子太重。你听见他在对着你那乱蓬蓬的头发轻轻吟唱。

去年，在玛丽夫人的餐桌上……我正在墩堤……
我遇见一个已经分手的男孩……他狂欢恣意。

我接受了他的陪伴,走时与他一起,
但我的悲伤与不幸,证明了我被背弃。

"我警告你,如果你还想睡觉,就最好消停会儿。"你小声说。

他停下来,又唱起来。

你知道这只是一个梦,但那时候也没关系。在利兹市,那是暴风雨中的一夜。

※

你跟他分手后,习惯晚上出去散步。史蒂芬绿地算是一个目的地,但你经常会绕回来,到拿索街上的几家书店,穿过圣三一学院的方形校园,沿着利菲河的北码头,穿过凤凰公园的一片荒凉。秋天要来了,夜幕降得更早了。学生们会进公园打栗子。

一直以来,在这个季节,你能看到这座城市的美景是最多的。一天下午,你走到老图书馆去看一次珍本展览,却发现基尔代尔街上空海雀盘旋的景色比诗歌中描写得还动人。那是都柏林夏日的一个傍晚,空气中弥漫着新鲜亚麻织物的味道;淡金色的光线洒落在街上,连商店的橱窗似乎都产生了魔力。

你暂时停下脚步,查看古文物书店外的一堆书时,突然感觉你身后的杜克大街上有个人。

"莫莉?"

你转过身。

他表情中混着希望与防备,眼神中带着谨慎、期待和些许恐惧,就像一个人在测试刀刃或者检测一种措辞。

"莫莉。亲爱的上帝啊,你过得怎么样?"

"非常好。"

"真是惊喜。其实,我这一刻想的就是你。我想起来,我从有轨电车上看到了你,多么离奇啊。"

你的第一反应是赶紧离开。你感觉,你的心门正在一扇扇地打开,但你不想再次经过其中的任何一扇门了。

"你为什么在镇上,约翰?你要去剧院了吗?"

"正想着要不要去呢。但也没什么特别的表演。说实话,我只是在到处逛荡。"

人群在你周围移动。一个变戏法的开始玩火。

"你看起来状态不错,莫莉。"

"不算好吧。"你瞄了一眼手表,"我的体重长了几英磅,这当然是巡演的副作用。他们觉得,既然你是爱尔兰人,就只能吃土豆,所以,公司有一半人都胖成了球。"

"几乎看不出来啊,你适合这样,你的脸显得圆润了。"

"多西·赖特说,一群演员的总体重通常是不怎么变的。一些人体重会涨,一些人体重会降,但总体来说是一样的。就像一家人一样。"

"这个观点太有意思了。萨莉这些天怎么样?"

"我想她好极了。当然,即使她不好,也不会有人告诉我。你也知道,我们的萨莉就是那样,总是守口如瓶。"

"莫莉——"

"也许,她这样做是明智的。"

"我们也许可以一起喝杯茶?你大概没时间,对吧?"

"我过一会儿有个约会。"

"约会?"

"是的。"

"那么,是十分钟后,还是十五分钟后?催你催得紧吗?"

"我想还是不要了，我朋友会生气的。而且，我和你根本无话可说。"

"我非常理解。就给我五分钟？如果非要找个理由，那就看在往日的情分上？"

你不想跟他一起走，却发现无法拒绝。你们穿过这条街，来到"帝国咖啡厅"，但是一开始没有空桌子。你们一起站在通往夹层露面的阶梯上。他看起来激动而惊讶，说话语无伦次的；他从来不擅长待在咖啡厅里。你能闻到他的剃须皂的麝香，还有润发油的味道。你想知道，能不能不用大吵大闹就可以离开，你可不想那样吸引眼球。你不想给他说话的机会。在等空桌的所有时间里，你一边维持着陈词滥调的对话，一边很想抽根烟。

一阵沉默出现了，你们之间好像坐了一位不速之客。你看得出来，他也在后悔请你来。楼下的街道上突然传来喊声和嘘声，那是警察正在追赶一个贫民窟的孩子。

"我经常想起你，莫莉，一天中无时无刻不在想你。我有许多话想对你说，想跟你说说我们之间的争吵和误会。"

你没有回复。他看起来比你记忆中年轻。听他叫你的名字，有一种奇怪的距离感。他梳着跟以前不一样的发型，系着一个带三螺旋形别针的领带，穿着看起来很贵的衣服。你很好奇，他怎么买得起那样的衣服。咖啡厅里太热了；他的眼镜模糊了。附近的小巷里响起一阵教堂的钟声，人们做出了十字架的手势。

"你朋友呢？"他轻轻地问，"我想问问，我认不认识他啊？"

"我觉得，你没资格问这个问题，约翰。"

"是赖特吗？"

"我觉得这不关你的事。"

"没错，是这样的，是这么回事。"

"我希望,你母亲还好吧?"

"我想是吧。当然,她从来没有多好过,但她挺了过来。从这方面来看,她真是令人尊敬,坚忍顽强。"

"我得去见我朋友了。我要在桥上见他。"

"我可以跟你一起走吗?"

"好吧。我得快点。"

当你们一起穿过拥挤的街道时,你心跳得厉害,甚至能从牙龈中感受到。你们穿过学院绿地时,你默默地挽起他的胳膊。年轻人们正在圣三一学院门口等他们的爱人。一位用毯子裹着婴儿的妇女拿出一个杯子,在他们中间走来走去。已经过了六点钟,办公室要关门了。这是你们最后一次一起走过这座城市。他说起正在创作的一个剧本,还有去苏格兰和威尔士的巡演,还有一切无关紧要的事情。一位民谣歌手高声唱着副歌,对着天空挥舞拳头,引来一群路过女学生的嘲笑。很快,你们就站在通往半便士桥的台阶上了。风沿着码头缓缓地吹着枯死的常青藤叶子,其中一片叶子拍打着、贴紧了他的翻领。

"我们可以重新开始吗,莫莉?"

当你看他的时候,他正在哭。他低着头,肩膀剧烈地颤抖,就像一个羞于哭泣的男人。

"约翰——看在上帝的分上——别人在盯着看呢。"

"我很抱歉。真的很抱歉,抱歉我给你造成了伤害。我请求你的原谅,莫莉。我一直是个讨厌的蠢货。"

"该发生的已经发生了,约翰。我没能让你开心,会有另一个女孩让你开心的。我们现在必须勇敢面对。"

"没有另一个女孩,莫莉。永远不会再有了。"

"你不能说这样的话。你是一个很好的男人。"

"不,你不明白。他们告诉我,我快要死了。原话不是这么说的。但我知道,我知道的。"

人群推挤着经过你们。河里出现了云景。你拉着他的手,望着那些云景。

———————

你像每个周日那样,跟他一起沿着布雷角步行。悬崖小路下是起伏的暗绿色海面。以前,你们傍晚能走到格雷斯通斯那么远。最近,那里对他来说太远了。他重重地靠在你肩膀上。人们在挨身轻推。他们现在认识他了。他是写了那部污秽戏剧的金斯顿小流浪汉,肮脏的新教淫秽作品散播者;还有他那位叛徒荡妇。他把我们说成野蛮人、杀人犯和酒鬼,把我们的女人说成只穿土布的妓女。噢,英格兰的人会对我们哈哈大笑,为什么他们不笑呢?像辛格和他的公寓放荡女友这样的叛徒总是会把他们的国家出卖给征服者,这样做有时候是为了金钱,其他时间是为了权力:他这次在一家剧院里,为大领主擦拭咯咯笑的大嘴,想擦掉大领主嘴唇上的唾沫。辛格是这个婊子的叛徒,是舞台版爱尔兰人的傀儡师,是这位喜欢唠叨的杀手的创造者。他一半是弗兰肯斯坦的怪物,一半是小丑。他似乎不生气,甚至也不惊讶。"我们引起了轰动。"他告诉你。你继续顺着道路往上走,你们一起推挤着走到混凝土路面的斜坡上。他似乎试图说服自己,这都不要紧。("一想到人们好像继续把艺术、文学和写作当成世界头等大事时,我就怒火冲天。")他有时候很虚伪,这是为了保护自己。

很快,他会改变问候的措辞。他会叫你"我的孩子",而不是"我的小叛徒"。他每走一步都在变老,他经常处于剧烈的痛苦中。

"我真的以你为豪,"他说,"我真是喜欢你。我爱你。"

他手术失败,正在德国恢复时,他母亲因癌症去世。他母亲岁数大得他都记不清了。他忠诚于她的灵魂,那种忠诚绝对而炽热,就好像她还在房子里,在他身后张望,等他为她弥补所有的失望。"我没法向你形容,关于她的记忆对我来说是多么不可言喻的神圣。"他会这样写,"世界上没有什么比一位诚实的妻子和母亲更美好的了。我多希望你更深入地了解她。我希望你会像她那样对我好。"写下这样的文字该有多难啊,但更难的是不得不把这些文字读出来。

他要在格伦纳格里的大房子里待一段时间。但是,他会发现,一个人待在空荡荡的老房子里,身边只有"一个仆人的小毛驴"做伴,是很难熬的。他会继承一些钱,虽然不是很多,但是足够在邓德拉姆这样的郊区平静地生活了。这就是他现在想要的:他的孩子和邓德拉姆。在一个没有回忆的家里,一起度过安静的几年。他就像临近剧终的李尔王:开始寻求他在第一幕中拒绝的安慰。他正在被众神当作消遣而杀死。

他会再次跟你谈起婚姻,谈起未来。"要是我的身体允许,我们现在就能继续发展了。"但是,他错过了可以让他吐露心声的所有提示;这些提示曾经出现过,只是他没有辨认出来,他排练了那么久的表白也就无法实现了。他被送到了市区的一家疗养院,那里的看护人员把他推到一扇窗前,让他可以看到远处心爱的威克洛山脉。他身体虚弱,为苍穹沉醉,凝视着逝去的威克洛山。你浸湿手帕,为他擦了擦嘴唇和眼皮。有一天夜里,他小声地嘀咕道,他要喝一小口香槟。在他母亲死后,他度过了痛苦的五个月。之后,在一次注定失败的霍奇金淋巴瘤手术后,他也会死去,享年三十七岁。悲痛欲绝的你会哀求神父为他做一次安魂曲弥撒,但神父会告诉你,这个请求很难实现。他不是我们中的一员,有着另一种信仰。毕竟,界限还是要有的。

他大概会理解的,他也不想造成任何麻烦。在他的一生中,他不得不习惯于别人微妙地表达出对他的不接受。他知道这是什么感觉:你被隔在墙外,被别人设下的界限隔开,必须透过人群中可见的缝隙,凝视那些你渴望获得其认可的人。直到他去世,他的直系亲属中,没有一位看过他的一部戏剧。

"我最亲爱的,"他的告别信是这样开头的,"这只是写给你的一句台词,我可怜的孩子,谨以此向你道别。请你勇敢善良,莫忘我们拥有的美好时光,还有我们一起见证的美好事物。"

署名是"你的老朋友"。他不再是流浪汉了,也没必要再扮演任何角色了。

女儿将根据她母亲最出色的角色取名为"佩金":这是《西方世界的花花公子》中女主角的名字。这位女主角爱上了一位小说家,但很快便失去了他。当时,过去的事情就像他受伤的父母一样,蹒跚着从黑暗的后台走出来。

"所有的艺术都是一次合作成果。"这部剧的父亲写道。

"对我来说,他就是一切。"这部剧的母亲说。

·8·
伦敦剧院区

下午1：10

基座上的厄洛斯,还有他那没有箭的弓。在满是污物的喷泉池周围,成群的年轻人一副杀气腾腾的样子,看着过往的站街女和警察。你穿过杰明街和干草市场,还有如羽毛般的雪花。如果里昂转角咖啡馆开着,你会进去试一下:也许来一杯牛肉汁,几块漂亮的糖霜蛋糕。这会儿喝杯咖啡是比较明智的选择;你喝白兰地喝得有点多,大白天醉酒的体验可不舒服,尤其是在天气阴沉的时候。但是,那家咖啡馆关着门,真奇怪,都快到午餐时间了。你盯着店门,好像这样盯着,它就会开门。这是现代英格兰的诅咒:人们不想工作。懒散让整个王国堕落。

不像你的那个时代。老天啊,不会吧。成长让你筋疲力尽;在十四岁生日的那个月,你一直身体虚弱,那种头脑眩晕让你既感到害怕,又莫名其妙地兴奋。但是,每逢周六早晨,不管下雨、雨夹雪,还是刮飓风,都要出去上班;人们都认为你是个装病鬼。公立药房的医生推荐了一种专利的补铁奎宁水,配上每晚一杯的健力士啤酒——这样会有帮助的。你的外祖母鄙视这样的药方和用这些药方的人。现在的年轻姑娘过得好了,她们一分钟也消停不下来。在我自己的时代,我们没有懒散的借口。

离开学校的那个夏天,你很高兴再也不用跟另一个修女讲话了。你在曼妮·谢因德林裁缝店当学徒,缝合褶边,复描花样,陪雇主的儿子们到市场上买丝绸和一管管英式绳绒线。这些爱戏谑的、英俊的呆子——他们叫什么来着？阳光别致地透过市场高高的旧窗户照进来；商人中间讨价还价，来来回回，开着善意的玩笑。你和男孩们慢慢回到小耶路撒冷时，偶尔会买苹果和冰激凌。大一点的男孩很懒，他弟弟很负责。你们快乐得像一根穿了线的针。

一天下午，你的手腕上盖着一块美国棉布，就像一面庄严投降的旗帜。

鲁道夫，是叫这个吗？雅各布？或者是其他名字？噢，这太令人抓狂了——当你上年纪的时候，记忆是怎么运转的，或者是怎么不运转的。你记得自己五岁时床单上每一个正方形的顺序和颜色。但之后，对你如此重要的人，你甚至连他们的名字都忘得一干二净。莫莉，你这个老笨蛋，你正在偏离正轨。

当那个小一点的男孩唱歌时，噢，亲爱的上帝啊，那歌声多美妙。他的那种优雅，嗓音中的悲痛，仿佛超脱尘世；一只玻璃义眼也会为它落下眼泪。无论是《夏日最后的玫瑰》《冰凉的小手》，还是《勇敢的迈克尔·德怀尔之歌》。

> 士兵们搜索威克洛河谷，直至黎明早起，
> 发掘亡命徒冒险藏身之所，无畏反抗者栖身之地。
> 绕着可怜的小村舍，他们围成环状呼喊：
> "团结的爱尔兰人！向国王投降！"
>
> 接着战争像红色闪电一样突然爆发了，
> 然后铅灰色的雨水犹如盆倾；
> 威克洛的小山再次回响阵阵雷鸣，
> 勇敢的德怀尔和他的同志们多英勇，

他们骄傲地战斗并跌倒,
迈克尔·德怀尔死去的那天早晨,
威克洛的天空在哀悼。

他们的父亲年老而温和,像先知一样英俊,他的口音就像元音组成的瀑布一样。("穿得漂亮是一项才能,一种生存方法,小莫莉。我们不需要钱,就能做到这一点。不需要,不需要的。你要记住三件事,是的,这是每个女人都需要知道的吧?保持你的衣服干干净净,缝补得体,尽可能地保持原状。买一件上好的裙子,能穿很长时间。")作为一个靠双手干活的男人,他的动作比较笨拙,但他的裁缝手艺是完美无缺的,比都柏林的任何女裁缝都要好。噢,客人们来自金斯顿、基尔尼、德拉姆科德拉、查珀尔利佐德的荒野和库姆的丛林里,都是为了他近乎隐形的缝补技术。("生活中只有两件东西可以修补,小莫莉,那就是心脏和弄弯的车轮。")然后,他和妻子有时用匈牙利语对话——说一些小亲昵、责骂的话,还有为了某种原因沟通量尺寸的事——他们永远不会用"码"或"英寸"这样的英语单词——他们私下里似乎有一种迷信。他们在安息日去了犹太教堂,谢因德林先生是那里的一位领唱。他们把你一个人留在缝纫室里处理线轴、粗花呢、大剪刀和一束束纱线。有一次——你确认自己是一个人——你发现自己正在摸一个人体模特的胸部。天气热得让人喘不过气来。某种强烈的东西在你体内搅动。当两个男孩回来时,你发现很难直视他们。

还有一次,你弯腰干活时,听见他在楼上唱宗教音乐——他的两个儿子用他们的语言发出得意的笑声,小声地说着俏皮话——凄美的音乐让你疲惫的双眼热泪盈眶。这是你来月经的日子——经血红得令人震惊。你一直在缝制一件儿童直筒裙,并像睡美人一样刺破了手指。此后的许多年里,每到月中,你就会记起那段恳切的音乐直入内心的一刻,并将这段音乐与你的女子气质联系起来,再将你的女子气质与这段音乐联系起来,最后再将这两者与你几乎忘记的一个下午联系起来。

你在凯文街后端的印刷者联盟报告厅里,第一次参演了一场戏剧。这才过了没多久。哦,一切是那么的迷人。优雅!你姐姐在其中扮演了一个小角色。那部剧演得一塌糊涂,二十排桌子里有一半空着,奥菲莉娅演得像个普鲁士街的女清洁工。天气阴沉沉的——噢,莫斯,你还记得这个声音吗?因为,雨夹雪落在瓦楞屋顶上的击打声几乎成了现场唯一的喝彩声。不过,演出结束后,当演员们收拾道具时,不是还有一个小职员走向舞台,递给萨莉一朵花吗?虽然只是一枝肮脏破旧的百合花,但那也算是一份礼物。他把帽子放在手中,请她答应跟他约会一次。即使萨莉拒绝了,她也还是被邀请过。我的小莫莉,就是这样,就是这样的。然后,战争像红色闪电一样突然爆发了。

你冒着雨匆匆回家,意识到你的生活已经发生改变,再也不可能恢复原貌了。不,生活不是你感受的快乐,也不是一场恋爱。因为你知道,发生在你身上的事情会带来许多痛苦;你会一直贫穷,你永远继承不了店铺,因为你母亲会不同意,你父亲的鬼魂会暴怒。但是,一天夜里,黑暗中出现了某个意想不到的人,手里拿着一束复活节百合。愿上帝与你的青春同在。你想要的东西那么少。好了,这就是生活本来的样子,你已经选择了生活。

你在乡村漫游,穿过城镇的交叉路口,到沉睡的村庄中。你下午要早点到达大厅,为这次的夜场演出做准备。埃尔西诺市将由现有可用的破烂拼凑而成:椅子、茶叶箱,可能会用一架琴键泛黄的钢琴来演奏嘹亮短曲,用一扇旧门充当防卫墙。经理发放传单,揭晓演出的名字:《最伟大的爱尔兰艺人》。

农民、流浪汉、光脚租户,他们在有些夜里仍会来到你的梦里。他们中有一些人以前从来没看过戏剧,现在也不知道为什么要大费周折地过来看,却又一心希望逃离。他们为恋爱场面鼓掌,面对死亡场景互相窃窃私语,评论说剧中的尸体还在呼吸。再使劲打他一顿,先生!再捅一下,他就完了!他们针对剑战下赌注,为胜利者喝彩,对反派角色发出嘘声和咒骂。或者,教区神父会带着妻子和穿戴整洁的孩子们过来——他们总会受到恭敬的问候,这是真的,不开玩笑——但不知道为什么,罗马天主教神父从来没有来过,他也许会把演员当成敌人。

观众闹哄哄地吃喝或交谈,妈妈们放任孩子闲逛,小娃娃们四处乱窜。一个小贩漫无目的地进进出出,仿佛把表演当成一个露天市场,拿着丝带在过道里走来走去。感谢上帝,你赢得了他们的宽容。如果你没做到,你会感到遗憾的。观众通常也是戏剧的一部分,这一点你深有体会。

火车站酒店的床,威尔士和英格兰的巡演,夜里的抨击、调情和集体早餐。演出结束后的早晨,你在一个寒冷的小镇上散步,小酒馆里的街头混混和地痞流氓盯着你,借着虚假的胆量在你身后吹口哨。你是一个女神。你可以拥有他们中的任何一个。人们说,你比莎拉还漂亮。

你大胆过一两次。噢,你这样做过,别装了。可怜又可爱的多西·赖特。他现在死了多少年了?哦,他不是那天夜里死的,他当时是头脑清醒的。上帝原谅我们,但它的尺寸真是让你们四目相对。它直挺挺的,就像站在白金汉宫外的一名王室警卫,看见女王沿着伦敦林荫路过来时的样子。他想要你对它做什么,这个肮脏的小猴子,他的蛋蛋大得就像肥厚多汁的橘子。他不停地乞求、哄骗和承诺。噢,他那漂亮的脸蛋,他是个大骗子、邋遢鬼、烂嫖客。但是,上帝啊,他真的很会用他那双手，让这一切到了早上都被完美地遗忘了。他结过婚吗？如果他结过，那他妻子真可怜。他需要一个"双桶"的女人来修理他。

那另一次呢，和那个叫香农的漂亮无赖？J.谢默斯·香农先生。他大概五十岁吧？对你来说，他似乎年纪大了。他经常扮演德鲁伊教的酋长，或者狄更斯作品里比较慈祥的叔叔。他婚后有十一个孩子、一栋在郊区的房子和一位不理解他的妻子。你忽然想到，她至少理解过他十一次。但是，指出显而易见的事情也许是粗鲁的。先有友谊，谢默斯·香农说，然后是欲望、天使的极乐、渴望的甜蜜；还有高潮时刻的狂喜。（"他们称之为小死亡。你肯定会说法语吧，我的孩子？你不会说？啊——你要学的东西还有很多。"）是的，他所说的这种欢愉是对天堂的一瞥，而天堂永远在等待信徒们的到来。这是一个神学问题。身体是神圣的，我们必须克服对身体的无知的恐惧。无论在物质意义上，还是精神意义上，天堂都是一个永恒高潮的状态。你也许没听过这些术语？你知道这些术语在说什么吗？这是任何一位修女都还没给你的一本宗教信仰问答集。而她们其中的一两个现在也许正在体验永恒高潮，想到这一点会让人有点不安。天堂一定是个累人又嘈杂的地方。当你四处走动时，会希望闭上眼睛。

莫莉，你真大胆！你内心有恶劣的一面，小叛徒。J.谢默斯·香农先生，卑鄙可怜的老色鬼。如果他觉得能从中获得愉悦，他能把他的家伙戳进火腿三明治里。没错，然后他会吃了它。也许，局势发展到这个阶段，他就是下到炼狱里，也会让女恶魔们相信，把他骑到精疲力竭会是一种惩罚。我们永远不会感到羞耻的，我亲爱的。我们是艺术家，是反叛者。我们必须藐视冷酷的习俗，我们的职责不是服务。在配得上这个职业的艺术家里，没有一位会是童男或处女。

要不然的话，他/她的生命就是不完整的——其实就等同于在侮辱生命。他/她的冲动、汁液和兴奋都会随着这种否认的热气蒸发掉。印度教徒把交媾看作一种神圣的天赋。他本人是梵天[1]的一位信徒。

他向你保证，你是一位年轻的女性，会拥有一个精彩的未来。他看到过许多年轻女性进入这个行当。她们中没有一个表现出这种非凡的能力，这种像香甜蓓蕾一样的潜力——如果他可以用诗意的措辞来形容的话。然后，他说出了让你掀开裙底的话："你比你姐姐有天赋多了。"

但是，一个年轻女人是有需求的，他一再地向你保证。愚蠢的老腊肠。他为什么不直接问呢？一个年轻女人在夜里常常因为原始的渴望而骚动，觉得她的身体想献出自己——这是天生的，异教徒。（"我们本来就是这样，我亲爱的。我们在奉献。我们只是在奉献。永远不要把它当成是表演，这是在奉献。"）你觉得，比较明智的做法是，还是不要提起一个叫吉米·冈纳利的臭小子。你经常跟他一起去散步，你母亲以为你们在做弥撒。你在他手中获得的体验，即使不是班加罗尔的极乐，也算得上是偶尔的美好启示。

显然，香农先生要的是一种邻家女孩的纯洁；好了，那也没事，完全在你可接受的范围之内。只要是在舞台上扮演过爱尔兰女人的人，都知道怎么假装清白。其实，你可能很难扮演任何其他角色，因为妓女主要被安置在舞台两侧。不对，你告诉你的导师，你从没听说过这样的话。是的——你尽量红着脸——你有时候发现自己因某些想法而困扰。有一两次，你甚至——不行——说出来就太丢脸了。如果我承认这该受谴责的原罪，你会非常看不起我，香农先生。噢，我不能这样，真的不能这样；你是这么善良美好。我要在忏悔

---

[1] 梵天，印度教主神之一，在后期印度教传统中创造之神梵天、守护之神毗湿奴和毁灭之神湿婆并称为三相神。

中让富里神父给我念诵十遍圣母经。他告诉我,如果我坚持下去,就会不可避免地变得盲目。

香农先生交叉双腿,流露出同情之态。你不会相信这些胡话;这都是由无趣之人散布的言论,这些人只希望我们被恐惧和奴役支配。这就难怪了,他悲伤地补充道,在这个贫穷愚昧的国家,在避难所里号叫的都是那些自暴自弃的人。他又胡扯了一些话,谈论令人兴奋的青春气息,以及青春气息如何对欧洲大陆、希腊人和威廉·布莱克施展魔力。你害羞地点头回应,做出既着迷又端庄的样子,想知道他会不会抽出时间步入正题。否认欢愉不仅是世俗的——在他的情况中,也许还会造成身体上的危险。在一个大雨滂沱的夜晚,在博里斯因奥索里——他把心给你了——他是这样说的。而在楼下的会客室里,一位独腿的小提琴手给一群旅行推销员演奏了《剪短发的男孩》。他有着惊人的高超技巧——这里说的是谢默斯·香农,不是那位小提琴手——对他这个年纪的胖子来说,这算精力充沛了。他读过整个帝国都禁止的许多法国小说中的段落,他似乎暗地里知道这些段落的内容。他那张嘴可不是只会发出莎士比亚独白的夸张发音,但他出色的技艺快得有些让人扫兴。于是,你觉得他一直在期待着什么,已经从精神上进入下一个场景,就像一个想回家的服务员,满脸微笑,却没有耐心。同时,你体验的任何极致的快乐——就像你气喘吁吁的体验——都只是为了他的赞誉增彩,主要是为了让人观察。过了一会儿,他拿出"一个物件",在他的剃须碗里胡乱洗了洗,试图把它套到他的那玩意上。你在他身上最感兴趣的东西开始消失,随后是难熬的时刻。这个可怜的笨蛋明显感到尴尬。你想知道,你该不该给他吉米·冈纳利一直没有求到的关注,但你觉得这可能是冒险前行。你反而吐出了这样的字眼:"拜托——我求你——你不会告诉任何人你糟蹋了我吧?"它蓄势待发,就像一根直立的旗杆，你把它抓在了手中。他立即踮起脚尖，开始朗诵《所罗门之歌》的片段。

接下来的十九分钟绝对有意思。评论家肯定会正面描述这段时间。当你在疼痛中睁开双眼时，才发现他正在瞄自己的怀表，他那挺起的白色臀部在窗玻璃上映出淡淡的影子。这种场景只是让你推迟"坐上去"的时间，除此之外，你在其他方面没有任何怨言。他大汗淋漓，严肃地问道，你有没有见过野马交配——在玛丽街和郊区算是相对罕见的场景——但这样的模仿似乎让这个骗人的老傻瓜愉悦，坦白地说，其实对你也产生了预期的效果。在请求你同意"结束战斗"前，他慷慨大方，体贴入微，几乎让你在无意识中感到快乐。伴随着《剪短发的男孩》令人心碎的高潮，J. 谢默斯·香农也达到了顶峰，你感觉他完全抵达了高潮。回到都柏林后，他也回到了妻子身边，大概也带走了他的心。吉米·冈纳利得到了一份惊喜，其实算是一种教育。他会多次订婚，但永远不会结婚。

——你在所谓的"巡演"中最好没做过我以为你做过的事情。

——你是什么意思，母亲？

——天真的安妮。你以为你走了，我就拿你没招了？你还没有英勇到我不会把你的屁股打红的程度。你现在不是在你的剧院里。

——这就是你跟女儿的愉快对话。

——这样还有错了呀？如果你敢的话，就直视我的眼睛。别给我摆出那张放肆的脸，不然你会尝到巴掌打到脸上的味道。没有一个体面的爱尔兰男人会买一个破罐子。

——我不明白你的意思。你必须解释清楚。

——噢，你是个稀有宠物，是不是？这是一个即将揭晓的好名声。你以为我没看到，你在街上向每个下层人炫耀自己，就像都柏林第一个可以扭屁股的姑娘或者第一个衬衫里有那两小撮的姑娘。

——没经过你的批准，我就不许跟男人说话了吗？

——你顶起嘴来够无耻，小姐，你才不过刚刚毕业。我来告诉你，他们得到想要的东西时，跑得也是相当快的。到那张床上去祈祷。

<hr />

好家伙！得进屋躲避严寒。也许可以去角落里的那家电影院？那是一种奢侈。是的。但是，我们太过明智也是为了自己好，毕竟裹尸布上是没有口袋的。随后，在英国广播公司将会出现一个热点话题。你和其他演员喝咖啡、抽香烟，音效制作人从手提箱里拿出钟琴，表情严肃地用小锤子敲打。是的，我提前出现在了画面中，我只是在镇上，感到坐立不安。你知道吗，我十分享受这一点，粗俗得不可思议。年轻人会窃笑你淘气的爱尔兰精神，特效师会激活布谷鸟钟。

厕所门口挂着巨大的喜剧和悲剧面具。但是，可怜的喜剧老面具上的奸笑放肆得令人厌恶，而悲剧面具上疯狂的阴郁则像是小丑的伪装。有一个柜台是卖糖果和橘子汁的，但现在没人招待。

裹尸布上为什么没有口袋？不能安排缝上口袋吗？比如说，如果有人在临终遗嘱里指明要这样做呢？在口袋里放一些小纪念品，难道不是一种安慰吗？或许只会成为一件让人恼火的事。亲戚们会塞给你照片和饰品、本该寄给你的信、从自己头上剪下来的卷发，也许还有未付的账单。不行，想想都让人受不了。你最后会像一头驮驴一样。还是不带口袋地面对来世为好。

你向柜台里的女孩付了三便士，然后被领到挂着电影海报的阴暗过道里。你不确定自己是否听说过那些电影。可能是音乐剧，因为演员们看起来很开心。女人们疯狂地笑着，嘴唇涂得比爵士音乐家的袜子还要红。男人们像雕塑一样英俊，有着淡紫色的大眼睛，颈部比头部略粗壮。观众席有一股潮味，影片已经开始了，但你很容易就融入故事了，因为你曾经看过这个剧本。《欲望号街车》，你低声对自己说出这个名字，漂亮的名字是成功的一半。

随着你适应了黑暗，你意识到自己几乎是一个人，这一排除了你，没有任何人。你原本期待的是，等你拘谨而巧妙地转半个身回头，某人正在找一个跟他约好的朋友。可你会发现，你身后的各排座位里只有一个男人。那是一个穿着雨衣的怪人，他旁边座位上的雨伞是完全撑开的，放得很不合适。他戴着帽子坐在那里，让你有点不满。一位绅士在室内戴帽子是不合规矩的。这么久过去了，你还以为他们都知道的。他们没有妻子吗？礼节这么没落了吗？重点不在于他是独自一人，重点绝不在此。因为，如果我们一个人的时候，做什么都随心所欲，那我们其实就等同于一张非常漂亮的煎饼。但那该怎么办呢？目前，你什么也不能说。伦敦正在变成一个贫民窟。

你试图进入这个故事，但主角英俊得太让人魂不守舍了。你从旅行袋里拿出玻璃瓶，缓缓地抿了几口。这男孩不仅漂亮，还是一个值得钦佩的演员，他在这部电影里的技巧太高超了。他可以扮演一位耀眼的哈姆雷特，或者回家让梅奥伤心的美国版克里斯蒂·马洪。他会噘嘴，会放电，会凝视，会情绪洋溢。他有一双黑豹般的眼睛，好像在怀疑费劲杀了你值不值得。尽管批评者说他很优秀，但他以微妙方式表现出的优秀，只有同行才能注意或理解：在他的转身中，在他的一瞥中，在他措辞的自觉性中，在每一个听得见的爆破音中，在每一个说得清清楚楚的元音中。我们在表演时必须把自己藏起来；你看得出来，他是知道这一点的。台词就是一切；我们为它们服务。而好莱坞用华而不实与虚假辉煌，用将剧中一切紧凑优秀的内容都庸俗化的方式（这是被蒙骗的可怜莎拉永远也看不清楚的地方），用因为这个给人颁奖、因为那个给人豪宅的方式，也许会在不久之后毁了他。因为他是一个敏感的人；人们从他阴沉的面部表情就可以看出来。他是一个宁愿离开的人，一个不为别人而生的人，但他的天赋将把他打入了公众赞美的地牢中。还好你理解一个天生为了遭人憎恨而成长起来的人，变成一个受人尊敬的男人会经历怎样的痛苦。

你激动地涌出了泪水，荒谬而滑稽。他不英俊，也不自信，跟电影男主角根本没有相似之处。如果有人看见，你会有一种说不出的尴尬。你袖子里没有手帕，你用拇指擦了擦眼睛。上帝啊，我今天怎么了？

你还在介怀他来你家的那个尴尬夜晚吗？亲爱的上帝，你体会了拥有亲人的耻辱。妈妈点头哈腰，乔吉穿着制服，外祖母整晚恶狠狠地瞪着他。我们吃了一个猪头，亲爱仁慈的耶稣啊。那个可怜鬼不是只管自己，而是尽最大努力成为每个人的朋友。这将是一场滑稽的表演，就像在《朱诺和孔雀》中，上流社会的求婚者边沁拜访女朋友父母的公寓一样。没错，肖恩·奥凯西将成为奥尔古德家的上门男孩。只是没有人会相信这该死的疯狂行为，哪怕是相信一小会儿。当然，也许我可以试着自己写一下。为什么不写呢？我不如其他任何人吗？我之后一边来回走动，一边构思台词？这样可以很有助于消磨时间。谁知道呢。

老实说，那个戴帽子的堕落者，揭示了德国存在的问题。人们对小事只字不提，害怕干涉别人。真的，你应该径直走到那个十足的无知者跟前。你顺着铺着地毯的倾斜地面往上走，只要一会儿就可以了。只有你这样有能力的艺术家才能召唤出这样的愤怒，向他宣布，现场正好有一位女士。你想知道他会说什么，他也许什么也不说。那样的蠢人甚至都理解不了你的抗议。

观众席温暖而昏暗。你的外套快干了。你有一种感觉：就是那种你跟他走在一起时，他认为离开都柏林更自由的感觉。他的举止不那么沉重了，几乎带着高贵气息。当你们走过长长的圆丘时，他很少说话，小心翼翼的。他仿佛吸着由森林之神限量供应的空气，就像他们如果被吵闹声冒犯，就可能把空气收回一样。他的嗓音就像床下飘浮的灰烬一样柔软。在这座城市里，你觉得他似乎拖着一只无形的锚。他像吸血鬼惧怕阳光一样惧怕烟雾。

睡意逐渐渗入天鹅绒座上的你。你从克罗恩森林里出来，看见他就在远处，站在一座石拱桥墙边，像个孩子一样把蕨类植物的叶子扔进河里。你颤了一下，回到放映厅里，看见它那道蓝色的光。好了，莫莉，不要打瞌睡。在公众场合睡觉是不合礼仪的。一个长长的哈欠让你的耳朵发出嘀嗒的响声；你捂住了嘴。你试图进入影片中，但是很难很难。白兰地正在溶解影片中的各种线索。

经过了日日夜夜，湖水变成一片轻微的蓝色。一个女人正在悄悄地谈论他；你没法看清面纱后的她。在基利尼之后，他写了一封愚蠢的、老掉牙的信。信上的文字这会儿正在冒出来，想让人回忆起来。那些文字知道，你知道它们的存在。它们埋葬在你的内心，小叛徒，它们想起死回生。你让自己重新浮出水面。某些梦想是可以停下来的。你的指尖冰冷，好像在散发一种颜色。突然，影片停止了，放映厅的灯光慢慢变亮；放映员正在换胶卷。屏幕上出现了一张写着"幕间休息"的幻灯片。他前额的汗珠滴在纸上，弄脏了他潦草的字迹。一天夜里，你醒来以为屋子着火了，却看到壁炉发出咆哮声和噼噼叫，照出了他的轮廓。他正捧起一堆作品往火里填。

他每逢早上会去游泳。或者，当他因工作过度而头痛时，也会去游泳。他趴在桌子上毫不停歇地工作五个小时，左手指尖疯狂地按摩着太阳穴，右手不停地把书页写满。当他把纸用完时，找到什么，就在上面写东西：纸张边缘、糖袋上、图书的卷首插图上、衬页、报纸的角落里。这是一种冲动，一种疯狂，一个谁也不许进入的国度，这个国度的旗帜是他被汗水浸湿的手帕。你可以走到这个国度的边境上，获准往里面瞄一眼，但永远也不会获得公民身份。

他那纤瘦的手腕，还有像鹪鹩一样的胃口；他这样告诉你，那是因为他在巴黎读书时，手头缺钱，朋友又少，常常饿着肚子上床睡觉。一天晚上，他在大学路上晕倒了——"世界向我游来，影子如此美丽。"他曾经连续两周只吃面包。那会是什么样子？只有面包。放映厅里的灯光暗了下来，画面恢复了，但就像在看水一样。你再次打起了盹。

一辆马车由一匹差劲的夸特花斑马拉着，沿着弗利街缓缓地行驶。悲惨的马蹄声把孩子们从院子里引了出来。他那几件破烂家具用绳子捆在马背上——没人要的灯柱、一张坏掉的扶手椅、一个没有挂钩的帽架——就像拾荒者来到你母亲的商店外，从大厦废墟捡拾的东西。还有刚从阁楼里摘下来的、布满灰尘的旧画，丢掉后挡板的橡木衣柜框架，一盆就像被绑架的女伯爵的天竺葵，一张染上云状污点的单人床垫。

那匹马抖动缰绳，抬头望着天空。孩子们默不作声，试探性地走近它。有个男孩跟他在一起——你以为那是个仆人，但其实是他姐姐的孩子。他用那只戴天鹅绒手套的手喂了那匹马一个苹果核。那匹马用牙齿用力地咀嚼，来回转动下巴，露出骨骼的轮廓。

车夫在两个人的帮助下，把这几件废旧家具堆到了人行道上。

这两个人来自贫民窟，靠近这出街头小戏是想赚六便士。其中一个人只有一只手，但他愿意干活，他的同伴这样说。他干的活跟三只手的男人一样多，先生。一个字也不说谎。你走上前去，试图帮助他们，那个健全的男人看起来感到宽慰；那位残疾男人说他憎恶女人的怜悯。他在都柏林燧发枪手团服过役，是在比勒陀利亚受的伤。他不需要你的任何帮助，永远也不会需要。

狭窄而光秃的楼梯闻起来有一股霉菌和小便的气味。壁炉上的墙纸正在剥落。他站在窗口，用手套擦着玻璃。

屋里有一把藤椅，一把坏掉的长软椅，两个裂开的纸板箱。

空碗橱里的老鼠屎；夜壶里的蜘蛛网，最靠近门的角落里有一个由空波特酒瓶组成的金字塔形状。你突然意识到，这一定是有人花了很大力气组建的。当你把它拆开的时候，你感觉很糟糕。那是一捆关于移民美国的小册子和传单，由于受到时间和黏菌的影响，纸页都烂在了一起。卷首插图上的亚伯拉罕·林肯向你致意。有人把插图改得很下流。

男孩在床垫上跳跃，但床垫没有多少弹性。马车夫拿出一把锤子；他嘴里放满了钉子。你在两个房间里走来走去，把两幅画挂在墙纸上的紫红色长方形图案上。

屋里有一台轧布机、他的打字机、一个摇摇晃晃的帽架。还有他哥哥从中国买回来的一张小地毯，颜色鲜艳得他们母亲接受不了。还有一块小得多的地毯像卷轴一样卷在一起，用一条男士腰带和两条磨破的圣三一学院领带系着。

天已经开始黑了。他给一盏灯填满燃料并点亮，脸上亮起美丽的琥珀色光芒。

——灯光下的东西总是更好看。你发现了吗？

——是的，约翰。

——我给不了你任何吃的。我很抱歉。

你从旅行袋拿出母亲准备好的小包：三明治、几个苹果、三瓶波特酒。

——噢，你太好了，莫莉。多么令人愉快的一顿晚餐。我们可以在地上野餐吗，就像一幅画中的法国人那样？

他懒洋洋地纵躺在中国地毯上，脱掉了他的步行靴。他的脚指甲盖长了，给长袜戳了个洞。夜越来越冷了，没有任何东西可以烧了。他在一个茶叶箱里翻找，找到一块他在康尼马拉捡到的黑色草皮。

他在温柔地吻你，有时轻声叫出你的名字。他躺下来看了看天花板，仿佛在凝望一片星光耀眼的天空。火焰折射在重新上色的石膏质丰饶羊角上；还有快乐扭动的丘比特裸像和缠绕着三叶草的竖琴。

在你们上方的房间里，有人在拨弄小提琴，缓缓奏出托马斯·穆尔的《莫忘田野》。但由于演奏者不够熟练，传来的高音比较刺耳。拐角处有一家酒吧。你听到码头工人在街上发出口哨声和呼喊声、亵渎神明的问候声和召唤声。

——我们应该出去，给你找辆出租马车。你准备好了吗，莫莉？你的帽子呢？

——现在很晚了，约翰。而且湿气很重。

——可是，你跟我待在这里是不合适的。

你试着轻声说话,很难找到合适的词。

——我们已经订婚了。而且没人会知道。
——消息自然会传得全镇皆知。
——可当我们在威克洛——在我们度假时——我是说你记得……
——这跟在威克洛不同,亲爱的。我不知道为什么,但在威克洛的情况总是不同的。
——当然随你所愿。你一个人没问题吧?
——我一个人待过更差劲的地方。我会没事的。我会想你的。
——我也会想你的,约翰。我整晚都会想你的。

他摸了摸你的脸,用拇指爱抚你的脸颊。

——我们结婚的时候该多高兴啊。我们永远也不会再分开了,还会有一个属于我们的地方,不会有入侵者或麻烦事。
——我们可以把它收拾得整洁漂亮。我要管母亲要一个梳妆台,还有窗帘。
——没必要那么做。
——她会乐意帮助我们的,约翰。如果我不要,她会生气的。
——你值得更好的,我亲爱的。如果我有能力,我什么都会给你。一栋好房子、漂亮的室内陈设、某个带花园的小地方。

我经常想到这种场景,我能想象这种场景。你在一个花园里排练台词,拿着稿子在一个小果园里散步。天气好的时候,我可以在玫瑰丛附近的一张桌上工作。然而，你宽恕了你的老流浪汉，他不比一个流浪汉好多少。我怎么配得上，我的小叛徒？

——和你在一起，我就很满足了。在爱尔兰，没有比我更幸福的女孩了……

你在放映厅醒来，咕哝自语，口干舌燥。电影结束了——你不知道是什么时候结束的。放映厅的灯光亮得难以忍受，一点声音也没有。你很难移动脚步，有一刻甚至怀疑自己是不是死了。影片的余像正在跳动和变暗。

你口齿不清，摇摇晃晃，在那里坐了很长时间。来世是一座废弃的电影院和一个装在袋子里的瓶子吗？伦敦外面的世界，它十月的街道和店面，它的匆忙、担忧与约会，都会保留下来吗？或者，一切会消失在雪盲和薄雾中吗？威克洛在外面吗？你母亲呢？你的花花公子呢？你以前在幻想中常常见到，但在现实中从未见过的一间在下弗利街的房间呢？真是一个奇怪的上午。再喝一小口白兰地。有许多东西正在困扰你，其中最让人奇怪的是，别人正在安排这一天，以及这一天的一切。有一种恍惚感一直在形成和筛选，试图以某种方式弥补和纠正问题。无论对你，也对这一天来说，这种恍惚感都在删去这一天的失败。这种感觉是每个人都会偶尔拥有的吗，这种空间开放感？作为生活中的一个角色，我们看不见作者，但他却在安排我们的命运。

你颤颤巍巍地痛苦站着，把外套收起来。你的嘴巴烫得很，能品到一股酸味。你会在某间幽深黑暗的房间里躺很久，会静静地听女人唱歌，会没有任何感觉。但是，如果上帝要喂鸟，莫尔，鸟就必须挖虫。来世不是从今天开始的。

"对你来说,这个早晨倒很安静。"你对大厅里的女售票员说。

"您说什么,小姐?"她的目光从那本《真实罗曼史》上移开,露出了亲切的微笑。

"我是说,只有我和那个男人,亲爱的。你只有两个顾客。你的老板还能维持下去,真是个奇迹。但这是一部绝妙的影片,我非常喜欢它。非常感谢您。"

"没有任何男士,小姐。我只卖了您这一张票。"

"但是——我确实看见后面有一位男士。他拿了一把雨伞。"

"没有,小姐。只有您一个。"

· 9 ·
一个想象中的舞台剧场景

　　幕起，1908 年，在都柏林玛丽街上，在一个经济型公寓住宅里，在一间简陋的房间中，有一些破旧的家具和配件，可能是旧货店里的库存尾货。在餐具柜旁边的一个角落里，有一张盖着破布的长沙发。沙发脚边有一条狗，那是一条浑身泥污的猎狼犬。一个颓废的中年妇女在心神不安地整理一张桌子；她儿子二十几岁，穿着英国陆军军装，正在喝波特酒，和他的影子打牌。

　　莫莉（进入，焦虑不安）：母亲……乔吉……这是我朋友，辛格先生。

　　（他跟在她后面，走进屋里。屋里弥漫着一种苦中作乐的瘴气。他右手伸展开，肘下压着帽子，左手拿着一束裹在旧报纸里的野花，右手拿着一瓶酒。她母亲放下餐桌旁的抱怨，走了过来，焦躁地对他微笑，接受了礼物；她双眼中充满了一种特别的焦虑，好像她期待中的上级正在拜访一样。）

　　母亲：您不用那么麻烦的，辛格先生。这些很漂亮，您不用麻烦的。
　　（这些百合花也许会随着她脸红的消失而凋谢。）
　　辛格（极其不安）：我很高兴见到您，奥尔古德夫人。谢谢您邀请我到你们家。
　　母亲（同样紧张）：我很确定，您不用客气，辛格先生。您要不要站到炉火那边？我感觉现在镇上的感冒很厉害。乔吉，别发呆了，帮辛格先生拿外套。那是一件漂亮的外套，辛格先生。

（她弟弟额前垂着鬈发，脸上挂着卑鄙的假笑，接过这位闯入者的帽子和厚重的披风，但目光从来没有离开过他的眼睛。）

母亲：现在好了。现在好了。过去几周的那点阳光成全了我们，不是吗，辛格先生？当然，我们根本不知道这会儿怎样了。

辛格：非常宜人，是的。

母亲：你从金斯顿出来的旅途还顺利吗？

辛格：是的，谢谢您。我骑自行车来的，这是一个令人愉快的夜晚。

母亲：不过，您不会没上锁吧？您的自行车呢？在外面吗？

辛格：我……？

母亲：在这个地区，什么都不能不上锁，辛格先生。他们会抢走孤儿嘴里的唾液，再卖给他。

莫莉（十分尴尬）：母亲，看在上帝之爱的分上——自行车停在下面的大厅里。

母亲：我只是在说，街上到处是小流氓和少年犯——

莫莉：耶稣、玛利亚和约瑟，辛格先生不想知道这个！

（母亲受到了适当的告诫。事情痛苦地解决好了。我们都身着盛装。）

母亲：金斯顿很漂亮。

辛格：确实。是这样的。

母亲：是的。金斯顿确实漂亮。我和孩子爸爸在金斯顿度的蜜月。

辛格：我明白了。

母亲：那可不是今天，也不是昨天了，天知道。上帝啊，我已经好多年没去过金斯顿了，很久以前就没去过了。愿上帝与那些时光同在。当然，靠近大海是有益健康的，我总是这样想，即使是在下雨的时候。有什么要紧的？

辛格：可不是嘛。

母亲：是的，即使是下雨的时候……有什么要紧的？

辛格：确实。

（沉默像一粒尘埃一样落下。炉火轻轻地发出爆裂声。后台传来一对夫妇在隔壁公寓里听不清的争吵声。）

母亲（为了掩饰嘈杂声）：我说的是"金斯顿"，其实我是指格拉斯修，在玛吉万家的寄宿公寓。你介意我指的是哪里吗，辛格先生？在靠近演奏台的滨海区，哦，现在是个美丽的地方。需要花费两个先令，早餐是一个法新。你会想看看那顿早餐；你吃完之后，两周都不想再吃了。我们在那里待了三天。那是个干净的好地方。玛吉万夫人和她丈夫是从莫特来的新教徒。

辛格：从哪里来？

母亲：莫特。莫特镇。在韦斯特米斯郡吗？

辛格（这是要带我去哪里吗？）：啊。

母亲：她在美国有个儿子，我现在注意到她说的话了。在布鲁克林红钩区。她儿子娶了一个德国人，她儿子叫什么名字来着？

辛格：……我……？

母亲：我想是叫巴特利。他娶了一个德国人。想象一下你跟德国人结婚，但你却来自格拉斯修。你有生以来听过比这更古怪的事情吗，辛格先生？你会好奇，他们到底是怎么相互吸引的。

莫莉（强行打断）：萨莉去哪里了，母亲，晚餐都快凉了？

母亲：我告诉她七点，上帝的孩子，但你姐姐不会听。你认识我的萨莉，辛格先生。她对你赞不绝口，真是这样。

辛格：我今天早上见她在剧院。她大概稍后会跟我们一起？

乔治：她跟某个家伙去乞丐丛的集市了。

母亲：你们会为了同一个女孩早早起床，辛格先生。上帝与我们的青春同在，但她几乎能把你逼疯。她在跟半个镇的人谈恋爱。

这还不叫人绝望吗？

莫莉：好了，我们不用整晚干等她的皇驾了。奶奶在楼上的床上，还是在哪里？

（好像恰好在这个时候，长沙发上的破布突然乱了。破布下面，有一位让人吃惊的老妇人醒来了。我们看着她起身，对着痰盂大口地咳痰；痛苦地拖着脚走向桌前，吸了一大口鼻烟。）

母亲：妈咪……呃，妈咪……这是莫莉的……辛格先生。

外祖母（不屑一顾）：我肯定是昏迷了。在一个基督之家里，还有一口吃的吗？我要吃上帝的羔羊腿了。

母亲：我想，我们也许应该坐着。不要客气，辛格先生。（他们立即听令行事，揭开餐具盖子，看到一个猪头和配菜。）上帝在上，那个萨莉去哪了？谁来做餐前祷告？

莫莉：母亲……辛格先生是另一个教派的。

外祖母（严厉地）：只要我还活着，哪怕屋里有个犹太教黑人，这栋房子里每晚也要做天主教的餐前祷告。

（乔吉用一种平静的、紧张的嗓音领着做祷告，那位老古板冷酷而专注地念着每一个字，她的脸就像一个装满弥天大罪的盘子。）

母亲：孩子外祖母，您记得开瓶器在哪里吗？辛格先生带给我们一瓶樱桃酒。

外祖母：这里不需要。你们完全不缺酒。

母亲：但这位客人，当然——为了不显得冷漠……

外祖母：见鬼，但我要受到好像在自己窝里那样的对待，小姐！

（我们开始吃饭。沉默是让人难以忍受的。过了一小会儿，入侵者做出了努力。）

辛格：我可以问一问，您对当前的政治局面怎么看吗，哈罗德夫人？

外祖母（阴郁地）：我没有看法。

辛格：对。嗯，确实。嗯，这是完全可以理解的。目前，无数的危机在困扰着我们。人们对未来只能怀疑。还有这么多的移民。我参加了一个有着社会主义观点的社团会议——

乔治：它现在又是什么样的？我听过男孩们谈论过。

辛格：那里有……各种展示，乔治。它是各种信念的联结，但事情的关键规则足够简单。它是——

外祖母（打断）：看在上帝慈爱的分上，把话说明白，不然就压根别说话。闭上的嘴巴不招苍蝇。

莫莉：这意味着，他支持工人阶层，乔治。

外祖母：哈，好哇。递给我们一小口那个猪肚。我要吃个脏兮兮的产物。

母亲：妈咪，我刚才正在跟辛格先生说，我和孩子爸爸在金斯顿度过蜜月。如果是同一天，那就是三十年前的事了，辛格先生。但是，他被带走了，那时我们才结婚十年。

外祖母：这是一种幸运的解脱。你会为谋杀罪少服点刑。

（乔吉对着他的饭咯咯笑起来。一场眼神的网球赛随即围着桌子展开。）

母亲：莫莉跟我们讲过关于你的恁些事，辛格先生。莫莉和萨莉，她们两个都说过。

辛格：……恁些？

莫莉：意思是"很多"[1]，约翰。这是都柏林的一种说法。

辛格：但好古雅。您介意我做个笔记吗，奥尔古德夫人？

乔吉（大笑）：你会被写进一部戏剧里，玛蒂。你会彻底出名的。

---

[1] "恁些"原文为"a griddle"，意为"很多"（a great deal）。——编注

外祖母（冷静地）：你写的这些戏剧，先生，它们是关于什么的？

辛格：噢，我……这很难解释清楚，哈罗德夫人。我认为，它们源于生活的场景。

外祖母：看在圣洁耶稣的分上，谁会想在剧场看那个？

辛格：……？

外祖母：谁会想在剧场里看生活？我们还没受够生活吗？忍受生活就够糟糕了，更别说花钱看了。

乔吉：戏剧期间会有笑声吗，辛格先生？我喜欢在戏剧期间大笑。

辛格：人们希望如此，没错，乔治。这更要看一部剧的观众，观众往往是一个有点被低估的因素：我是说，观众的力量。从某种程度上，他们可以判断这部剧是不是好笑。

乔吉：你能从门票中获得收益吗？

辛格（尝试轻率的举止）：我很抱歉地说，不是很多。不过，可以说，人是受到其他考虑激励的。

乔吉（由衷地好奇）：比如说什么？

辛格：我想是对美的热爱，为了美本身。那么，我们有一些人认为，美可以充当仆人。我是说，对爱尔兰人民来说，美就是他们对自己的观念。人们感觉，在这些困难的时刻，他们需要一种更高的眼界。

外祖母：你知道他们需要什么吗？善良的爱尔兰人。狠狠踢一脚不会让他们失去理智。

莫莉：姥姥，看着耶稣慈爱的分上……

外祖母：让他们摆脱一次困境，上帝就再给他们一次困境。啊，我亲爱的、黑暗的爱尔兰，英勇的芬尼亚兄弟会成员。我会在每个杂狗和淫妇身上投下炸弹，炸死一群婊子的蠢货。还有会预言、爱捶胸的邋遢狗们。

乔吉（大笑）：愿我的灵魂跟随你，姥姥，但你从来没失去过灵魂。

外祖母（冷淡地）：你从来没有可失去的灵魂，你这个懒惰的二愣子。对耶稣来说，你能找到自己的屁股，真是个文明的奇迹。

（在紧张的沉默中，这顿饭还在继续。这时，母亲再次尝试说话。）

母亲：我们的莫莉是个爱看书的厉害人物，辛格先生。她读了很多书，我不知道是从哪里看的。如果她不是一个学者，那她就是在路上遇上了学者。不是这样吗，我的宝贝？一个看书怪人。

辛格：当年轻人认识一个鼓励阅读的家庭，你总是能看出来的。当然，这是一项我们的人民高度重视的活动。

外祖母：现在，根据圣三一学院的标准，这些人会是谁？

（他看了看她。）

外祖母："我们的"人民。在你的考虑中，那些人是谁？他们具有优质的金斯顿特色，对吗？

辛格：哦，我是说这个国家的人们。我们都是一个美丽地方的继承者……不是吗？我们除了继承对更伟大的兄弟情谊和宽恕的希望，还继承了这个地方的心痛，没错——还有令人讨厌的不公正——

莫莉（打断）：我们不要在晚餐时聊这样严肃的话题,约翰,拜托。

外祖母：我们其他人拥有债务时，他们拥有一个"国家"，这是件好事。现在好了，等房东敲门要房租时，我就把这个说给他听。"等一等，我的小鬼，原谅我们拖欠房租，因为我是一个公民，不是一个租客，圣母玛利亚保佑你。"

母亲：看着神圣上帝的分上，我们在桌上非要谈政治吗？在这样的房子里，连一分钟的幸运也没有。

辛格（真诚地）：……请原谅我，奥尔古德夫人……引入这个话题都是我的错，不怪哈罗德夫人。我忘了规矩……我……无心冒犯……我恐怕，我有时忽视了古语中的智慧：Ná glac pioc comhairle gan comhairle ban。

（这家人看了看他。他在说什么？）

辛格：那句著名的盖尔语名言呀？"如果没有女人的指导，永远不要听取意见。"

莫莉（悄悄地）：他们不说爱尔兰语，约翰。我之前告诉过你。

辛格：噢，是的……我很抱歉……请原谅我……我没有考虑。

（他被一阵咳嗽困扰，变得越来越厉害。其他人都没有移动。灯光渐渐熄灭。）

·10·
靠近布鲁姆斯伯里
下午3:07

小伙子们身着爱德华七世时代的服饰和孔雀羽毛背心，看着我这个过去的遗留物。他们自称"大头棍男孩"。看看那边那个家伙，他头发上的油脂和飞行员眼镜都是黑色的，就像四旬期主日的颜色。但是，街上太拥挤了，莫莉，他什么也做不了。不要跟他对视，因为那只会找麻烦。如果你寻找他们，你总会找到他们。

我儿子在一架飞机上，越过了德国北部。我不恨与我战斗之人。我不爱我所守卫之人。屋里某个地方都是他上学时的字帖。但我们不能屈服于软弱。世界充满祝福。活在这个时代，残酷的战争结束了，谁的儿子都不用被命令去死。即使举止异常，俚语奇怪，时尚反常，音乐不和谐，那又有什么关系呢？事情当然总是这样。必须允许年轻人发挥力量。他们严苛待人不是有意的，不应该误解他们。如果女孩们的胭脂似乎有点太明目张胆，男孩们的愠怒始终不留情面，那些继续向前的人必须永远记住，他们曾经抵制过自己的遗传特征。进步就是通过怀疑和不耐烦产生的，莫莉。如果每过一个季节，裙边都变得更短——要是我们穿着那件衣服回家，玛蒂会给我们好看——如果她们愿意自己的裙子比以前规定的短，那到底有什么害处，你想一想？她们的身体之美不是什么需要羞愧的东西。她们那样不是更好吗？太过瞎操心，太多恐惧。让她们展示自己拥有的东西。上帝热爱她们，她们拥有的运气更多。她们觉得，那样做可以拯救她们，可怜的迷失羔羊。她们认为，还有时间排练。

不过，男孩们也一样。你有时候会对他们感到疑惑。他们喜欢在街头扭动肩膀，摆出那种趾高气扬的样子；他们喜欢嘲笑警察和老人。他们在切普斯托路上跟牙买加人打架，不仅仅用拳头，还用自行车链条、砖头；然后，当你匆匆穿过门口时，他们还在跟群众吹嘘昨夜打败了那个黑人。这些吹嘘的恨意来自何处？胜利又是什么？她进入沙夫茨伯里大街，停下了脚步。

一个剧院的正面挂着一簇猩红色的灯泡。

艾比剧院作品
悲伤女神狄德丽
J. M. 辛格　著
仅七场表演

令人震惊，没错。你不知道它还在上演。某个人不能写封信吗？他们不知道吗？哪怕是一份电报？但他们一定写信了，肯定的？他们弄丢了地址吗？他们不知道我过去……？但他们不可能忘记？你没资格嫉妒，无权受伤，这只是无意识的冒犯。这只是一场表演。它不属于你，莫莉，这是世界的财产。这令人震惊，但就是这样。也许是邮局把信弄丢了。看在上天的分上，白痴，他们不需要获得你的允许。你在猜想和推测。

在都柏林，在一个阳光明媚的日子，我正站在母亲的旧货店外，一队士兵走过，他们的外套红得像月经一样。一排断层式橱柜和破损的旧餐具柜像岗哨一样，注视着他们走过码头。我正打开旧隔间找东西——找一封弄丢的信吗？这件家具的黑木材因年代久远变绿了，搭扣和窗钩生锈了，薄薄的衬里也裂开了。黎明即将来临，我在莎拉旁边的床上。楼下的街上，有一只狗在吼叫。

他们以为我死了吗？当然，都柏林的某个人……但是，他们不可能忘记我。给我发一封邀请函，一张通行证？她是玛丽·奥尼尔，她曾经是他的未婚妻，我们必须找到她在伦敦的地址，我们必须尊敬老兵。也许邀请她参加首夜演出的招待会？让她出席表达感激之情的小型讲话，给她颁奖、赠券，或者给她一件沃特福德玻璃艺术品。她甚至不一定非要出席，因为开幕夜演出可能过于兴奋，过于紧张，现场都是记者、评论家、大使及其夫人。一位艺术家不需要从她的包厢里鞠躬答谢。整个剧场都振奋起来，为她的过去欢呼。女主角活跃在聚光灯下时，顶层楼座观众在喊她的名字，还有幕布落下时的鲜花。谁会期盼那种场景呢？她只是一个可怜的老失败者。一阵潮湿的风打在了你脸上。

那里有他的照片，在公共电话亭旁的玻璃橱里，还有一张女主角的海报。你不认识她，她是那么年轻。还有一份针对"感兴趣的赞助者"的通知，宣布在白厅馆的作家俱乐部，某地某大学的某位教授将发表一次关于"约翰·辛格及其生平与遗产"的纪念性讲座。出席讲座的会包括导演和一些演员会，讲座过后将有机会提问题。

但他们为什么要那么做？他们会问什么问题？他是一个会洞悉事物的人——非常普通的事物。落在一家金斯顿咖啡厅地上的一顶帽子、一句偶尔听到的谚语、一位修补渔网的老渔民：对他而言，这些都是一种刺激。除此之外，没有任何答案。他跟我们其他人不一样，他甚至不像他自己。他的想象、灵魂，或心中的任何一个领域，都在渴望这个世界持续的雨水滋润，都会沉浸在由让他困扰的陌生感构成的暴风雨中。浆果会开花，一如既往。如果枝蔓奇异，有些枝蔓疯长，那么果实会异常甘美浓烈，让口渴的人为了伴随而来的甘甜，而愿意品尝那种苦味。他需要的就是这种普通的东西。他是一个漂亮的男人。还有什么比这更需要说的吗？

他是那种让你想起叶子颤动会引起微风的男人。什么都不清晰，什么又都很清晰。尤其是，你不可能知道他想从你这里得到什么。也许他自己也不知道。还有他那停留太久的视线，移开的尴尬目光。还有一些句子似乎在回顾过去，原本专门为模棱两可而设计出来的，但表达出来却显得大胆直接的。你有时会获得古怪的暗示；那也许是你自己的想象：想拥有你、但被你拒绝带来的痛苦已经成为一种瘾症，这样好过拥有你、但幻想破灭带来的痛苦，也好过完全拥有你带来的痛苦。怎样才能迁就这样一种性格呢？只有通过爱他实现。否则你要怎么生存？他不可宽恕的错误、他对幸福的畏首畏尾；你永远不会把他称为正常人，必须原谅他或远离他。他要的是一种无力感，这种无力感要求过分，是一种无条件的投降，然后再从战场上撤退。他装成被你的魅力之光所迷惑的某个人，这只不过是一种更微妙的控制方式。

"如果我请你做我的妻子呢？"但那是什么意思？一些人会说，你傻得居然忍了那么久。但你会说：我自己做选择。

另一天，你会说，你受够了忍受几个小时和几个下午，受够了给人做永远的情妇，充当一个替身。你本来不应该受不了的，但事实如此。也许，从某种意义上说，这也是一种解放。你像妻子一样隐忍多年，成了一座孤岛。用力擦洗的指甲刷，缝补好的破碎希望，从家务开支中勉强省下并藏起来的一先令，被重新加热的残羹剩饭，晚餐期间的寂静，看起来很晚的时钟，切得薄薄的大块肉——就像一起活埋在同一口装着礼貌的棺材里。这不是我的命运。我应该心存感激。老实说，这不是我跟他在一起想要的东西。

雪开始落在沙夫茨伯里大街上。行人高兴地抬头呆看，或满面愁容地心怀敬畏。或者，他们急忙跑到剧院的门廊下躲着，那里已经聚集了为日场演出而来的票贩子。你经过了威尔士王子剧院。你在那里有过九十七次夜场表演，其中许多场表演以呼喊你的名字落幕。在那里，为了配合对你的欢呼而升起大幕，舞台工作人员变得非常厌烦，最后只好让大幕保持升起状态。他死后才过去一年；有关他的记忆在你心里仍然如此强烈，所以，这不该被称作怀念，而应该被称作交融。你仍然凝固在那一刻：你在街上和橱窗的倒影里瞥见他；感觉到他在你身后；有点期待每一份邮件会带来一封呵斥的信件，散发着他的烟草和败血症的臭味。一天晚上，你一个人在舞台上，接二连三地鞠躬，突然瞄了眼最高层楼座的一个包厢。永远要记住穷人，小叛徒；他们也付钱了——通常是他们买不起的东西。有一个披着大斗篷的男人在遮住的黑色窗帘下哭泣。当你张望时，看见他脆弱的肩膀在颤抖。你不可能弄错。你知道他是谁。剧院的幽灵，经理曾这样解释。

> 当我年轻时，噢，我曾经是
> 一位如你所见的优秀男子，
> 而威尔士王子，他对我说：
> "来啊，加入英国军队。"

坐一会儿，莫莉。现在，你已经有了一个小小的开始。如果你在台阶上歇一会儿，也没人会反对的。如果他们反对，就让他们见鬼去，让他们瞪眼看，让他们经过。打开酒瓶，没人会看见。如果那些画面非要冒出来，姑娘，也不要试图扼杀它们，因为它们无论如何都会来找你的，有时候还根据需要伪装起来。这是认识他教会你的一件事。

还有，这些画面是什么意思，是在展现他那些古怪而华丽的故事吗？

最后会有人问问题吗？每当你看到一部自己没有出现的作品时，你就会受到一个真相的触动。那就是，充满农民酒馆、圣井、小村庄和海滨的来世缺少了什么，缺少了创造它们的作者。然而，缺席也是一种存在。最好是让导演把他的病床搬到舞台上，搬到所有暴力和语言暴风雨中，展现临终病榻上的他：他面如死灰一般，沉溺在用于止痛开出的乙醚里。如果这些画面有任何内容，那么这就是它们的内容——关于不得不活在一个躯体中，跟随它的地理标志逐渐腐烂：它的高架桥、脚手架、通道、运河，它的裂缝与峡谷，它的沼泽地与气流，以及颅内拥有的来世。关于当你知道死亡临近时，想活下去；关于爱别人如此艰难，渴望被爱也变得畏畏缩缩；关于坚持信仰到最后，直到将死的一刻；关于明白每个人都是一个小叛徒。

——不要死，亲爱的……不要离开我……我求你……不要死……

你在悉尼街站。你的黑色列车晚点了。两个戴圆顶礼帽的职员正在检查轨道，对比厚厚的笔记本，用铅垂线测量。一个工程师拿着经纬仪在远处的台地上计算读数。前一天晚上发生了一场悲剧，一位中年母亲试图跨过界线。她显然喝过酒，不幸的人。她的名字是西尼克，她丈夫是一位船长。人们说着涉事男人的传言。

在蒙克斯顿海角沙滩，高大的石灰墙房子有许多窗户，看起来很漂亮。还有花园里的女家庭教师、杜鹃花的狂喜、穿着灯笼裤推铁环的孩子。通往煤港的码头上，有一个女人坐在画架旁。还有悠闲散步的情侣们和穿着白色外套的水手们。你的不安让一切都融化成其他东西，就像夏天盘子里的冰一样。

四匹黑马由羽毛装饰，拉着三驾送葬马车，目击者们做出十字架手势。你左侧是金斯顿港，能看到大海与游艇。在一艘小拖网渔船的后面，海鸥们疯狂地盘旋，就像你的思想一样惊慌可笑。你本来应该给她带来一份礼物吗？巧克力？一本书？你从窗口注意到，月台上有一位卖花女孩，你招手叫她过来，伸手拿出你的钱包。"来一束美洲石竹吧，小姐，这是给情人带来好运的最佳礼物。"他现在在等你，还有他的母亲，他们在张望。格拉斯修车站快到了，火车摇摇晃晃地移动。现在回头还不晚，赶快穿过人行桥，回到喧闹的城市和安全的演员休息室，远离这可怕的寂静。你可以说，你睡着了或者突然感觉不舒服。你不舒服的时候，他总是非常宽容。

你从车上下来时，他从庇护处走来走去。他从十字转门处走近时正在抽烟，看起来焦虑不安。尽管那天早上热得可以不穿外套，但他脖子上围了一条磨破的校队围巾，还打了两个结。自从上次手术后，他的眼睛变得憔悴发黄，会不确定地快速转动，仿佛从平衡环上松开了。他用手上快抽完的那支烟，点燃一支土耳其小雪茄时，你注意到了他手上的颤抖。手术刀切开了他的身体，医生的手指在他体内探索过。一小片烟草粘到了他的上嘴唇，你想伸手帮他抹掉，但你害怕他的反应。他像是在等待一场首夜表演，一副非常焦虑的样子。他当然没有吻你，只是摘掉起皱的帽子，就像一个男人问候刚刚失去亲人的表妹一样。

"我想着应该来接你，省得你迷路了。"

"我不会的，不过谢谢你。一切都顺利吗？"

"你有点晚了，我们得快点。我想说，母亲不太喜欢野花。我们把花扔掉，你不会很介意吧？"

他从你手里拿过花，插进了树篱中的一个间隙里。

"你只需要做自己，莫莉。你不用担心任何事。"

他的安慰让你体内的忧虑感奔腾而起。你突然出现在他家里，一路上没有看过任何东西,没看过一块石头、一丛灌木、一棵树、那条路、一个花园,或是窗内的一个仆人。

"莫莉,这是我母亲。母亲,我可以向您介绍奥尔古德小姐吧。"

"你好漂亮啊,奥尔古德小姐。你经常戴眼镜吗?"

"不,女士,只是为了看书。我在火车上看书了。"

"我明白了。你现在要看书吗?"

一位女仆接过你的雨衣和帽子时,谈起最近天气暖和,但晚上凉爽,现在一场发烧正在蔓延,再加上接触野花花粉就更严重了。还有金斯顿的划船比赛,火车旅行的愉快,一面急需镀银的、十八世纪的优雅穿衣镜——这是走廊里容易产生话题的仅有东西。你在恋人的母亲旁边,看着自己镜中的模样,突然真实得令人震惊。

我们正在进入一间客厅,它比你想象中要小,地毯和家具也没那么豪华。一个飘窗口对着一座阳光灿烂的花园,又隐没在一棵核桃树的阴影中。当你朝屋子中间移动时,地板发出了轻微的嘎吱声。炉火已经精心布置好,但还没有点燃。壁炉上方挂着一张身穿淡褐色神父服、表情严厉的男人肖像;肖像的背景是一块岩石较多的田野,一片广阔的灰色海洋和一座废弃的、杂草丛生的灰色花园。当他看到你在看照片时,他小声说道,那是一位叔叔。他又在抽烟,用手接着烟灰。你纳闷他为什么不用壁炉或烟灰缸。你注意到他今天还没刮胡子。他脖子上挂着一个钥匙线圈,像一个奖章似的。他的裤子太松了,满是布丁和陈旧的泥点。现在他穿什么不要紧。他的病情严重到无暇关注这些。他的脸是一张等待塑造的死亡面具。外表正变得不再重要。

"那是苏格兰吗,约翰?"

"哪里?"

"照片上的地方?"

"那是伊尼什曼，阿伦群岛的一个岛。他是那里的一位神父，人们都深深地怀念他。"他朝母亲半转过身去，同时控制脸部的抽搐，用手指伸向脖子上的伤口。

"我是在跟你说的，母亲。关于亚力克叔叔和岛民。"

"是吗，约翰尼？噢，是的。我猜你一定是的。"她正在怀疑地检查调味瓶。她的夹鼻眼镜是玳瑁色的，头发是漂亮的白色。

"是的，"他继续说，"他们爱戴他。这非常令人触动。有一次，莫莉，我正在岛上避暑，一个当地人从码头下向我走来。他在修补破旧的捕鱼网或类似的东西。他们像用一根针在施巫术那样，尤其是那些老男人。哦，是的。你看起来很惊讶。但他们的手工艺非常精湛。不管怎样，他碰巧注意到，我带着小提琴箱和照相机在闲逛。他说：'上帝保佑我们，话说，你是辛格家的人吧，要不然我就是对世界一无所知。'你知道吗，他已经至少四十年没见过我叔叔了，但是他立即感觉到这种家族的相似性。真是了不起。"

你不知道该对此说什么。这显然对他意义重大。老夫人沉默不语，但却在设法掩饰沉默。显然，桌上有什么东西让她不开心；她不停地从那里来来回回，目不转睛地盯着那些调味品，似乎它们就像岛上的居民一样，要被拍成照片留给子孙后代。

"好了，母亲，不要小题大做了。那只是一杯茶，没必要用桌子；我们坐在扶手椅上更舒服。看在上帝的分上，别管那些餐具了。"

你坐到自己的座位上，他目光环视房间，敲了一口小小的中国锣，发出铿锵的响声。几乎就在那一瞬间，仿佛有听众一直在门外等候。一位小个子年轻女人微微地弓着腰，端来了放着茶水的托盘。她什么也没说，把托盘放在桌上，用一种不是太怨恨、还略带欢欣的方式打量你。

明显能听到楼上的脚步声。老夫人抖开一张餐巾，铺在膝盖上。

"奥尔古德小姐，你要吃一块蛋糕，还是来一块黄瓜三明治？"

"我不是很饿，夫人，谢谢您。"

"当还有人吃不上饭时，浪费粮食就会很可惜。"

"那请给我一块蛋糕，夫人。麻烦您了。"

一个水壶的盖子上起了蒸气的水滴。当老夫人开始吃的时候，就像中世纪宫廷里的一位品尝师那样慎重多疑。

"你的牙齿真整齐，奥尔古德小姐。"

这是一种称赞吗？

"谢谢您，夫人。"

"我一直认为，看到这样整洁的牙齿是令人愉悦的。这样的牙齿现在太少见了，尤其是在格拉斯修。"

"您是什么意思，夫人？"

"乡下人的牙齿缺陷是母亲持续关注的一项'当务之急'，莫莉。"

"我几乎不该把它称为'当务之急'，还指望他们会认真对待。"

"您真是个可爱的老唠叨。我怀疑他们是否给过你笑脸。"

"人们常说眼睛是心灵的窗户。这是一种可笑的感伤论调，以我的经验来看，这种说法甚至都不能算对；但总体来看，牙齿必定是一个健康状况指标。这种观点已经落地生根，有着可靠的权威机构做支撑。但愿他们会把它放在心上。"

"谁啊，夫人？"你说。

她暂停了一会儿，显然认为屋里进了一只虫子，正在桌子上方盘旋。"我想就是一般的人。"

"尤其是格拉斯修本地人。"他冷静地说。

他们在玩一种什么游戏吗？是你的存在使他们玩了这个游戏吗？

"奥尔古德小姐，我恰好认为，清洁仅次于虔诚，两者都是需要的。

不幸的是，爱尔兰还有很长的路要走。人们看到了秩序变差和各种绝望。有人告诉我，高博斯的情况更好一点，那是位于格拉斯哥的一个地方。"

"是的，夫人。"

"约翰尼显然经常提起，我儿子塞缪尔在中国是一位传教士。当我读到他的信时，经常让我感到讽刺的一点是，世界上最卑劣的异教徒们至少还讲一些基本的卫生。对于距离我们更近的一些地方，我们也做出相同的评价。我听说，都柏林贫民窟是一个真正的加尔各答。"

"牙刷无疑是必要的，"他说，"母亲和金斯顿的另外几个遗孀正在成立一项基金，为自由城区的穷人提供资助。"

"你也许会笑话我们，"老夫人回应道，"但这至少是展示决心的一种方式。"

"对我们来说，还是对他们来说？"

"如果真能实现，那对两者都是。鼓励个人承担责任，而不是指望长期的慈善，这没有任何错误。长期慈善只会削弱个性。事实上，"她话里有话地补充道，"我们许多人都可能从中受益。"

他笨拙地打开一块三明治，仔细看看里面的东西，用手指摸了摸被汗水浸湿的、柔软的小胡子，仿佛突然想起来小胡子长在那里一样。角落里的一个象脚伞架看起来很凄凉，里面放着一根高尔夫球杆，却没有放雨伞。挨着打开的窗户是一堆旧报纸，沐浴在一缕尘土飞扬的金色阳光下。谁也没有说话，只有杯子碰到杯托的叮当叮当。你为这种沉默无语、茶匙奇怪的沉重感、你移动时裙子的沙沙声而恐慌。

花园里传来大剪刀勤劳而有节奏的裁剪声；远处传来一趟火车的汽笛声。时钟一点点稳稳地走着，调整着它的嘀嗒声。你快速地看了他一眼，又看了看他母亲。有一种家庭纽带在微妙地传承。这种传承无非是比相似的手势、相似的嗓音和相似的肢体或多或少的东西。他们似乎是彼此的不同版本，不同年龄的影像，或者是某个从神话中逃出来的多头动物；他们不必每周交谈一两次以上，就能确切地知道对方在想什么。在那一刻，你才看出来，爱他会比你想象中更复杂，因为那将意味着爱所有的人，不只是爱这位老夫人，而是要寻求统一和共同点。或者，至少要靠近那张满是代夫特陶器的桌子周围的人，以及曾经在桌旁坐过的每一个人。你为此感到极其害怕，因为单单爱他已经非常费力了。但你看得出来，他们也因为对你的需求陷入困境；只有你和他在一起，这个爱护他的家庭才能不再显得无关紧要。拖网渔船仍在水里，但他们已不在驾驶室里，而在外面的海浪里。老夫人感觉到这一点了吗？据说，岁数见长，智慧见长。老夫人能够明智到知道她自己需要援救吗？

"你父母还在世吗，奥尔古德小姐？"她问这个问题时，彬彬有礼中透着冷淡。

"我母亲还在，夫人。我父亲去世时，我还是个孩子。"

"对你母亲和你来说，那很难负担啊。"

"是的，夫人。"

"孩子们的父亲许多年前去世了。时间没法治愈创伤，我们被迫接受现实。我们当然必须忍受。但我会告诉你，奥尔古德小姐，我每天都能体会他不在身边的感觉，就像受伤的人会感觉到截肢一样。"

"愿上帝善待他，夫人。我为您的烦恼感到抱歉。"你记得随后发生了什么吗？她眼中布满泪水。你原谅了她所做的一切。她年龄大了，感到恐慌。她不是有意要伤害你；她只是害怕了。她脸色苍白，皮肤皱得像羊皮纸。

"你这个孩子太有爱心了。谢谢你那么说。"

你想到，那艘小拖网渔船勇敢地冲过碎浪区，从玛格林斯驶出，向霍斯的鲱鱼堤岸驶去。如果身在船上该多么美妙啊，寒冷但充满生机。如果远离这个房间，到任何其他地方去该多么美妙。

"我想，用心记台词一定很难，奥尔古德小姐。一个人自己说话的时候，能知道该说什么已经够难的了，更别说记住和重复别人的话了。"

"会有点难度，夫人，是的。这主要看训练。"

"训练？"

"噢，练习，重复，养成一种习惯。如果你一遍遍地说一件事，它就会进入你的脑海中。"

"如果你想知道的话，这有点像《圣经》文本，"他说，"甚至，人们经常把《圣经》看成一个故事集，只是它的主人公非常引人注目。"

老夫人狠狠地盯着她的盘子，好一会儿没有回答。当她再次开口时，她的笑容美得像幽灵一样。

"约翰尼说这些是为了伤害我，奥尔古德小姐。这就是一种求关注的方式。"

"母亲——我没有任何——我只是——"

"《圣经》是永恒而可怕的上帝之道。在我们肮脏的物种历史中，它是仅有的一点体面的基础。当我们崇拜的俗丽幻想是风中的尘土时，它的真理就是剩下的一切。"她的声音平稳得吓人，声调抑扬顿挫。他的脸变成了紫罗兰的颜色。

"原谅我，母亲，真的。我说话时没有动脑子。"

"是的。这是你的主要天赋。"

你意识到自己在发抖。她冷酷地转向你。"恐怕我从小就对剧院有一定的看法。毫无疑问，今天的年轻人会认为这些看法过时了。

但我们就是我们。不是这样吗，奥尔古德小姐？"

"是的，夫人。"

"是的。我们总是这样，就是这样。现在我不知道能不能麻烦你，奥尔古德小姐，但我突然有点累了。我寻思，你要送奥尔古德小姐去车站，约翰尼，对吧？请原谅我儿子在他母亲要离开房间时没有起身，奥尔古德小姐。但是，也许你已经习惯了他的健忘。"

"我……"

"认识你很有意思，奥尔古德小姐。我祝你归途愉快。也许你家会喜欢这些剩下的蛋糕？如果你愿意，请带走吧。"

"我希望我们再次见面，夫人。"

"再见。"

突然下起一阵蒙蒙细雨，有一股苦涩的泥土味。男学生们穿着天蓝色夹克和靛蓝色短裤，好像校服的设计者是一个有色盲症的恋童男。经过一排伦敦梧桐时，有一些梧桐的树枝被从枝干上砍掉了一半，就像乱糟糟的截肢一样。女乞丐们正在观察一个拿着锯子的市政工人。他对着一根掉下来的粗树枝肩部，用他戴着厚手套的双手锯开极白的树筋。公共汽车和一辆运煤卡车在雨夹雪中缓慢前进。冰雹有节奏地敲打着一辆婴儿车的盖兜。当你经过邮局时，你看到朴素希腊风格的博物馆，想起来道格拉兹先生那温和的、有皱纹的脸。如果再次有他做伴，该是一件多么愉快的事情。

那封信就在你口袋里。今天它就会被卖掉。一种深刻的负罪感将你占领；好像这张纸是一个即将被遗弃到孤儿院里的孩子。它似乎要小声说：不要把我遗弃。但你还有什么选择呢？它只是一件物品。

你记得上面说了什么；你卖掉的不是那个。无论如何，它上面的内容是卖不出去的。这不是他要的。他没那么多愁善感。一想到你会又冷又饿，他会伤透了心的。你站在街上聆听他的宽恕。在雪落在栏杆上的寂静中，它会来到你身边。我们必须做我们该做的事。我们没有创造世界。如果我们创造了世界，情况也许会更糟。

午后闻起来有一股烟雾的味道；你感觉这股味道来自河水。仿佛伦敦还没进入战争时期的三十年代，一个黄色烟雾的梦从河口滚滚而来，湮没了你面前的那只手。这让老年人惊慌，你当时对他们深感同情。而他们还会活着见识到灯火管制期及其恐怖。他们是有勇气的，似乎在你看来是这样的，他们以前安然度过了战争。但是，灯火管制一定比闪电战更让他们恐惧，因为窗口有一束光就会被判定为叛国罪。当你早晨醒来，会发现露台上的每一扇前门都贴着万字符传单，上面写着"犹大去死"的标语。是谁鬼鬼祟祟地经过异常的黑暗，冒着失去一切的危险，穿过寒冷的冰花和火药味的空气，把他的污言秽语贴到你们街道的墙上的？当轰炸机在城市上空轰鸣时，他把传单贴到了消防栓、门柱、人行道指示灯和汽车上。你自己现在也老了，但烟雾似乎没有关系。灯光管制也没有关系——灯光管制形式诸多，但最近变得更厉害了。你总归还有一面镜子，在照镜子的时候，你永远都不是一个人。

钟声叮当响起，随后，古书集聚的地方立即变得特别宁静。店主的老拉布拉多犬正在一把扶手椅上睡觉。那把扶手椅是斯特兰德大街上的一家绅士俱乐部被炸时救下来的。你漫步在L形的二手诗集长廊里：都是破烂的书脊和褪色的皮革封面。在红木架山墙的硬纸板上，钉着左派学习小组与会议通知，还有拼贴的褪色旧明信片。他用谨慎的连笔字书写了主题标题：社会主义者与社会主义、社会学、西班牙、性幸福和婚姻，包括计划生育、家庭生活、妇女参政运动、斯大林。一张海报上，一只黑色拳头紧握着一只白色拳头，底下用首字母大写的油印字体写着一句标语：《国际歌》把人类团结起来。道格拉兹先生没有坐在书店后面堆满大部头书籍的桌子旁；换了一位年轻人在对着电话轻声说话。有几个衣衫破旧的家庭主妇在翻阅成堆的廉价书或没有书封的爱情小说。马克思的画像配着用鲜红色的西里尔字母书写的标语。许多年前，画像破碎的黑檀木框架周围加了一点圣诞金箔边，使画像变得令人心酸，而不是荒唐可笑。浓郁的咖啡香犹如祝福一样升起，飘过门上"平安出行"的刺绣标志。多么漂亮的工作场所，这根本就不是工作。你想知道他有没有可能需要帮忙；招一位助理？即使没钱，那也会是一个保暖的地方。但是不行，这样的期待太高了。

尘土之中浮现出你女儿十六岁生日的一段记忆：莎拉送的一本书。"送给我亲爱的佩金，你在好莱坞的阿姨——告诉无聊的妈妈，让你来参观。我会把你介绍给神圣的格里高利·派克。"《图说伟大的作曲家生平》——贝多芬的耳朵里鼓出带血的破布。巴赫坐在一架风琴前，手稿散落在键盘上。醉醺醺的莫扎特正坐在一辆手推车上穿过维也纳。他们在生日会上研究这些奇怪的照片时发出了大笑。蠢莎拉对礼物从来没有一点头绪。但是，佩金给她回信时宽容得令人感动。有些时候，你真觉得，你女儿是你知道的最值得钦佩的人。对她来说也不容易，经历过一两件事，可怜的孩子。听听你说的话——"孩子"——她是一个中年女人。今天早上，在我的梦里，她正在长乳牙。

你慢慢移向玻璃柜，里面陈列着书卷珍本、名人亲笔签名和签名照片。有亚伯拉罕·林肯写给一位生于爱尔兰的将军的一封信、一张拿破仑签了姓名首字母的菜单、一张詹姆斯·乔伊斯寄给他弟弟的明信片，还有一本王尔德所著《自深深处》的精美初版，上面的作者签名几乎难以辨认。还有名片与情书；一次尝试写十四行诗的草稿；中世纪诗篇集卷首页上蚀刻华丽的丰饶角。这些东西怎么可以卖掉？它们还有什么样更真实的故事？这些小说带有图书馆标签和徽章，污迹斑斑的，印着潦草的献辞和对长久爱情的声明。卖家们的幽灵似乎突然出现在门口，手里拿着罪恶的钱，遗憾地回头瞥了一眼。

"我可以帮您吗，夫人？"

"道格拉兹先生在吗？"

"我就是道格拉兹先生。"这位英俊袭人的年轻人说。他那一头沙色的头发散落到了额头上。他那件学究式的套头衫的肘部有几个洞。他看上去好像需要一碗汤。

"抱歉，我是说一位年长的男士。"

"您想找的是我叔叔。我应该提前说，我是迈克尔。"

"噢，多好啊。有名的迈克尔。我想，你是去了剑桥吧？"

"没错。那是几年前，战争刚刚结束后。"

"如果我没有完全记错，你被授予过英勇勋章？"

"更主要的是运气好。在正确的时间，出现在正确的地方，就是这样。"

"我能看出来你跟叔叔像的地方，尤其是眼睛，真的很明显。我很高兴见到你。"

他笑得非常灿烂，脸颊上的皱纹都能接住一阵雨。一张多么可爱又讨厌的脸，就像一个脏兮兮的小男孩。"我听说，我们家的所有男人都像兄弟。女人们就没那么像，不知道为什么。您有没有什么特别感兴趣的东西，或者只是随便看看？"

"不，没什么特别要紧的。我只是拿来了珍藏一段时间的一小部分手稿。好了，说实话，就是我愿意出手的东西。当一位合适的收藏家会珍惜它时，把它藏在自己身边似乎是一种羞耻。这是一封来自爱尔兰剧作家约翰·辛格的亲笔信。"

"噢，我非常抱歉，小姐，我们现在不收东西了。我们目前库存过多，我恐怕您也许看到了。坦白说，我们打算不做手稿业务了。我们最终就是一间无关紧要的小书店。"

"哦哦，我明白。我非常理解。好了，根本没关系的。没关系。你非常确定不要看一眼吗？这是一件漂亮的小古董。几年前，它的估价在三十畿尼左右。但是，我不想斤斤计较。给现金的话，我可以接受二十英镑。"

"我恐怕，我们太吃不消了。你也许可以试试佳士得或者苏富比？我认识苏富比的一个好人。如果可以帮上任何忙，我愿意打电话给他，为您预约一次会面？据我所知，他们计划明年夏天举办一场文学收藏品拍卖会。我倒认为，我们的大部分藏品都会落到那里。"

"当然，再少点我也愿意接受。比如说十五英镑，或者十英镑。只是把它藏在我这里，这件事一直让我内疚。于是，我今天早上醒来，你知道我想了什么吗？如果老道格拉兹愿意预付我五英镑，收走那件该死的讨厌玩意，我会马上把它卖掉的。"

"真的，谢谢您想到我们，但我们没法收。"

"这样啊，当然。好了，那我们就这样。没有一点问题。那么，你叔叔现在不在这里了？他最近会来吗？"

"噢，天啊——您还没听说。我真是个蠢货。我非常抱歉地告诉您，欧尼八月份去世。他病了一小段时间，死于肺癌。您可以想象，他非常勇敢，极为勇敢。在最后一刻，他还在说笑，给朋友们写便条和短讯。我们深深地怀念他。我们只是竭尽所能地坚持到现在。"

一辆公共汽车停在书店外面，一群喜欢玩闹的男学生从车上下来。他们互相搞恶作剧，把帽子扔进水坑里，弄得脸上脏兮兮的，获得一连串的快乐。

"我让您受惊了。请原谅我。您要不要在这里坐会儿？需要我给您一块手绢吗？请不要哭。"

"我很遗憾你失去了亲人，迈克尔。请原谅我的难过。"

"真的没有关系。我们明白人们的感受。他在事业上、在伦敦都有许多朋友。他是一个了不起的人，非常勇敢善良。"

"他总让我想起我曾经在爱尔兰认识的一个人。"

"那是谁？"

"噢，那根本不重要。我在年轻时认识的一个人。谢谢你这么温和体谅地告诉我。我不能再占用你更多时间了。"

"原谅我礼数如此不周，我甚至没问您的名字。"

"是奥尼尔，奥尼尔小姐。我以前经常进进出出。"

"您不是说奥尔古德小姐吧？来自都柏林的女士？"

"是的。"

"噢，我叔叔非常喜欢说起您。我们尝试过找您参加葬礼。我们想过写信给您，但找不出您的地址。您能不能等我一会儿，奥尼尔小姐。欧尼想着如果您再次来店里，有一点东西给您，就放在后面。"

他站起来，走进桌后一个带帘子的房间。过了一会儿，他拿着一个淡黄色的信封回来了，信封上面曾经放过一杯咖啡。

"很抱歉弄脏了。不知道怎么弄的。我敢肯定，你能想象到，这个老地方的情况有点混乱。我们还在适应环境。顺便说一下，从现在开始，是我和我表妹在经营，她叫丽贝卡。我不太清楚她现在在哪里。您经过这里时，哪一天也进来见见她，好吗？"

"当然。我会很荣幸。但是，这个信封——这是什么？"

"我恐怕也不知道。但他想让您拿着。无论您何时经过，请过来看看我们，好吗？如果您不介意的话，我得去做一些文书工作。我们今天人手不够，我很抱歉。"

你站在罗素广场上，博物馆显得阴沉威严。公共汽车在烟气和降雪中隆隆作响。在一家商店的橱窗里，有一个装着蒲苇的石瓮。一位往地铁站赶的店员在好奇，他们那里卖的是什么。他几乎没注意到拐角处电话亭旁边的那个老太太，离她不远处、正在交换足球卡和糖果的男学生们，布鲁姆斯伯里上方安静平淡的灰色天空，还有那位老太太读信时肩膀的颤动。

亲爱的奥尼尔小姐：

我这张小字条只是想告诉你，在我们多年的友谊中，我多么高兴有你的陪伴。我恐怕我的身体不太好了。我想过打电话给你。他们把我送到了这家胸科医院，这里就像但丁手下的作品一样。好了，事情也没有那么糟糕。他们擅长让你振作起来。对护士和医生来说不会容易，但他们都是非常好的人，这么年轻，充满活力，说话勇敢而聪明。食物不是太差劲；我在这个阶段吃得不多。时而会有一点恐惧，当然也会有遗憾，想想没有走过的人生道路，等等。

我不是一个会当众表达或说出自己想法的男人。我已故的妻子，愿她安息吧，她总是责骂我一句话也不说。但我猜想，这就是一个男人。不过，我确实想告诉你一件事，希望不会让你忧虑——老实说，我在许多方面，都深情地把你当成我从未拥有过的妹妹。我这样直率地告诉你，希望不会冒犯到你，这样一位更加珍贵的、更加特殊的朋友。认识一位如此美丽、善良、活泼的女士是一种荣幸。还有你可爱的精神和对生活的乐观。你所说的一切都充满情理，但也充满宽容、对人的感情和理解。你说的话如此深刻，让我常常自己想:"要是世界上每个人都像我亲爱的奥尼尔小姐那样,我们就不会这么为难了。"我曾非常喜欢的是,你有一天来到我的小店,我们愉快地长谈,快乐地谈笑。书是如此奇妙,不是吗?它们把人们聚集在了一起。我认为,它们是我们最美好的部分,真的——书籍和音乐,还有勇气。我的助理波伊尔先生经常拿你戏弄我。他把你称为我的"甜心"和"心爱女孩"之类的。他不久前的一个月退休了,去找他嫁到特鲁罗的女儿了。无论如何;我们到现在这一步了。

我恐怕,我不相信在有时被称为"另一边"的地方,会有很多东西在等着我们。但是如果有,谁知道呢——我错过许多次了!——我已经做了一个小小的精神承诺,如果我可以的话,我愿意在你有生之年的每一天,都陪伴左右。

再见,我亲爱的奥尼尔小姐。

致以我最真诚的谢意,
你亲爱的朋友
欧尼斯特·道格拉兹

·11·
圣马修教堂,罗素广场

下午4:03

圣阿格尼丝飞起,
回到她长空上的家里,
她生于九天之上,
因为她以血献爱……

  教堂中殿阴冷而黑暗。雕像前有蜡烛在燃烧,散发出蜂蜡和焚香的味道。你试着为欧尼斯特·道格拉兹先生祈祷,但整个祈祷过程太难了,祈祷词化成了水汽。那个稍微褊狭的、谨慎的、易怒的,永远的卢德派[1]老书商。他认为便携式打字机是一种恶魔的工具。他就像其他人信仰基督一样,信仰封蜡、鹅毛笔和华丽的无衬线字体。针对这类信仰者的祈祷词已经不存在了;他们的信条已经成为过去。但你尝试了。没错,你尝试了,也许尝试就是一切。但是,出现了你不明白的奇怪画面。那天夜里,飞弹落在与台地平行的街道上,飞弹击中街道前的一瞬间,发出了奇怪的呼呼声。你和莎拉同在一部电影中扮演角色,莎拉穿着她的戏服,坐在去埃尔斯特里的豪华轿车上。那部电影的导演是希区柯克先生。她告诉你,这是一个绝佳的机会。真的,你必须戒酒了。

---

1 卢德派,工业革命时期英国工人捣毁机器运动的参加者。

在纽约市东侧的贫民区，焚香或蜂蜡抛光剂的气味供养了一间小教堂。一排排密集的长凳色彩浓厚，用的都是沉重的木料，忏悔室窗帘是紫色的。在高高的椽子上，雕刻着男男女女的面孔。那是造船工在托臂上塑造木结构时刻在那里的。传说，那是爱尔兰人们的形象，但没人知道是不是真的。那些雕刻的冷静面孔中，有一张面孔总让你想起一位叔叔。他有一年秋天去英格兰收庄稼，就再也没有回到玛丽街。祝福欧尼斯特·道格拉兹。我亲爱的，亲爱的朋友。你透过充满灰尘的光线抬头看着圣坛。祝福所有的逝者。

你记得，那座教堂的一块牌匾前，摆着一个百合花花环，以纪念在内战中死去的爱尔兰男孩。爱尔兰的斗士、盖茨堡的英雄、兄弟般的自由拥护者。莎拉没时间管"一切老掉牙的谈话"。他们希望爱尔兰人建设自己的铁路，为自己而战，杀掉印第安人——莎拉说，印第安人的土地被他们白白夺走。她说，然后，他们会喝得烂醉，安静地死在某个酒馆里。这是爱尔兰人的伟大计划，也是一些美国人的生活方式。你发誓，爱尔兰人除了朝人的脑袋开枪和不停地念叨玫瑰经，没有做过其他任何事情。她喜欢恶作剧，这是你一直喜欢她的原因之一。她看待世界的方式不同，是一个有主见的女人。

你们第三次来纽约时，美国要打仗了。征兵人员正在海滨等待。你和其他演员看到一些男孩报名参加战斗，好像正在加入某个疯狂的饮酒作乐兄弟会。你们在美国待了不到一分钟，就像患上摇摆症的小马驹一样，相互搞恶作剧、开玩笑，兴奋地瞪大眼睛。莎拉有一个喜欢的小伙子，名叫迈克尔·英格利希，来自恩尼斯。他把两个表兄弟领到城堡花园的帐篷里，向那个美国佬下士要了一套制服和一支枪。因为，他想为这个自由的共和国证明自己。您在这里看到的是一位勇士，长官。我在早餐前会杀掉一千个人。这在你看来似乎很奇怪——一路赶来希望获得新生，却要加入另一个人的战争中。

你不理解欧洲的战争及其起因与目的。莎拉曾经试图解释给你听，但你怀疑她也不理解，你还怀疑没人理解。她的双眼是海绿色的，像波光粼粼的水面一样发光。她热爱美国，要在这里给自己安个家。她告诉你，如果你有半点判断力，你也会做出同样的选择。耶稣上帝啊，她真爱管闲事。亲爱的莎拉。

她希望把家安在纽约的一个德国社区或意大利社区里，因为德裔是勤奋、自豪、坚定的美国人，而意大利人的外表非常漂亮。她的孩子会成为美国人。这是地球上最自由的国家。在这片土地上，每个人都可以跟喜欢的对象结婚。如果任何人不喜欢这片土地，那就见鬼去。她那样知之甚少，却那样天真可爱。有时候，她说的话自相矛盾。

你这会儿想起了她，我那位不好相处的姐姐，她也许如今在天堂里。愿上帝保佑可怜的天使们，在她筋疲力尽前，她会不断地支使他们，把他们组成一个工会。在耳堂附近的小教堂里，正在举行一场婚礼。这场聚会规模不大，只有十几位客人，但新郎新娘看上去焦虑而兴奋，新婚夫妇总是充满魅力的。新郎是一位士兵，他的制服平整而洁净。新娘不停地摆弄她袖子的褶边。两位上了年纪的女人在观看，被这幅景象吸引住了。"她真漂亮，"她们其中一位说，"像明信片一样美。"新郎笨拙地寻找结婚戒指，神父发出慈祥的笑声。你是一位围观婚礼的老妇人。

在他那间凌乱的小书店里，他有时候也会这样看你：带着一种这样和蔼的表情，充满希望和勇气。他的快乐是一种货币，会自动补充，长久如新。你不想哭，却落泪了，你用手腕擦着泪水。新娘和新郎听到你不断地小声啜泣，从侧坛转过身来，有一点怨恨地盯着你。你做了个十字架手势，朝门口走去。

一段记忆开始悄悄地展开，你在纽约表演的时候，一位女服装师的孩子突然死于脑膜炎。那个女人来自高威市，她丈夫来自克莱尔。你和莎拉出于责任感或同情心参加了守灵。公司里的其他人都没时间。葬礼计划在第二天一早举行，因为殡仪员说，哀悼的时间再长就不合适了。他说话时会用委婉语，会斜着眼看，全是熟练的职业交际手段；他或者保持沉默不语。屋里如果有花，那会派上用场；如果可能的话，就用百合花，因为它们香味浓重。最好把棺材合上，他喃喃道，因为逝者还那么年轻，那么瘦弱。你和莎拉一句话也不说，好像为某事感到内疚，其实主要是因为无话可说。

你看着他们把古老的镜子挂在客厅里，就像爱尔兰的乡下人那样筹备一场守灵；因为在人生的艰难时刻，沿袭一种古老的习俗似乎变得很重要。而在比较轻松的时候，你也许会嘲笑这种做法。逝者的父亲在第七街的当铺里筹到几美元，花在了送葬者的餐饮上。那位父亲坚持认为，守灵仪式上必须要有烟草。守灵必须按照礼节举办。

他是想帮助自己的妻子吗？他觉得那是她想要的吗，还是他自己想要那样？他从一些邻居那里借来了椅子，小心翼翼地摆在客厅里。他像准备一场宴会的服务员那样效率高，从没瞄过角落里可怕的目标。他脸上浮着汗水。

他们悄无声息地涌入客厅，好像在入侵一个私人空间。女人们手里攥着玫瑰念珠，男人们手里拿着帽子。他们仿佛在等待一件大事发生：某一场圣礼或因为他们团结一致、同坐在一个房间里产生的一次启示。一些访客是公寓大楼里的邻居；其他人则不是很熟。这位父亲在消防站里开货车，你猜想他们是他在消防站的同事，因为他们中的一两个似乎知道他的名字。还有警官、装卸工、建筑工，都是爱尔兰人。有一位民主党的组织者，还有一位来自古爱尔兰修道会，据说给葬礼支持了一点资金。还有一些人坚持用盖尔语吊唁，仿佛古语言的元音可以抚平创伤。住在公寓里的德国女人和意大利女人三三两两地进来，另外一些独自过来的人用自己的语言轻声说话，逝者的母亲也听不懂。还有一些人说着蹩脚的英语短语，或者什么也不说，只是悲伤地摇摇头，碰碰那位母亲的手。因为，现在什么话也说不了了。对她表示哀悼该会给她带来多大的伤害啊，因为不管人们用什么语言，不管背后藏着多少善意，都是无话可说的。你替她祈愿，多希望他们全部离开啊。

你们一起坐在屋里，女人们围着棺材，男人们在厨房边挤作一团。也许有一位神父，但你不记得了。消防员们低下了头，还有一些人哭了。你那天早上病了，你那一年喝酒喝得更凶了。你好像能听到那位母亲的想法。那不是一具尸体，那是我的孩子。为什么这些人都在我家里？蜡烛的火苗变弱了。访客们在小声嘟囔。有人告诉那位母亲，孩子已经去了一个更好的地方，一个没有痛苦、穷人受到关爱和尊敬的地方。玛丽街的人们常常这样讨论美国。那是一个充满蜂蜜和牛奶的天堂。

噢，来我们会快乐的土地。
不要惧怕暴风雨或大海，
当我们恢复时，很快会发现
那个地方就是
甜蜜自由的故乡。

你想起来，曾经参加过一次不眠聚会，以纪念一位邻家女孩在都柏林的最后一晚。她父亲、母亲和一群亲属聚在一起。房子角落里有一位叔叔唱着《拨弦的男人》，然后是一位弹着小簧风琴的男人，但他弹得不好。"跟我起来吧，布丽奇特，"那位父亲深夜里说，"面对我站在一步远的地方。你会为我那样做吗，姑娘？因为这可能是我们在这个世界跳的最后一支舞。"女孩和她父亲在厨房跳起了舞。到了早晨，她带上几个先令和一个纽约的地址，动身去赶金斯顿的蒸汽船了：一家中介机构把爱尔兰女孩安排在曼哈顿富人的家里做女佣。

亲爱的母亲。更多的悼念者到来，烟雾把空气变成了紫色。那位母亲不会写字，她在爱尔兰的父母不认字。所以，你和莎拉竭尽所能地帮她写信，爱尔兰的某个人会大声读给她的家人——读信人是一位男老师吗？某位老教师会用自己的声音念出信上的可怕消息：一个在世上仅存活了五个月的孩子在美国去世。在她葬礼的那个晚上，你要出演一出戏剧。这似乎荒谬可恶，仿佛毫无意义。

我的孩子死了。你们为什么不能理解？我现在什么也不想听。

一个住在五点区贫民窟里的康尼马拉老妇人拖着脚走进了公寓。她像伊比利亚人似的，脸长得像皮革一样，身上披着家乡的破花呢披肩。她把前额贴在小小的棺材上，开始一种古老的方法恸哭：那一种柔和的哭泣声，一开始不说话，但很快就变成用盖尔语发出"哎呀""悲哀啊"。德国女人们盯着她，她们中的许多人看起来受到了惊吓。你和莎拉也感到惊慌。

从外面的街上传来了商贩的叫卖声，接着是一阵刺耳的咒骂声和一辆运货马车的咔嗒声。雨水洒落在窗户上。屋里太挤了，孩子们在地上就不会消停安宁。在纽约的那个晚上，你将要表演一位作者写的台词，脑海中只记得想要紧紧抱住那部剧的作者。你想再见他一次，只要几分钟或几秒钟。但是他像那个孩子一样走了。

你现在离开小教堂，走进伦敦寒冷的阳光中。纽约现在一定是清晨，你想象着繁忙的街道，工人们穿过大街和公园，孩子们在操场上，某个人在摇一个手铃。在上帝的广阔世界里，还有更自由的城市吗？你还能再回到那里吗？或者回到都柏林？自从你走过玛丽街或库姆，在基利尼、达尔基或霍斯看海，到现在已经过去很长时间了。"金斯顿"这个词已经消失了。那里现在被称为"邓莱里"，这是一个外国人很难发音的名字。当你经过小教堂门口时，你似乎听他说过这个词——邓恩利里——杜恩利拉。

也许改变名字就改变了本质，就像女人在结婚时改名一样？但也许洗礼毫无意义，婚姻毫无意义——也许它们只是词语。发生的已经发生了，无论它取了什么新名字，你都会永远叫它金斯顿。当你走过罗素广场上脏兮兮的烟雾时，你就会再次到达那里——一个名字已经消失的地方。在你还没被摧毁的记忆细胞中，你将永远在那里，老女孩。它在梦中拜访你，在白天奇怪地入侵你，永远的金斯顿，还有它的不安。你的左侧是煤港，右侧是黑色的钟楼。行驶缓慢的列车里空荡荡的，只有你一个人。你穿过常青藤高耸的走廊、隧道与狭窄通道，经过野草与金雀花丛生的路堤，没人愿意花力气烧掉那些杂草。火车再次嘈杂地驶入格伦纳格里车站，随着钢铁碰撞的一声尖叫停了下来。他跟他的母亲、亲人一起埋在杰罗姆山，想到这一点就让人痛苦。他的身体正在腐烂。那栋房子隐约出现在你面前，灰色的房子有许多窗户，半塌的防风门斗落了星星点点的海鸥屎。你想起雪花落在海里的场景。

你在剧院里收到了一封电报。他舅舅要跟你聊聊。这就是你来看这栋房子的原因。

我一个人在走廊里。黑色的墙壁包着护墙板，该拿去镀银的穿衣镜不见了。在一个壁龛里，是一幅用泥炭栎木框起来的、古老的凯里郡地图。一个碗橱上方挂着他的小提琴。还有些大概是康尼马拉和阿伦群岛的照片：满是石块的田野、破旧的茅草小屋、倒立的小圆舟绑着长满红藻的绳索，就像梦中搁浅的海龙。我想的不是那些照片，而是把它们框起来的眼光。摄影师总是在照片里。

那位女佣回来了——不对，是换了一位。这位年龄更大，更显瘦，更疲惫。她看起来像你母亲，明显有相似的地方。她打手势示意你跟上来，你听话地照做，走过一条阴暗发霉的过道。过道里挂着一排治安法官的画像、狩猎场景和肥胖的野猪图片。跨过一间书房的门口，书房里面摆满了皮面的大部头巨著，还有一张黑色长桌，上面堆着齐头高的文件。你可以闻到法国烟草味、他的霉臭味和他生病的味道。你现在突然像是在看他的脸。

他叔叔抬头打量了一下你。他通身都是黑色的，就像郝薇香小姐穿着男人的服装。他表情沮丧，眼神呆滞，仿佛他外甥临终前的样子。

——请坐。他打了手势。你按照他说的做了。

——你这趟从市里来得倒挺快啊，奥尔古德小姐？

——嗯，先生。

——火车并不总是可靠的。

——没错，先生。

——从我个人来看，这些困难该怨工会里的煽动者。以前的火车要准时得多。

——嗯，先生。

——我本来是想，跟你的这次谈话需要一位你的男性亲戚在场，奥尔古德小姐。可现在就这样了。我们就尽量和气地谈谈。

——嗯，先生。

——我要通知你，我去世的外甥给你留了一笔遗产，奥尔古德小姐。你将从他的作品表演版税中获得一小笔年金。我可以告诉你，我不同意这个提议，但我也不会违背我外甥的意思。我有一种老观点，我认为出了自己家门，人就该靠自己挣钱，而不是靠别人施舍。不过，你每年会收到一笔八十英镑的收入，以此清偿和感谢你对我外甥偶尔的帮助。这够你雇一位客厅女佣或者帮手了。如果你结婚了，这笔收入会减半。你明白吗？

——嗯，先生。

——我想，你手里有许多我外甥寄给你的信。这是以后再说的问题。但我想拿来为他存档。无论你因此失去任何材料，自然会获得补偿。

——我永远都不会卖掉它们，先生，这是私人物品。

——当然。就像我说的：这是以后再说的问题。

——还有我自己的信，先生。我写给他的信呢？

——什么？

——我想把它们要回来。我想，应该有几百封信。

——一位作家的文件也是他遗产的一部分。

——可那是私人信件，先生。那是我的物品，跟他的作品无关。我不希望其他任何人看到它们。

——在那一点上，我可以让你放心。那些信已经被遗嘱执行者毁掉，以此保守这段友谊及其特殊情况的秘密。我们认为，如果信件落入无耻之徒手里，可能容易被人利用或造成误解。我希望，你会认可这是唯一正确的做法。不管怎样，该做的已经做了。

——我……

——所以，我更希望你有一位男性亲属在场。一位男性亲属会明白，遗嘱执行者的做法是对的。时机成熟的时候，你自己会想明白的，奥尔古德小姐。也许是当你结婚时，也许是当你为人父母时。

或许，既然你在这里，你想看看他的书吗？

——他的书，先生？

——你今天早上洗手了吗？他有一些书是珍本。大厅尽头有一个带盥洗室的访客衣帽间。一定要用那里提供的肥皂，好吗？好姑娘。

他在上面流过汗的床，那是你想看的。你想把脸埋进他的枕套里，摸摸他的床单和衣服。但这栋房子的楼上是禁止你进入的。当你冲洗完干净的双手，穿过走廊回来时，你希望自己在其他任何地方。

——奥尔古德小姐——还有一件事，我有义务告诉你。这是一个敏感问题。

——什么问题，先生？

——我现在代表辛格一家，代表我外甥的全家在说话。我们似乎没有邀请你跟我们一起出席我外甥的葬礼，奥尔古德小姐，这不是有意想冒犯你。大家认为，在这种情况下，举办一场私密的家庭仪式比较好。

——在哪种情况下，先生？

——在巨大悲痛的情况下。一个家庭会紧密团结起来。他们请我以最真诚的态度向你转达，他们并没有冒犯你的意思。如果重新处理这些事，可能会有更多考虑。如果我们的行为没有照顾到你的感情，我衷心希望在此表示歉意。

无论你做什么，莫莉，现在不要哭了。你几分钟就会回到火车上。看看他吧，不要苛责了。他年老体弱。他也遭遇了丧亲之痛。他已经尽力了。他想说的话找不到合适的措辞表达。那不是他的错。那些话不是他写的。他只是用他唯一知道的方式说了出来。

——我已故的姐姐——约翰尼的母亲——她嫁给了爱情。事情不是总那么容易。从前，人们对这些事的看法不同。一场婚姻的背后还要考虑许多其他因素。世界当然在发生巨大改变。

你看了看这个老男人，就像看到你的爱人。那悲痛的黑色眼睛，那拘谨的站姿；他举起漂亮的双手的样子。你很好奇，如果你用牙咬开他那说谎者的脸，会发生什么事。也许什么事也没有。他会假装没注意到。

——你可能对这本感兴趣，这本叶芝先生的诗集，奥尔古德小姐。我很抱歉地说，我无法假装看懂上面的诗。他早期的一些作品旋律足够优美，讲天鹅之类的。他显然是个有才华的作诗者，我是说在音乐方面。但我承认，我对诗歌中这些现代的复杂内涵没有多少感觉。你究竟理解它们吗？

——理解其中一些，先生。我认识叶芝先生。

——噢，是的。我猜你认识。告诉我，他是什么样的？

——像一位神父，先生。

——神父？好古怪。你是在比喻吗？

——很难用语言表达，先生。他对事物的感受很深刻。他是一个伟大的人。但是，我不是很了解他。我只是在剧院为他工作。我曾经出演过他的一些作品。他是一个非常多变的人，我只是一个雇员。

——那他是有一点冷漠了，叶芝？他是不是不切实际？

——自从您外甥去世后，他对我极其友善，先生。他和格雷戈里夫人就是善良的化身。如果没有他们的仁慈和帮助，我真不知道该怎么熬过去。我的家人为我做得也不可能比这更多。

——那么，你想要那本书吗？作为纪念品之类的？

——您太客气了，先生，但我已经有一本了。

——如果你愿意的话，那就换别的东西。他们授权我从书房给你一些东西作为纪念，价值不超过五镑的任何东西。不过，如果比这贵个几先令，我们也不会计较。只是不要太过了，好不好？

——我不想要任何东西，先生，谢谢你。

——我之前跟你提的那个问题,关于我外甥的葬礼筹备。我们处理这些事情时跟罗马天主教堂有一点不同。我本来想对你说的,我们把这些事情看得更加私密,我们比较坚持自己的方式。我想,有人会把这称为一种传统。

——是的,先生。

——在你的信仰中——根据我从罗马天主教朋友那里获得的了解——葬礼被视为可以让逝者熟人圈大范围聚会的一次机会;而在我们的信仰中,葬礼只针对家人和非常亲近的关系。所以有时候会产生误会。

——没有任何误会,先生。

——那样很好。谢谢你,奥尔古德小姐。我很高兴,我们完成了这次短暂的谈话。这样我就安心了。在这个艰难的时刻。

——在我看来,他们都是一样的,先生。一个人跟另一个人一样罪恶。这个心碎的国家越早摆脱对上帝所有肮脏的虚伪,对每个人就越好。

——我看得出来,你很痛苦。当我们因失去亲友而心烦时,有时会得出草率的结论。

——是的,先生。我们的确如此。我现在可以走了吗?

——我要对你表达感激之情,奥尔古德小姐。我外甥是个难相处的人,总是很难对付,脾气暴躁。他当然有过光明的希望,但还没有实现,当然现在也不会实现了。

——我不能说我觉得他难相处。我是说我自己。

——不过,他是不好相处。可怜的约翰尼。

圣阿格尼丝飞起,
回到她长空上的家里,

她生于九天之上，

因为她以血献爱……

你看了看邮局山墙上的时钟。你必须打起精神，莫莉。没有时间哀悼了。其他演员现在正匆忙地穿过伦敦，在地铁车厢上或步行途中，满脑子都是台词。你想起了你的房间，小猫正盯着窗户。你在严寒中拐进了大波特兰街。

·12·
广播大厦
下午4：38

广阔的大厅有一种整齐、残酷的庄严感，就像由政治局设计的战舰豪华大厅，作为送给暴君的生日礼物。你向保安队长报出名字，他显然之前从没听说过，还要求你重复并拼写出来。他翻看着今天的预约登记名单，偶尔抬头看一眼，示意一位信差、拿通行证或包裹的某个人通过。

"您是一位演员，对吗，小姐？"

"别人是这样告诉我的。"

他不确定地看了看你。你是在开玩笑吗？

"一位演员。是的。我来这里是为了录一部剧。"

"天啊，我没看到任何叫奥尔古德的名字，小姐，肯定没有。"

"可能登记的是我的艺名——玛丽·奥尼尔？"

"没有，我这里没有叫奥尼尔的，小姐。这就奇怪了。这很奇怪。您说的这部剧是谁写的？"

"爱尔兰作家肖恩·奥凯西。我想，它是为国际广播频道录的。这部剧名叫《银杯》——也许你看到那里列的标题？制作人是肯尼斯·J.哈特尼特。"

"啊，是的。确实，这部剧在我的列表里。您需要到S-1房间，小姐，在地下二层——您也许知道？节目在下午六点开始。我会打电话给下面的演员休息室，让他们知道你到了。"

"我说，"她尝试说出来，"这有点像试图说服某人进天堂，是不是？"

"从哪种意义上，小姐？"

"噢，圣彼得之类的。你是大门的守卫者。"他心情愉快地对你咧嘴笑，"我从来没有用这些特殊的角度想过，小姐。但是，我敢说，我们内心都有天使的一面。"

这是个好男人，外表帅气，穿着制服像军人一样。看着他拨电话号码，对着听筒轻声说话会让人愉快。他给人一种规矩、高效、有序的平静感，还有他的干净整洁与和蔼可亲。英国广播公司雇的一些员工水平提升了很多。他们以前雇用用过一个家伙，在一场表演后开车送你回家，他看起来像个厕所服务员的小笨学徒。

"我想您以前和哈特尼特先生一起工作过，小姐，对吗？"

"许多次，没错。跟他合作总是一种荣幸。"

"我要告诉你关于哈特尼特的一件事，小姐。他是一个绅士和一位专业人士。"

"确实。"

"他跟他的事业结婚了。我敢说，那是真的。"

"的确。"

尽管你已经知道那条路的每一个细节，他还是带你穿过障碍，在墙上的地图上指明方向。只是沉迷于他一会儿。这是他的工作，能让他开心。您是说，到那边那扇门吗，先生？地下二层吗？我非常感激。你真是一位救星。你走得很慢，小心翼翼，因为台阶通常比较陡，你用手握紧栏杆，就像抓着船上的安全扶手一样。穿过走廊和楼梯平台，经过暖气管道、楼梯井和给油毡地板抛光的女人们。是的，你很了解这栋大楼，来过这里很多次。在闪电战期间，你在这里睡过几晚。你走进地下一层的小电梯里，它呜呜地下降。你找到了女艺术家更衣室。里面空荡而冷清。你一直希望会有吃的，但什么也没有。

你等着。

你想着。

你看了看墙。

墙上挂着沉重木框装裱的著名演员照片，那些都是家喻户晓的名字，是英格兰的平民英雄。角落里的一只消防桶生锈了，被人扎破，插满了烟头。还有一股青苔和淡香水的气味。一个剧本的破旧标题页被做成了锥形桶，用于收集咖啡渣。你开了几分钟水龙头，但水一直是凉的，哗哗地流到水池的金属表面上。你洗了洗双手和跳动的眼皮，可那条毛巾太脏了，你就用衬衫边擦干了自己。然后，你坐在桌子前，只是没有人过来。你突然有个奇怪的想法，你在地下很深的地方；而在满面微笑、摆着姿态的肖像墙远处，就是伦敦黑暗潮湿的泥土。一切都是安静的，你能听到自己的心跳声。你希望薄荷油可以调节呼吸，你闭了会儿眼睛。

请让欧尼斯特·迈克尔·道格拉兹的灵魂接收到您的爱，愿所有好人的灵魂因上帝的仁慈在今日安息。圣母啊，请为我残缺的约翰·辛格的灵魂、他母亲的灵魂、我儿子的灵魂、我父亲的灵魂、所有需要宽恕的灵魂、所有受伤的灵魂说情。耶稣、圣母玛利亚和圣约瑟，请帮我度过最后的痛苦。上帝的天使，我亲爱的守护神，上帝之爱将我永远托付于您。愿您自今天开始，永远在我身边照亮我，守护我，统治我，指引我，阿门。

你穿过通往 S-1 房间的走廊。所有的灯都灭了。有没有可能是你弄错了？

但守门人应该知道的。他的列表上说的就是这里。你猛地扭动开关——房间里充满了冰冷的白光。通风孔发出了微弱的金属嗡嗡声。你迅速地翻阅剧本，但饥饿感让你分心。英国广播公司通常会提供吃的东西：一个卷三明治、一块蛋糕、一杯茶。你一直指望着这里会有吃的。通常有一个女孩负责拿来吃的，也许是那个女孩忘记了。可不可以问问某个人，但又不会显得不礼貌？所有人都去哪儿了？

你的右耳深处有一阵剧烈的疼痛。令人震惊又那么突然。那是你的鼓膜或者某颗牙吗？不知怎的，你在这样的龇牙咧嘴中，听到了叶芝的声音。如果有疑问，就说台词。不要做手势或走动。我们的目的不是娱乐，而是对美的创造。赞美可以是结果，但一定不能是目标。毕蒂和她的帕特可以去看童话剧，但我们的追求不是那种小丑剧。

他有时候真是个傻瓜，就像所有大人物一样。他知道的太少，太少了。他的诗歌里，从来没有停止过孤独的哀号。但是，他常常跑到伦敦，耍手段进入各种委员会里，不停地跟女人聊天和厮混，写信给报社捅一些大事。他忍受不了一天的孤独，就像猴子离不开猴群一样。这个不切实际的老恶魔，却又那么善良。

从来没见过一个故事里既包含生活日常与细枝末节，又包含鲜有作家涉及的难忘对话和无意义的感受：对一扇挂帷帐窗户的恐惧、有轨电车上的一次谈话、一位老人的不当结论、一只穿过地板的猫。然而，你开始觉得，这些无关紧要的细节就是故事。没错，马勒的作品属于音乐，但一位报童的叫声也有韵律。一个饥饿的女人走过雪花纷飞的街道，这不是一部值得表演的戏剧吗？米开朗琪罗的雕刻作品到底怎么跟地铁上疲惫的女裁缝相提并论？你是一个旧货店家的女儿，一个旧货商人的孩子，在没人想要的破旧物品中长大，到处都是小摆设、杂七八糟和不能用的难看物件。但是，你只要把废物轻轻擦一下，就能看到自己的映像。一点唾沫和擦亮剂就能创造奇迹。

闭上你那双疼痛的双眼,莫尔。你看到什么了?

一位漂亮的女孩在公寓卧室里,趴在一本她保留至今的旧字帖上,那是玛丽街学校发的。你能看清她悄悄写的词句吗?"约翰·M.辛格夫人——莫莉·辛格夫人,金斯顿——玛丽·辛格-奥尼尔-辛格夫人。"神魂颠倒的可怜虫,尽在那些梦里游弋。如果你给他生个孩子——没错,你有时候还有这种想法——他现在该到了中年了。你总是想象有个儿子。为什么他对女人如此了解,莫莉?现在坚持住,莫斯,有人来了,振作起来。我是在大笑,还是大哭?我不知道。好了,集中精神,莫斯,集中精神,就像阳光照射到凯里郡的一个夏日露天市场那样。因为放松警惕真的不行,尤其是门在打开时。

"啊,莫莉,我的老宝贝儿,你完全是容光焕发。"

他拖着脚走进等候室,左手戴着手套,右手紧紧地靠在拐杖上。"我几周前摔了一小跤,给我的脚踝加了一个皇家脚环。噢,我没事,一点也不要烦恼,我只是一个到处走动的讨厌鬼。噢,但是看看你,多么漂亮。你这些年来变得更可爱了。"

"你就会说这些漂亮的谎话,亲爱的。"

你们来了一个深情的拥抱。

"我不知道你是怎么做的,莫莉。你的阁楼里有一张画像吗?"

"滚开,你这个无礼的魔术师。我看起来像是玛土撒拉的母亲。"

"我们永远也不会再像今天这样年轻了,我亲爱的。不过——有什么事吗,亲爱的?你看起来很伤心?"

"有一点震惊,肯恩,就是这样。我刚才进城去办一两件事,听说有个朋友不久前去世了。"

"噢,我亲爱的,我非常抱歉。我认识的哪个人吗?"

"不认识,一位书商,一个可爱的男人。他年纪大了,但还是让我有点震惊。就是这样。"

"你需要待几分钟吗？如果你需要，我可以让你一个人待着。我想说回家吧，但是我去找个替你的有点来不及了。"

"你应该更了解我呀，肯恩。我们总要完成节目。"

"你现在确定吗，莫莉？你可以去工作吗？"

"我五十年来从来没有害怕过一场演出，亲爱的，也不会从今天开始害怕。"

"好姑娘，真是我的老演员。我们完事后喝点东西吧，就我们俩好吗？如果你愿意，我们可以漫步到'那串葡萄'店里吃点晚饭。理查德也许会加入我们；我说过要见你。"

"我高贵的理查德怎样了？时间太久了，真的是太久了。"

"噢，他不久前才小中风了一次，不过正在快速好转中。你知道我们到一月份已经在一起二十年了，多惊人、多可怕啊？我们就像一对旧拖鞋，他总是这样告诉我。如果你愿意，我会打电话给他，我们会来一场三人聚会。"

"很好，亲爱的。"

"好了，在其他人下来之前，有个关于万恶之源的小问题。这里通常的价格是两畿尼，但我过去跟他们说，我不能给这个价。顺便说一遍，这是要绝对保密的，不要跟其他人提一个字。'这是玛丽·奥尼尔，'我说，'玛丽·奥尼尔真人啊，我绝对不会侮辱一位有才华的艺术家。'所以我希望你可以接受三英镑十先令的价格。我们今晚的广播一结束，就给你现金。我已经告诉他们，我受不了任何书面上的鬼话，我要拿着一把大口径短枪，到审计官办公室里。"

"谢谢你，肯恩，这是帮了我大忙了。你能考虑到这一点，真是太好心了。"

"我们很荣幸请到你，莫莉。我们很少见到你。漂亮的佩金怎么样了？状态很好吧？"

"我很想念她，她目前在阿伯丁；她一直是我可爱的姑娘。她丈夫有一点严肃——我们一直都不太合得来。有意思的是，他就像我这些年来遇到的大多数坚定的无神论者一样，也有一点支持宗教改革运动。"

"啊。"

"不过，小鸡必须离开鸡窝，我们必须让他们走。当然，只要她高兴，哪怕他们靠一罐豆子过活也行，这才是最重要的。他们只有一个卧室的小公寓，没有多少空间给老母亲。我去的时候，我们就挤在床上。"

"俩男孩一定个头不小了吧？你知道的，我记忆里的他们还是小宝宝。"

"八月份满七岁了，两个大块头的小笨蛋。但是，如果你旅行一整个闰年，他们也会是你见过的最可爱的淘气猴。我要到他们身边过圣诞节。不管怎样，如果女婿不把我拒之门外的话，我希望如此。"

"我注意到，艾比剧院位于市中心。你肯定会参加聚会了？"

"噢，我也许真的不想麻烦。这些事太无聊。他们狂轰滥炸似的给我发这样或那样的邀请，你可以想象吧，说在某个地方的某个大学有一个教授要做一次讲座。你知道吗，我宁愿拿着一本书，跟小猫待在家里。所有的喧嚷只会让我头疼。"

"莫莉，你真是个活宝。哦，其他人来了。道尔先生，我相信你认识，还有哈格里夫斯小姐和彼得·埃格朗蒂纳。"

"很高兴见到您，奥尔古德小姐。"

"非常荣幸见到您，奥尼尔小姐。"

"再次见到你太好了，莫莉。"

"那就如数到齐了，"制作人亲切地说，"好了，我想，如果任何人都没问题，我们都明白情况了吧？没问题了吧？很好。对了，当然还有彼得。到那段台词的时候,一定要把握好语调,嗓音中要加入许多趣味,保证优美、鲜明、清晰。'我们会在山坡上欢迎你',这句要用那种美妙的威尔士风格,大声地把它唱出来,你明白吧?你也一样,海伦,要把台词说得像手起刀落那样干脆,让我真切地感知她在第二幕中的那点感受。不过,我这当然等于是在教奶奶吃鸡蛋,我知道,你会很出色的。你要保持好状态,鲍勃?好小伙,这就对了。那么,还有别的吗?莫莉,你还好吗?你当然很好,亲爱的,太棒了。好了,女士们、先生们,我相信我们会出色地完成工作。也许,如果我有这个荣幸,我们会快速浏览几个提示。我拥有伦敦最优秀的班底,我希望你们过得非常愉快,我对你们的出色能力充满信心。"

你们形成三人小组来排练,已经没时间进行完整的排练了。一名工程师来检查电缆并连接测试麦克风。有人把水倒进了玻璃杯里。

演播室里充满了香烟烟雾,一大片将近蓝色的烟雾向上飘向灯光、闪闪发光的钢铁管道和隔音瓷砖。墙上挂钟上巨大的罗马数字告诉你,还有不到三十分钟的时间。你的饥饿感在逐渐消失,一切都在逐渐消失。你在自己了解的人们中间,一切顺利。你转过身,注意到进来一位大约十七岁的金发女孩,陪她来的显然是她母亲。女孩穿着一件暗绿色的锦缎裙,苍白的脸上挂着雀斑,也充满希望。她像是一位从萨默塞特或威塞克斯小说里出来的女孩,就像八月的英国玉米田一样美到令人心碎。她戴着一根琥珀色石头的项链,头发上系着绿丝带。如果一个男孩在夏日的果园里吻她的嘴唇,他会闻到勿忘我、苹果、美洲石竹和汗水的味道。每当他听见蜜蜂的叫声,就会想起这一幕。她背着一个皮书包,紧张地看着你。你注视她清澈的双眼时,她脸红了。

"哈特尼特先生?"她的监护人用一种忧虑的声音说,"我希望,我们不会妨碍排练过程吧?"

"噢，莉莉，"制作人说，"这是伊丽莎白·柯林斯和她的继母奥利维亚。不久后，伊丽莎白会出演我们正在制作的一部作品《罗密欧与朱丽叶》。她会扮演我们的朱丽叶；这是她第一次担任主角。我正在进行一种尝试，我们会在楼上的现场直播室里，在一群观众面前表演。柯林斯小姐是你的铁杆粉丝，我正好提到你今天跟我们在一起。她问我能不能过来一会儿打个招呼。"

女孩紧张地走上前来，似乎害怕握你的手，她的继母在默默地鼓励她。"您是我绝对的女主角，奥尼尔小姐。我仔细研读了有关您的表演的所有文章，包括评论上和旧报纸上的。我不敢相信，我现在见到你了。"

"哎呀，亲爱的，亲爱的姑娘。你这么说多可爱啊。"

"伊丽莎白七岁时在克劳利看了您演的《岛民的复仇》，奥尼尔小姐，"她继母说，"毫不夸张地说，您是她想表演的原因。我们对此无能为力，我和她可怜的老爸。她希望在皇家戏剧艺术学院获得一席之地，她很让我们骄傲。"

"好了，努力学习，亲爱的，努力学习。谁知道会发生什么事？你扮演任何角色都够格，但你也必须像魔鬼一样努力。一有机会就要去看真正的作品。我们一定不能只学习，还必须多看看。"

"还要避开男孩子。"制作人皱着眉说。

"野蛮又恶臭的色鬼们。"

"在这一点上，我和她爸爸会竭尽全力的。"她继母微笑着说，"但是，我们还有一个选手没成功击退。他是个漂亮的男孩，真的。可怜的伊丽莎白在脸红。我还是闭嘴好了，否则我回家就有麻烦了。"

"噢，只要不太严重就好，"你对女孩说，"只是有许多朋友，不会有太多牵连。但是，我看得出来，你是一个漂亮又明智的小女士。我得说，我发现年轻人很聪明。"

"如果可以的话，我可以请您为我签名吗，奥尼尔小姐？"

"当然可以，亲爱的。当然了。我会非常乐意。"

她把手伸进书包里，掏出一本卷角的平装本《西方世界的花花公子》。那是他笔下的故事，讲述了一个吹牛者、一个虚荣者、一个大头棍男孩、一个愉快漫游的耕童、一个爱人。书上的许多句子下面画了线，页边空白处有少量笔记，还有一张汽车票被用作了书签。

"这一直是我最喜欢的剧本，奥尼尔小姐。我在学习佩金·麦克的最后一次演讲，作为我去学院面试准备的一个作品。"

"那个老朋友。"你一边说，一边在泛黄的卷首空白上签名。

"如果你想想现在的情况，这部作品在当时引发了巨大轰动。"

"他们说，他那个角色是为您写的，奥尼尔小姐。"

"噢，他们现在说了很多事情。"

"这真是一个浪漫的故事。"

"是吧。"

"莫莉曾是都柏林最漂亮的女孩，"制作人轻轻地说，"还拥有最甜美、最善良的心灵，最可爱的眼睛。城镇里的每一位男人都为她神魂颠倒。我们每一个人都是这样，一直如此。"

"好了，肯尼斯，你太夸张了。"

"没有太夸张，没有太夸张。"

"本人声明，如果你再不停止荒谬的奉承，我就要得意忘形了。"

"我们占用您的时间已经够多了，奥尼尔小姐，"女孩的继母说，"您真是太善良了。我们非常感激。"

"您对我还有最后的忠告吗，奥尼尔小姐？"

"噢，你不需要我这种老抱怨鬼的任何忠告，亲爱的。只要把台词说清楚，少一些动作。当今的一些年轻女演员喜欢晃动身体，其实真的没有必要；静止本身拥有一种伟大的力量。永远热爱观众，即使他们对你很严苛。为自己赢得机会,当他们出现的时候,吸引住他们。"

"当我真正地在舞台上时,我发现动作这部分很难。我是说,想记住关键提示很难。"

"你知道吗,我在艾比剧院的时候,我们曾在地板上的一张大薄布上,画了一个巨大的棋盘——那是一面船帆——有人从一艘失事轮船那里买来的——天啊,你被划定了自己的地盘,最好一直待在里面,直到叫你移动的那一刻。哪怕落脚的位置错了一点点,你都会大难临头。噢,天哪,你还没反应过来,就已经把自己多余的'脂肪'切掉了。"

人群周围荡漾着那种温暖谦恭的笑声,这是你喜欢的笑声。你暂时抚摸女孩的脸,再次说了一遍她很漂亮,告诉她不仅仅要注意舞台,还要注意功课。因为一项事业可能很短暂,甚至根本就不会出现,但教育通常却是可以依赖的。

"好了,我们要做好准备了,"制作人假装坚定地宣布,"对伊丽莎白来说,见到一位像您这样真正的大人物,将是一次美好的经历,我亲爱的。这将成为她永远的记忆。"

"那再见了,奥尼尔小姐。非常感谢您这样不辞劳苦。"

"等一会儿。"你把手伸进口袋里,掏出了他的信。再看最后一次?但是没必要,没必要。你知道上面说了什么,永远也不会忘记。你把它递给伊丽莎白·柯林斯。她瞪大双眼,快速地读了一遍。

"这封信来自他,"她说,"这是辛格写的。"

"没错,是的。这封信放得很久了。我收到信的时候还很年轻——比你大不了多少。他是个爱指挥人的老笨蛋,你从他的口气里能看出来。但是,他在专业方面给了我最明智的指导。允许这些话语带领你,到达话语的出处——心灵。这是最好的建议。因为它是富有爱心的。"

"好精彩啊,我在发抖。这是他本人的笔迹。"

"他是个很好、很好的人。我想让你拿着这封信,作为你职业生涯开始时我送你的礼物。"

"奥尼尔小姐——我不能要。我真的不能要。"

"这是不可以的,奥尼尔小姐。"女孩的继母说。

"我希望你接受。这是向他致敬。请允许我坚持这样做。"

"奥尼尔小姐,我真的不能要。只是看一眼就够了。"

"这是我们这行的一个古老传统,我们中有一个人给另一个人礼物时,永远不能拒绝,尤其是在演出即将开始的时候。如果你接受它,会给我带来伟大的祝福,伊丽莎白。替我照看好它,好吗?"

女孩的眼中充满了泪水。"我没法告诉你,这对我意味着什么。"

"把它夹在某本旧书里,时不时地拿出来看看。当你这么做的时候,为我做个祷告。我们说好了吗?"就是在那里,死神向你冲来。就在那个不起眼的地下堡垒里,海浪从那个地下堡垒开始,延伸到了全世界。死神仿佛伦敦市冬季的一种烟雾味,在迷宫般的走廊里找到一条路,如同一个森林里的孩子,留下了一连串用来寻迹的面包屑,经过转动的磁带盘、没有窗户的办公室、穿灰色灯芯绒的职员、端咖啡的秘书、拿着信封的送信男孩、整理扳手的维修工、默默思考还有什么要说的记者。死神从他们所有人身边飘过,因为今晚还没有轮到他们。他嗅着猎物的气味。他看到你在围着麦克风的演员圈里,他们的眼睛熟练地从这些书页间快速移向另一页。演播室已经暗下来了——这样更利于烘托气氛——但是,麦克风附近有一盏灯,照亮了一张张面孔。一个男人正在用精选的工具创造音效。他跟演员们一样,也有一份剧本。

死神听着这些台词。他以前听过这些台词,他也有一份剧本。

他不为艺术效果而动,已经远远地摆脱了精神宣泄。他穿过那个圆圈,镇静地直视你的双眼。现在带走你是多么可惜,但提示来了就是来了,死神也要扮演他的角色。

你的第三段独白说到一半时,那种疼痛突然真正地开始了:轻轻地,微妙地,就像一个痛苦的谣传,但随后在腹底突然加剧。你按住它,以为会像以往那样过去。其他演员看了看你,觉察到什么不对劲,但你突然翻动剧本,不想在这一场即将结束时出现停顿或迟疑。你是玛丽·奥尼尔。你不想毁掉一个场景。你要不惜一切代价地将演出进行下去。

那种疼痛灼烧得更厉害,钻进你的静脉血管里,跑进你已经忘记曾经拥有的神经末梢里。一个女孩从小隔间里冲出来,呆呆地盯着你看,就像一个女人在看一个可怕的幽灵。你不知道她是谁。一位助理?一个秘书?她在你的视线里闪烁又朦胧。

"您还好吗?"她喃喃地说。你点了点头,仍然在说台词,用你的剧本哄她走开。录音师端来一杯水,站在你身边;同事们胆怯地看着你,但你把精神集中在麦克风上。现在,它是这间屋里唯一重要的东西;它似乎时而变大,时而变宽,时而变小,时而改变你叫不出名字的其他维度。男主角开始说他的回答;你知道他在放慢台词,给你时间喝口水,变得镇静起来。每一份文字都有一种灵活性,就像一段交响乐或一首歌;在一场危机中,有经验的人总能找到它。水尝起来有股灰尘味。你盯着天花板看,对着男主角摆摆手,鼓励他加快说台词的速度,因为间隔时间有限,绝对不能超时。再次轮到你的时候,你发现台词就像是救生圈。紧紧抓住它们,莫莉,混乱会过去的。让大海在你周围猛烈冲击,碎浪朝山边翻滚,但永远也不要忘记台词。

你可以看见,哈特尼特先生在小隔间里站着,对着电话急切地说话，看起来担忧的样子。他用手指捋了捋头发，怅然若失地呆看着你。你回了一个微笑。不要担心。你示意他坐下。你有一种推开死神的感觉；就像在一场根本不想去的舞会上，赶走了一位讨厌的仰慕者一样。印度在倾听。必须把台词说出来。爱尔兰在倾听，还有加拿大，还有做着作业抬起头的孩子，坐在壁炉旁的夫妻，独自待在冰冷房间里的老人。他们不能被辜负，由不得你停下来。死神必须等到独白结束。因为，在你的行当里，每个人的志向都是死在工作岗位上。在表演结束前被带走会显得不体面。于是，你说出台词并等待，已经接受了各种提示。你感觉，死神愤恨地撤回到了地板的裂缝里。说到底，还是不到时间。这只是一次排练。他已经离开，去集结力量了。

"莫莉，亲爱的——发生什么事了？"

"只是有点消化不良，肯恩。烧心，没有别的事。"

"你看起来疼得厉害。你真的没事吧？……莫莉？……看着我？……我让他们去找来一位医生。你要过来坐一会儿吗？不，你必须过来……你必须过来。"

"如果有点吃的东西，亲爱的……只要一小点……我这个蠢家伙，我忘记吃午饭了……"

在布里克非尔德台地对面，在那栋炸毁的房子里，住着未知邻居的楼上房间里一直亮着灯。看见那里的灯光有一种安慰。你知道他在那里。小猫在炉灶旁的地上睡着。透过墙壁，广播里传来一个男人的声音，说奥克尼群岛明天将迎来一场暴风雨，席卷亨伯河、多格滩、福蒂斯油田、罗卡尔岛、费尔岛、马林、斯托诺韦。

幽灵之光。舞台人中间流传的一种古老的迷信。当剧院暗下来时，必须留下一盏亮灯。这样，幽灵们就可以表演自己的戏剧。

你把火拨旺，在火前跪下，把毯子披到肩上。现在几乎到午夜了。多么漫长而陌生的一天，也是充满祝福的一天。即使如此——你仍然活着。他们从伦敦的英国广播公司出发，用一辆漂亮的出租车把你送回家，却只字不提费用。这些英国人为你支付了车费，而他们却一无所有，什么都没有。你像仙后一样走出了黑暗。噢，你想过吗，莫莉，你在玛丽街上闲逛，却对世界的真相一无所知？你有一双稍微小点的棕色眼睛；你是个漂亮家伙。你满脑子都是鬼话、男孩、旧家具和一些你听不懂的歌曲。司机为你打开门，把旅行袋递给你。如果哪个邻居看到你回来就好了。但那只是虚荣心罢了。你这个自傲的泼妇！

现在寒夜漫漫。风吹过橡子。耶稣的圣心啊，请帮助伦敦街头的流浪汉、漂流者和门口露宿者。多么漫长而陌生的一天。你会记住这一天，是的。当然，你这一天没交到朋友也是一种浪费，事实确实如此。从外面的街上，传来无赖们的尖叫声。噢，你还没有走，姑娘。当然没走。莫莉·奥尔古德还有一次机会。

仔细看着火，姑娘。再喝一小杯。到阿伯丁过圣诞节——跟你的女儿、她那对双胞胎一起。在节礼之夜[1]，你也许可以溜到富斯科餐厅，晚餐请孩子吃一顿鱼。不要暴露你的计划；只说你要去小教堂，但回家时带着鳕鱼、香肠、鳐鱼和被醋浸透的报纸。佩金会给你一顿责备，不要浪费你的钱，但暗地里她会很高兴，孩子们也许会唱起歌来。现在是痛苦的夜晚，你坐到了火炉边。噢，你脸上冒着热气，玻璃上泛着红光——甚至是你的指甲盖和皮肤上也泛起红光。火焰

---

[1] 圣诞节的次日为节礼日，为英国法定假日。

里是格雷戈里夫人跟白头发的叶芝。他们看起来比你的记忆中更优雅，那么温和，那么平和，仿佛时间洗掉了他们身上世俗的某一层。长久以来，他们靠模仿自己，隐藏了所有的亲切感——这时候，这些亲切感在光亮的煤火中显现了出来。奥古斯塔和威廉。你为什么不叫我们的名字？我们想让你见一位老朋友。

下周的一个早晨，《伦敦每日回声报》的封面将会刊登有关西尼·迈尔斯警官谋杀案的头条新闻。两个大头棍男孩宾特利和克雷格将被指控犯罪。克里斯托弗·克雷格十六岁；德里克·宾特利将被绞死。这种恐惧将会在国会引起愤怒和质疑；人们有一天会就此创作剧本。在最新的报纸上，第十一页出现了一篇小文章。没有人会为此创作一个剧本。

警方发现一名昏迷女性

上周二，巡警和消防员破门进入了伦敦W2区布里克菲尔德台地的一间公寓房间里，发现地上有一位严重烧伤的老年女性，已不省人事。该女性手边没有其他燃料，显然是在烧书取暖，并最终倒入壁炉中。目前没有怀疑谋杀作案的可能，大量空酒瓶可作为证据。这栋房子的住户不知道她的名字。据说她的原籍是爱尔兰，可能在剧院工作过一段时间。她在生活习惯上比较放纵，据说曾向路人求助。如有任何知情者，请联系迈达谷警察局。人们认为，她不是丧偶，就是未婚。

·13·
帕克·普鲁厄特精神病医院
英格兰，汉普郡

1952 年 11 月

《欲望号街车》，这是一个漂亮的剧名，一个完完全全的美式标题。美国的一切都是炫丽生动的：是的，他们的风景、他们的感受方式、他们的苏萨大号和摩天大楼；他们的肉排那么有肉排样，他们的苹果有葡萄柚那么大，他们的工厂和出租车司机坚持不懈地唠叨。只有美国人才会写出一部叫《欲望号街车》的剧，英国人会起名为《一时兴起号公共汽车》。

多塞特郡、坎布里亚郡、科尼斯顿湖、约克郡的荒野、梅德韦市；无线电广播上的国王演讲；得过且过；棕色羹汤、掺水啤酒；门口的一张合铺、保持一切运转的毫无益处的伪善、一无所有者内心深处的势利；亲切、勇敢；薄雾之中的海德公园、指甲盖里的污垢、酒馆标志上的莎士比亚面孔；华兹华斯；苹果汁、沙袋、避孕药；诺丁山大门、布罗德盖特、比林斯盖特、城镇名中的"汉姆"；太妃苹果糖；愉快；牛皮纸浸醋；悲伤；烟雾；世界上最好的人们；英国人和美国人；悲剧与戏剧；一对双胞胎。

没错，一片安静。护士们来来回回的。你听到她们咕哝说，我来这里一周了。不知道我是不是来了一周了。她们有时候给我注射，你想这就是她们正在做的事。一张用来打瞌睡的羽绒吞噬了所有的痛苦，墙上的时钟嘀嗒嘀嗒地响着。

现在是夜间。漂亮的牙买加护士午夜过来。你听见她来来去去时,像一只鹧鸪似的轻轻唱歌。世界上的男人听到她唱歌,没有一个会不爱上她的。

啊,来吧基奇,不要让我哭泣,
你知道我爱你,
爱你假装羞怯……

前不久的一天晚上,可爱的佩金来了,也许是黎明的时候。但我不能说话,也不能移动。她伤心地走了,明天还会回来。她那双眼睛那么像莎拉。你会没事的,妈妈,你会没事的,妈妈。那对双胞胎画了一幅画,上面画了海上的三艘大帆船尼娜号、平塔号、圣母玛利亚号,以及帽子上插着一根羽毛的哥伦布。我的样子吓坏她了。唉,她没有提前收到提醒。莫莉姑娘,你现在变成一张漂亮的煎饼了。预先做好准备也没好处。但是,现在耶稣保佑了你,姑娘。我感觉不到脸上的绷带,就像一个木乃伊一样。

巴兰坦先生今天早上来了,这个温柔和蔼的男人。噢,他带来了鲜花、巧克力、一本《真实罗曼史》和一张卡片。好了,他不会知道,我现在对他们没用了。你问他:泰德,我们为什么在这里?他回答,我不是个教徒,莫尔。我说,不,亲爱的,我的意思是,我们为什么在他妈的贝辛斯托克?他对着双手哈哈大笑,这个温柔和蔼的男人。他告诉我,我是从北边的圣母玛利亚医院被带到这里来的,因为这里有最好的烧伤科医生。你会安然无恙的,莫尔,你比以往任何时候都可爱。我们会在"世界酒吧"开一场狂欢聚会。我的埃莉要从加拿大回来了。你记得我女儿埃莉吗?她还带了一个宝宝。你没法亲眼看到他,认出他的声音,只听到他离开,并跟护士长小声说话。

——她还有多长时间,亲爱的?
——也许几天吧。
——请把具体安排告诉我。我想妥善处理一下。
——您是她的一位亲戚吗?
——不是,亲爱的。我们是朋友。

我对面床上的女人在咳嗽、呕吐。我烧伤了眼皮,很难闭上双眼。我的双臂、双腿和胸部都是膏药,几乎都没法拿床单给自己盖上。床周围有三个屏幕,画面就像是一部电影,讲述着有关他们的小故事,度过这夜晚的时光。他们不会给我看镜子,护士长最了解情况。老早以前,在一个四月的正午,这位情妇离开了一家廉价酒店——旧金山的摄政王酒店。她走过十一个长长的街区,穿过树叶落光的街道,来到大中央车站。好了,我们来看看;她脑海里是什么?她在步履艰难地思考。她丈夫、她姐姐和其他演员在等待。这个没用的人想到,让他们等着,让他们等着已经够好了。圣摩西啊,这无耻的母马。真以为她是克利奥帕特拉呢,这位玛丽街的高贵女王。愿上帝关爱她。

那么,她能看到什么,莫尔?这一切都是什么感觉?你为什么不给她一个值得表演的场景呢?唉,你突然来到这座山区城市,有一种单调沉重的热气,穿着这双漂亮的猩红色鞋子走路很累。上帝就在我们中间,只是她有点宿醉。没错,莫斯,她宿醉未醒,说她没醉也没有意义。苹果花在第三大街的热气中飘动,穿过一团团满是飞虫的花粉。你可以像抓五彩纸屑那样用手抓住它,花粉的粉末落在你的手套丝线里。然后是黑暗的车站,如此凉爽,如此舒适。演员们在大厅咖啡厅里喝冰咖啡。你能看见他们吗?他们在那里!

他们在向你招手。

美国不是她的国家——她出生于都柏林的玛丽街。当时，恐龙漫步于凤凰公园和查珀尔利佐德树丛，在连接伊尼什曼和曼哈顿的大西洋森林中笨拙地移动。它们的眼睛像长颈鹿的眼睛一样温柔。你在伦敦生活了几年，偶尔也会在纽约生活，主要在下东区：那里的租金便宜。这就是一位世界巡回演员的生活，你不知道自己会在哪里醒来。但是，后来，一次职业发展机会把她带到了这个太平洋城市。她已经在这里表演过很多，很多次。她丈夫是一位好演员，但他不是一个好丈夫。他就在那里，在公司的年轻女同事中间忙活，跟她姐姐、服装师和女服务员调情。他会从她们的卷发上变出十美分硬币，从她们的唇边扯下欢笑的围巾，他的每一寸肉体都像个快乐游荡的耕童。

这个国家并没有处于战争状态，但是有一群背着行囊的士兵，他们的恋人穿着整洁，每一个都很漂亮。噢，你不会忙着弄口红、胭脂、粉雾、香味和软帽。通往站台的大门上方的山墙上，挂一面网球场那么大的星条旗，上面的丝绸足够给这些美丽的恋人做五十件连衣裙，让每个人胸前都挂起一颗星星。

这时来了一位征兵警官，靠近她姐姐要签名。总是出现相同的场景：噢，这个谦虚的化身。谁，我吗？噢，她是多么善良啊，一个人只能竭尽所能了呗。签下那该死的玩意，贱人。不要脸红，不要崇拜自己，不要试图拖延时间。

穆迪从人群中走了出来，那副冷酷的老嘴脸就像一位总统在为拉什莫尔山试镜一样。穆迪是她这次巡演的服装师；这是一个奇异的职业。她和演员、舞蹈家一起在美国跋涉，收入很低，说话很少，经常被人雇用。她才参加完集会活动，因为现在是圣灰星期三的早晨。不过，穆迪生于康尼马拉，大概是跟圣摩西一年出生的吧。她在少女时期亲吻着玫瑰珠，是一位罗马天主教徒。现在，她信仰了一种精力充沛、呼声很大的卫理公会。这种教派在美国南部一直很受欢迎。没人知道她的年龄，也许四百零七岁了吧。伏都教女王穆迪一度生活在路易斯安那州。她脸上的皱纹比老爱尔兰地图上的纹路还多；她像一种长了两只眼和一张嘴的指纹。

那么，我们来看看。这是你的人物角色。接下来会发生什么事呢？我们要去哪里，莫莉？需要发生点什么事了。如果漂亮的护士进来注射就好了。耶稣啊，给我的灵魂喝一杯吧。好了，她们登上长长的火车，穆迪拖着行李——她来了又走，走了又来——把夫人送进"头等车厢"——如果你不介意这么叫的话——那里摆放着一叠叠凉凉的白毛巾，紫色小牛皮座椅的扶手上都镶着脏兮兮的花边。

"纽约市到了。"穿戴整洁的列车员喊道。（这些都发生过吗，莫莉？日期是不对吗？当然，这只是个故事。有什么关系？）让我们假设他是一位身材高大、头发花白的男人吧。他举止利落得体，就像一艘邮轮上的乘务员，比如冠达邮轮之类的。他那天蓝色制服的裤褶压得那么尖尖的，好像如果你嘲笑他，他的裤褶都能割破你的皮肤一样。他那一头灰白的短发，形成像雪一样的软卷。他衣服上的纽扣闪着金色的光泽。你敢发誓，那种光泽就像圣徒的眼睛一样。他借助一口洁白而漂亮的牙齿，用口哨吹出托马斯·穆尔的曲子。如果能被他的牙齿咬一下，将是一种荣幸和优待。

> 相信我，如果我今日深情凝视的
> 所有这些可爱的青春魅力……

嗯，他带着一种主人的样子，慢慢地走进车厢里。或者，他就像在一座没人愿意参观的、怪异的老博物馆里担任馆长。他带着迷惑的表情打开台灯,好像他不确定那是怎么安上去的,或是不知道那到底是干什么用的。然后,他朝夫人和穆迪转过身来,露出一张冷峻苍老的面孔,似乎与他言语上的殷勤好客并不协调。

"欢迎两位女士今天上午的到来。两位还有什么需要的吗?"

"你叫什么名字,我英俊的朋友?"奥尼尔小姐突兀地问。

"维吉尔,女士。"

"谢谢你,漂亮的维吉尔,你是个果敢的英雄。现在给我一杯可怕的血腥玛丽,确保我不会被其他事打扰。噢,穆迪要喝一种无害的甜果汁饮料,不要含有酒精成分。她喝醉的时候会变得暴力,还发生过一些不愉快的事情。"

"如果我们没有驶离这里,我就不能把酒卖给您。这是加利福尼亚州的法律。"

"如果你愿意,请允许我为你澄清一件事,维吉尔。我不会给加州带来两个活瘟神。这会儿给我来一杯血腥玛丽,不要荟荟刺激的果汁,否则我会喝出来的。你去酒吧间吧,去吧。"

这位列车员看了看穆迪,但穆迪看向了别处,她正忙着打开一个小旅行包。夫人吵着要睡衣并提出其他夜间要求,她正在铺位边的桌子上开始整理。列车员好像不希望看到这样的驱赶(他结过一次婚,一次就够了),转动脚跟,迅速离开闷热难受的车厢,关上了沉重的门。穆迪继续完成她的职责,静静地干活,有条不紊。她已经习惯了充分利用亲密空间;事实上,她的这位依赖者经常说,这是她唯一的天赋。在外面的小路上,一个乞丐男孩敲着窗户,阴沉的脸上挂着一层满怀希望的可怜面具。穆迪一句话也没说,拉下遮帘挡住日光,也挡住了他的亵渎之词,还好听不清楚。

"我猜,我姐姐没有被她的崇拜者淹没,已经成功上车了?"

穆迪什么也没说。这被视为一种肯定回答。

"警察部门不必用水管把人群浇回去,这是多么令人欣慰的事啊。也不用像往常一样,用警棍把他们打倒。"

"今天早上吃药了吗?"

"让我的药见鬼去吧。"

"我不会强灌你的。你知道医生说过什么。在我看来,你似乎需要吃药。不过,如果你想耍脾气,病情就会提前爆发,然后你会死去。"

"那样你就高兴了。"

"是的,我会的。"

"你就是魔鬼的侍女。"

"我有时也认为是这样。"

"别管我,"夫人命令道,"我想休息。"

"你到底想让我去哪儿?"

"那就坐下。你在找麻烦。"

火车颠簸着开走了——再见,旧金山——老穆迪在读《利未记》。你闭上眼睛揉了揉,可你的眼球发出了嘎吱声,就像杰罗姆山里一扇生锈的老大门。你拉开皱巴巴的百叶窗,看见一幅几乎不可思议的单调景象。潮湿的棕色麦田一直延伸到地平线,只是偶尔会出现一个谷仓。过了一会儿,一座城镇附近出现了一个建在木桩上的黑色大水箱,上面印着"俄亥俄 都柏林"字样。三位农场工人一边目瞪口呆地仰望着,一边抓着脑袋,好像它是最近才落在那里,或者像一棵巨大的蘑菇那样突然出现,弄得他们不知道该做什么一样。火车减速并经过时,他们其中一位朝火车转过身来。你发现他手里拿着一把步枪。

你拉了一下铃绳,但是列车员没有来。周围一片漆黑,你开始感到焦虑。桌子上有半杯伏特加。里面没有冰块了,但你还是喝了。列车员熟练地晃着脚跟,出现在了走廊里,他名叫维吉尔。窗外出现了奇怪的景象。玛丽街市场周围的后巷里一片寂静，一家铁匠铺墙上挂着一个车轮。你现在走在下东区里，往前穿过纽约果园街刺耳的嘈杂声，经过流动小贩和货摊小贩，经过成群的叫卖小贩，走过舒伯特肉铺的橱窗，走过马车夫正在叮叮咣咣地卸载板条箱的德国小啤酒厅。这些画面就像车轮的辐条一样变得模糊不清。护士在哪里？我口渴了。

你变得脆弱，开始游离，就像在一场梦中走动。你双眼疲倦，浑身在燃烧。陌生的语言像颤动的飘带一样在你周围盘旋：来自萨克森州、巴伐利亚州、皮埃蒙特、普鲁士的语言；遥远的地方和流浪的民族。有一股陌生食物的气味，是你叫不出名字的香味料。从一个窗口传来拉比的歌声，因为那间屋子里住着一个爱耶和华的男孩。那边，在斯坦顿和埃塞克斯的角落里，站着一个佛罗伦萨小商贩，手里拿着丝带和梳子。这个有着成千上万移民的城市，它的语言、它的音乐、它费解的俚语、它数不清的神明、它的聚居区和贫民窟，都对你的悲伤无话可说。一位黑人妇女正在卖草莓；人们说她曾经是个奴隶。这个居住区的每个人背后都有一个故事。玛丽·奥尼尔也一样。

每隔一个周二的早晨，她就像谣言一样，悄悄地离开位于第八街和第一大道交叉处的小公寓，一瘸一拐地走到克里斯托弗大街，到她的医生诊所那里。她管那位医生叫"我的炼金术士"或"路德维希"。他的名字不是路德维希，甚至都不是德国人。但是，她误以为他长得像贝多芬。她是那种面对确凿的证据，仍然坚持已见的女人。这种特质给她带来了许多悲伤。

九点一刻了。先生们，跟她校正一下手表！鲍厄里街区圣马克教堂发出了单调沉闷的钟声——在服装师老穆迪的陪伴下，她穿过第二大道和第十街的交叉路口来到了这里。穆迪年老而迟钝，一副骨瘦如柴的样子，戴着像玻璃瓶那样厚的墨镜，让她看起来像一位盲人妇女。即使穆迪像往常那样走到前面，谁是雇主，谁是用人也是一目了然的。因为，奥尼尔小姐接受过肢体和语言的交流训练。人们可能认为她是一个老女人，但她还不到四十岁。几年前，她的未婚夫在爱尔兰死了。他们的爱情充满困难和神秘。

去年冬天，在一次事故里，奥尼尔小姐的脚踝骨折了，所以她走路比较费劲。她仿佛背着沉重的负担，缓慢摇摆，步履蹒跚。她全然不顾有轨电车、报童的叫卖声、百叶窗打开时的叮当声、一排排唱歌的小学生，用暗淡的眼睛一眨不眨、不屈不挠地凝视着市中心不断变化的地平线，走过水果商、杂货店、潜水馆大门、五分一角小店、五金商和流浪汉。她穿着一件不时髦的长裙，路人都看不出她穿的是一双不匹配的男式地毯拖鞋。

奥尼尔小姐穿着华丽的服装，来赴这场两周一次的约会。她佩戴着一件人造施特劳斯珠宝，头戴一顶饰有羽毛的厚礼帽，披着她十一年前在费城演出《呼啸山庄》时的一件破天鹅绒披肩。她的手套是乌木黑色的，花边已经断开好久了——那是由一块鱼皮做成的。这是诗人威廉·叶芝送给她的一份首夜演出礼物。他曾在那一部戏中赞美她。她仔细地化了妆，双眼周围化了黑色的眼线，灰白色卷发上一层薄薄的光芒。她还用了白色的粉妆条，并抹了点最微弱的蓝色粉，因为一点点蓝色能够遮掩皱纹。

店主们知道这两个奇怪的老家伙，经常交换关于她们的风趣传言。她们是亲姐妹或表姐妹。她们其中一位被抛弃到了圣坛上。她们一起住的那间公寓只有一张床。人们小声说，穆迪是个"男人"。她们非常富有，但极其可怜。奥尼尔小姐曾是德国、布拉格、维也纳或伦敦一位著名戏剧评论家的情妇。有人说，穆迪是纽约最老的女人。她在路易斯安那州谋杀了一位邪恶的神父。那些低语闪着微光，店主们点点头或举起他们的帽子。这天早上非常热,这是曼哈顿一个热气腾腾的七月,男人们全身是汗,满脸通红。看看他们吧,亲爱的耶稣啊,真是他们妻子的苦难,想象一下他们光着身子的样子。亲爱的圣母玛利亚啊。

米尔斯坦医生是一位莫斯科人,有一种戏剧中乡村医生的老派谦恭气质。他留着修剪整洁的胡须——他已故的妻子是英国人——他严肃地在钟形罐和听诊器之间走动,好像它们能显现出宗教的意义。他端来了茶水和小蛋糕。他为自己的俄式茶炊感到自豪,他悲伤地说,这是他逃离极端分子时带来的唯一物品。他们谈了一会儿,好像什么都没谈,又好像什么都谈了:内容涉及新闻或者今天的年轻人。他的职业跟奥尼尔小姐的职业一样,关乎外表、真诚和大量知识。他把自己看成一位艺术家。在那个垂直度广泛的城市里,谁还不是艺术家了?他在完成这些小小的仪式后,仔细地清洗双手,给他唯一的爱尔兰病人注射了一种灵丹妙药,这样可以稳定心神——他把这个词读作"稳定心生"。

米尔斯坦要的诊疗费高是出了名的,令人生畏。他负责照顾所有最不稳定的患者,包括曼哈顿的大量演员,以及敏感性问题严重的其他女士和先生。但是,奥尼尔小姐和他之间提起万恶之源的问题,已经是许多年前的事了。或许,他把这当成一种慈善。或许,她的心神稳定已经足够报答他了。又或许,这个画面中有一些东西,不需要明白地告诉我们。因为,在她这个行当里,每位女性成员有时什么也不需要付,却要面临许多麻烦。

他给她打了针,用一叠纱布轻敷针孔,然后检查她那细如枝条的手腕上的脉搏,在一尊莫扎特半身像旁边,将脉搏数记在一个小皮革笔记本上。噢,这位全身心记笔记的伟人是一位老路德维希,也是一个痴迷于沃尔夫冈·阿玛多伊斯·莫扎特的狂热分子。这一切都是静悄悄地完成的。他双眼盯着老爷钟,眉毛奇怪地移动,似乎在跟钟摆做对照。穆迪就像角落里的一尊滴水嘴石像。"哪里疼,奥尼尔小姐?"他总是问疼不疼,她总是回答哪里都不疼,但其实有些地方疼。有时候,他给她量血压时,会把腰弯得很低,用绑带捆住她的胳膊,露出光秃秃的脑壳,用几乎听不见的俄语喃喃自语。他的护士是一位漂亮的黑人女士。她拿着文件进进出出,他在文件上签字时几乎都不看一眼。"你感觉很好吗,奥尼尔小姐?现在恢复平静状态了?"她能听到有轨电车的辚辚声、报童的叫卖声、诊疗室上方公寓里小提琴的哀鸣声——这个居住区已经今非昔比。他小心翼翼地把注射器放进一个银色的小盒子里。他摸了摸他的指尖,短暂地鞠了鞠躬。他的礼节。

"Lyubimaya. Do svidaniya."我亲爱的,再见。

她感到平静和缓解,回到了她的公寓里,那里白天的嘈杂以前让她烦恼;但是,就像她经常跟穆迪说得那样,我们可以习惯于任何事情。穆迪几乎是恶狠狠地看了看她,那个老毒蛇。窗下的大街上,人们来来往往,一场斗鸡比赛经常会产生爆发性的骚动。奥尼尔小姐上床睡觉了,因为打针让她变得虚弱,有时甚至眼泪汪汪,不过近来这种情况很少了——她发现,在这些镇静入梦的午后,后台会冒出来一个幽灵。

你能闻到他的粗花呢的气味,还有他以前喜欢的一种法式烟草的气味。大海也在这里出现,表现出那种含有氨成分的急切。他的靴子踩碎贻贝壳,发出嘎吱的声音。一波海浪在浅褐色的石头上有力地吮吸着。他的胡须和头发里还留着泡沫。我看见他走到铅矿附近,指向铅矿的烟囱。我在一场飓风的折磨下费力地爬出旋涡,周围是湿漉漉的树叶在拍打,还有他的低声抱怨与劝诱。从东河的拖船上传来远远的喊叫声和汽笛声。我正在变成这座城市,我的身体是一张地图，我的毛细血管是巷道，我的心是时代广场。昨天夜里，我梦见自己是一本书页还未剪开的故事书，一副没人打开的可怜枷锁。我在穆迪的协助下穿衣打扮。她准备了热茶加柠檬，因为很快就该走了。走这段路很艰难。导演会很难缠，让他等着是不行的。

穆迪在一个剧本上做了标记，给对白画了线。这个角色是《哈姆雷特》中的乔特鲁德。这是一个我从来都不理解的角色，但在任何一场试镜中，都不能使用这样一段表白，因为你他妈的会立刻被赶出门。穆迪警告我要听话，表现出最得体的举止。这个角色代表最后一次机会。

这个下午阳光明媚，晴朗得让人难受，而走到第四十二街需要花点时间。在第三十街和第五大道的拐角处，一辆有轨电车事故吸引了一群人。从人群中走出一个年老的警察，他只能来自地球上的一个国家。

——打扰一下，小姐？先请求您的原谅。但您是那个谁吗？我想说是谁来着？

——我是玛丽·奥尼尔。我认识您吗，警官？

他脸上露出一种可笑的得意神情。他面相圆润和善，下巴周围像是有伤口，好像他刮胡子时剃刀离皮肤太近了，或者生了一种会影响皮肤的慢性疾病。他向你敬了一个礼，伸出手来，但随后又想了想，毫不遮掩地用翻领擦了擦那只手，又向你伸过来。

——我见过您许多次，小姐。您是美国最优秀的女演员。没有人能跟您相比，真的没有。

你要因此拖延时间了，这样会使穆迪大怒。而拖延时间的最佳方式就是什么也不说，因为如果你保持沉默，他就不得不继续说下去。

——很久以前，我看了您演的那部耕童杀死他爸爸的戏剧。那部剧叫什么名字？您在那部剧里很了不起。我和妻子几乎要笑死了。

上帝做证，我快把肚子笑破了。

——您真亲切。谢谢您，警官。我想，您是一位爱尔兰人。

——我来自梅奥，我叫迈克尔·马尔维。我之前有幸见过您。

——噢，是吗？

——你曾经在威克洛，当这个世界刚刚被创造的时候。你当时在度假，在格伦克里的一个村舍里。我驻扎在安纳莫伊，我是不是在路上遇见您的？您给了我一杯茶，我们像鹪鹩一样喋喋不休。您是我见过最漂亮的女孩。

——我们迟到了。穆迪小声抱怨。

——别催我，泼妇。

——我们迟到了。

——我正在跟我的公众交谈。

剧院里阴凉宜人，像一座教堂。舞台半明半暗，几乎是空的。木匠们和学徒们在通道里默默地锯木头。一个女孩在分发三明治和咖啡。你看到镀金的粉饰灰泥、天鹅绒座椅，以及枝形吊灯的光泽。在其中一个包厢里，两个女清洁工正在干活，掸掉印花棉布帷帐上的灰尘。从看不见的顶层楼座那里，传来一个男人的颤音。他正在自嘲地唱着一首民谣，那圆润而颤抖的男高音比他假装得要好很多。还有他的伙伴们单调乏味的嘲笑。

> 勇敢的男子之心给我带来了厄运，
> 比较温和的人们能够觉察，
> 然而我的坟墓却被人忘却，不为人知，
> 我像一位战士那样倒下！

你沿着台阶登上舞台，测试舞台的倾斜度。观众席像洞穴一样宽广而深邃。做好规划是非常重要的，但你接受的训练已经让你准备就绪：把声音像一颗球似的抛出去，目标是击中后墙。在后台，你瞥见一个提词员用单调的粗喉音，对他的助理重复一段独白中的台词。一位舞台工作人员在打开长剑；一个男孩磨光了剑刃。有一位女人正在给一个极其肥胖的男人量尺寸，她一定是位女服装师。她用卷尺绕住他的腰部，他一边抽着一支雪茄，一边闲聊布鲁克林道奇队。

——莫莉，你最近怎么样？我没想到……

——下午好，克里斯托弗，很高兴再次跟你合作。我很抱歉，我们有点迟到了。我在路上耽搁了。有位观众看过我演的一部作品——你知道他们的样子。签这签那的，天知道是什么。我每次离开家都会发生这种事。

——莫莉……

——不过，来谈正事吧，谈正事。我一直不理解乔特鲁德。你要非常细致地给我提提建议。我觉得台词叫人困惑，节奏啊，韵律啊。她不是莎士比亚的最佳女性角色之一。但是，我们当然要弄清情况。我们总是这样。

——乔特鲁德有人演了。我很抱歉，莫莉。我周一面试了另一个人。

穆迪在瞪着眼看，什么也没说。这位导演阴郁地瞥了一眼自己的双手。

——我在第三幕需要一位仆人。我可以按工会订的工资标准付费。

——我不演仆人，克里斯托弗。我想，也许有什么弄错了……

大家都转过头来看你。一个木匠暂停了下来。后台的独白也停止了。

——莫莉，我要请你降低音量。

——我要提起诉讼。你明白我的意思吗？我要在这座城市里整垮你。

——不要那样跟我说话，莫莉。你他妈的以为自己是谁？

——我是一位艺术家，在都柏林艾比剧院接受过费伊兄弟的培训。那可是世界上最大的国家剧院，先生。那是现存第一座这样的剧院。它诞生的时候，我的祖国还没在世界各国中取得一席之地。无论我的祖国现在享有什么程度的自由，那座剧院的诞生都帮她照亮了自由之路。我认识约翰·辛格；我认识奥古斯塔·格雷戈里；威廉·叶芝接受诺贝尔奖时赞美了我。我要扮演的是一位女清洁工吗？走过去再离开？我让观众席爆满的次数比你舔着臭脸贪吃的次数还要多。我现在要被这样羞辱？

——你喝醉了，莫莉，回家吧。别让人们记住你这个样子。

——你这个可恶的小吸血鬼，你在诋毁玛丽·奥尼尔吗？你会为此付出惨重代价的，先生。我有证人在场！证人！也许你自己的庸才让你以为，其他人都跟你一起在挖下水道？

——这是十个美元，趁我还没报警，从我的舞台上下来，永远也不要再回来。你听见我说话了吗？滚出去。你这个失势的烂醉鬼！

你饿得头晕，站在火车通道里，看着外面芝加哥的灯光。莫莉，他在你身后小声说，我的小叛徒？

他步履蹒跚地走在一群爱你的男孩和男人前面。他们衣衫褴褛，一言不发。他们面容苍白，沉默不语。他们每个人都没戴帽子，像上演默剧的幽灵一样，包括布景绘画师的学徒小帕特里克·康尼汉、运煤工人赫顿、水管工布莱克默。还有演员威利·皮尔斯，他弹痕累累。还有约翰尼·豪利特，他有着绝世的美貌，这个行走的模仿达人；他昂首阔步地走在弗朗西斯大街上，就像一个王子穿行在他的王国里,他脸上飞舞着欢迎他的五彩纸屑,噘着嘴把它们从自己面前吹走了。他死在了索姆河畔,被毒气吞没,黑色的旗子从公寓里垂了下来。还有评论家迈尔和演员辛克莱:俩人都有大天使那种带着光泽的悲伤。然后——那么奇怪——还有那些你根本认不出来的人。来了一位穿着漂亮西服的人。他是一个魁梧的男人,肌肉发达,像是以前的大学划桨手,后来成了一名律师。他害羞地注视着你,眼中带着泪珠。他是不是某位来了一夜又一夜的观众?还有一位贫民窟的可怜男孩,他看起来十四五岁,给你带来——那是什么?——一个苹果核?他用双手小心地捧着它,好像那是一件珍贵的阿拉比珠宝,或者他逝去的生命之焰。

你拖着脚离开窗户,开始在火车上走动。你感觉他们跟在后面,但保持着一种恭敬的距离。你经过正在睡觉、吃东西或说话的乘客。你的儿子和女儿都盖着毯子在睡觉。你在前方看见一架桥,靠近它让你感觉放松。因为你知道,一穿过密苏里河,这些追随者就会蒸发。他们就像所有的幽灵那样怕水。

要是能喝一杯就好了,只是为了缓解焦虑。你丈夫看起来很疲惫,他正在跟两个陌生人打扑克,面无笑容地对你打了个哈欠。他该修剪小胡子了。他朝两位年龄稍大一点的同伴转了过去。

——先生们,我可以把我灵魂的另一半介绍给你们了。

马车轻轻地摇摆,就像一只浪涌中的小船。他们杯子里的威士忌溅出来了。其中一位赌徒盖住杯子,舔了舔手掌,然后一根根地吸吮指头。

——您是一位演员,奥尼尔小姐?

——没错。什么事,先生……?

——我叫奥基夫,夫人。他倾斜了一下小礼帽。这是一位旅行推销员,往往出现在报纸和宗教文章中。

——您太客气了,奥基夫先生。我想,您是一位南方人。

——我有此荣幸,奥尼尔小姐。在密西西比州杰克逊。

——我从来没去杰克逊表演过。

他咧嘴一笑。——我去过。

你没去理会。这个轻浮的蹩脚货。

——不过,请原谅我的不礼貌,奥尼尔小姐。需要我为您让座吗?

——谢谢您,奥基夫先生,但我不习惯于牌桌。

——当然。他点了点头。——悉听尊便。我希望将来再碰到您。

你独自待在餐车里。这大胆放肆的白痴。从窗口望去,是黄昏的北威克洛荒野,烟雾让农舍里亮起了灯。金雀花在舒格洛夫山上燃烧。噢,火烧得正旺。我在胃痉挛的疼痛中煎熬。

佩金用食指与拇指的指尖夹着一个肥皂泡。你这会儿意识到,餐车只有三面墙。你以为是第四面墙的那片空间是没有灯光的观众席,隐约看见观众脑袋映出的影子。每个人都在观看,引座员像雕像一样站在门口。

每个生命都有一些时期是带着保护壳的,就像伤痛之后留下的疤痕。我们回望时,仿佛它们是有意义的,包含对未来事物的暗示——它们就像种子一样,孕育出了我们现在可以看到的结果。我们很容易说服自己,我们陷入了一种无知——我们无法理解这些神秘符号,是因为我们年轻气盛、缺乏经验、感觉迟钝,或者不计后果。但这不是真相,或者,这不是全部的真相,没有经过任何人为干预;因为即使在那时候,我们也能感觉到,这种特定的时期必须结束,一切都将从此改变。但是,我们在人类情感的大旋涡中随波逐流;现在再游起来已经太迟了。无论如何,我们一定想看到这样的局面,喜欢暴风雨胜过安乐港:那些伤害、那些破碎感——还有对其他人的伤害。我们对曾经的选择一无所知,这是我简短的忏悔祷告。我们一生都在母亲的镣铐下战斗，但即使是摇晃的锁链也有它的乐曲。

我们曾经在威克洛的一次假期中，看到了一艘旧船的残骸。约翰的地名词典上说，那艘船是无敌舰队时期失事的，它像他的头发一样黑。那片水域里有海豹。据说，那艘废船在夜里会传出奇怪的哭喊声。但在那一天，只有海鸥的歌声。

来我这儿，穆迪，坐下来，握住我的手。我们来听听火车的声音，我的老可爱。

· 14 ·
布朗普顿公墓
英格兰，伦敦

玛丽·奥尼尔
卒于 1952 年 11 月 2 日
莎拉·奥尔古德之妹
卒于好莱坞

·后记·
在她的文件中发现一封没有寄出来的旧信

高威市康尼马拉区

凯什拉湾卡拉罗村附近

杜安旅馆及杂货店

7月24日（未提及年份）

我最亲爱的流浪汉：

　　我刚刚写出你的名字，就已经盯了这一页一百年了。我不知道还要不要继续下去，也不知道你会不会喜欢你这位老不死的朋友写下的一两行话。在这样的天气里，在没有我的都柏林，你过得怎么样？你在像晨露一样正逐渐消失吗？我希望你不要为了写作才跟我亲近，不希望你像矿工一样埋在你的老剧本里。此刻的康尼马拉正是午夜，我找不到吗啡了。他们正在楼下喝着酒，听着悲伤的歌曲。他们活着只是为了享乐，这些阴郁无情的岛民，我忧郁地深呷了一口漆黑的夜色。据说有一场暴风雨要来了，似乎没人在乎。一个小时前，一个女孩在唱《罗奇·罗亚尔的少女》，现在一切都化为寂静。噢，寂静如空气。你漂泊而来，坐在我窗下。

　　我想起在科克郡那晚时，那个老酒鬼在市场附近唱过这首歌。你记得他的双手吗？就像一小块一小块多节的泥沼橡树。我们当时正要去某个地方或者回家——是在表演结束后吗？——有个年纪很大的乞讨者在用一顶帽子讨钱。有一条拴着绳子的狗颈部围着一条围巾。你自己——心软的老家伙——正在大哭。

   太阳将把海洋变干涸；
   天空将消失不见；
   世界将停止运转，我亲爱的，
   直到我对你不再坦然。

  很高兴在高威市收到你的信。你是一个可爱的老流浪汉。不要为任何事烦恼，小流浪汉——你倔强的姑娘当然理解，你需要独自待上短短的一个月。在神圣上帝的帮助下，我们等你的剧本全部写完，就会开始快乐的远足。与此同时，这里有萨莉照顾我——不过她没有你那么温柔——我到这里来上课，很快就会像一位地道的本地修女那样讲爱尔兰语了。上一封信是你寄给我最迷人的一封。如果能再跟我的流浪汉谈谈，听听他的声音，那该多好啊！你是我最棒的小宠物。我爱你。

  写剧本要把你逼疯了吗？（给我写的角色可要比萨莉的角色大。）我在这里的时间多得可怕——希望你不要介意我的纠缠。这里每周只收两次邮件——冬天每周只收一次。那时候这里一定就漂亮了。我说的话那么傻，一看就知道我是个外来者。我要说，这里的十一月很难熬，一月就更糟了。

  对任何女孩来说，这些课程都是最艰难的炼狱。我们在宾馆有一个房间，面积很小但很漂亮，那张床比我们家的要大。屋里可以看到大海和悬崖，草皮的味道令人愉快。你在早上可以听到燕鸥的声音，那是一种美妙的声音。杜安夫人说，你在十四世纪末在这里住过，是在八月份一个人过来的。在床上微微移动，听听嘈杂的海浪声,感觉很美妙;鹅卵石在碎浪区猛烈涌起发出咆哮声。我跟她女儿玛丽成了朋友。玛丽跟我一样,也是二十岁。她真是个淘气鬼,所有男孩子都迷恋她。所以,你可以想象,萨莉嫉妒死了。

昨天,道路后面的小教堂里有一场婚礼。看到新娘和亲友们坐划艇到场,真是令人赏心悦目——她来自阿兰莫尔岛——她的小伙子像幻象一样从沼泽地里溜达出来。她拿着自己的鞋子,沿着下面的小路往上走。他鼓起腮帮子,在她后面用口哨吹出《冷却》这首歌的调子,把外套搭在肩膀上,双手放在口袋里,就像闲逛的游荡者那样无忧无虑。我正在看《不可儿戏》这个剧本,看得我哈哈大笑。她们一开始的时候,不就正好是一对罪恶的泼妇吗——就那两个女孩?她们让萨莉和"某"显得像虔诚的圣徒一样。(我知道应该是萨莉和"我"——我写"某"是为了故意烦你。)当你合上剧本后,她们继续那样留在你的脑海中。就像我总能听见我的流浪汉,听见他温柔和蔼的话语,即使在他离我很远的时候,因为我爱他。

所以,一切都非常好。行吧,我们不能抱怨。我一直以为见到你了。这是最奇怪的事。昨天,我独自在悬崖边时,天下雨了。我能看见你带我到谢尔伯恩时那晚的场景:你脱掉外套,搭在胳膊上,跟我握手的样子,就像你见我是为了给我提供一张就餐桌一样。还有你头发里的雨水。我不知道为什么记得这一幕。我当然是完全疯了,亲爱的先生,哎呀,哎哟,天哪。

我在日复一日地练习我神圣的爱尔兰语。所以,当我再次见到你时,你会为你的女孩骄傲的。我也喜欢他们说英语的样子。玛丽·杜安说"哑巴神父永远得不到教区"是在表达:"我会问你任何问题,给我小费。"噢,流浪汉,你会想看看她昨天穿着漂亮礼服参加婚礼的样子——她用特别的咒骂语支使着酒馆侍者们,海岛上一半的小伙子都对她垂涎欲滴。晚上婚礼结束时,她跟她父亲一起跳了舞。

她父亲犹如男人中的贵族,就像一座有四肢的史前墓石牌坊;他们说,他可以单手从地里拔起一把荆豆丛。我的流浪汉能做到吗?要用牙吧!

噢,不久前的一天晚上,我跟萨莉一起写了首情诗,给你看看:

一位名叫辛格的新教主教,
决定亲吻一位修女的戒指,
他就摘下他的主教法冠,
这让她如此高兴,
她很快就为他的东西涂抹膏油。

这首诗精致而美妙,对不对?你会把它给叶芝看吗?(我是说这首诗,不是说你的东西。)

哦,都柏林和你的工作怎么样了?你为此受到束缚了吗?好了,你一定要休息一下,你这个老笨蛋。一个没在这里的男学生告诉萨莉,那里就像炉盘一样火热。照顾好自己,好不好?你知道你会晒伤的。我正在考虑做一次(字迹模糊)。

哦,还有别的消息吗?他们还在楼下继续唱。从这里下去,现在真的有一个德国学者的聚会,里面有一些漂亮年轻的黄发女士,引起土著民族的狂热。同乐会也在举办,满是求爱、嬉戏、恶作剧、耍阴谋和夜间漫谈。今天早上,我正跟萨莉、她的男学生在码头上,突然有一位小姐——我想是一位考古学家——从我们身边经过。她穿的紧身衣紧得很,几乎能够看清她晚餐吃过什么。男孩子们都会进入学习状态,沉醉于初级德语。

圣母玛利亚啊,我听见雨水像怪物一样沿路而上。就像这些地方的人说得那样,听起来是一场狂风暴雨。他们说,也可能会是一场飓风。约翰尼·科因喜欢告诉英国游客"不惧大海的人很快会被淹死"。在这样一个夜晚,你会相信这种说法。

你之前告诉我的没错,他们说起话来很美妙,元音在他们嘴里像食物一样旋转,但有时这也会让你感到烦恼。我想起你曾经说过,他们说话就像伊丽莎白时代的英国人。不过,也许他们只有看见你过来才那样做,我想是这样的吧?"上帝啊,这是从都柏林来的那位古怪的'夜猫子'——现在别再高兴了,还要记住——闹饥荒的时候,你十六岁的哥哥移居马萨诸塞州了,我们剩下的人以石子和海草为生。"

如果我偷偷借来玛丽爸爸的望远镜,就可以看见海峡对面的伊尼什曼岛。看见那里,让我想起我的流浪汉。我想跟你在那里散步、恋爱,亲吻你的指关节和眼眸。(我为什么告诉你这个?当然,这些话填满了一个雨夜。)但我想那样,我想你,我爱你。我们结婚的时候,婚礼会不会像在宫殿里一样,米林顿先生?让他们全都去见鬼,去啃我的屁股蛋子吧。来这里找我,我告诉你一个小秘密,甜心先生——当我告诉你我有过的一个愚蠢幻想,你会觉得我就是一个女学生。伊尼什曼岛那边有一间小屋,以前属于一位蕾丝女工。它干干净净地坐落在大海上,遥望着美国。我知道我说的这个地方吗?就在北海岸悬崖边上。我幻想着跟我亲爱的宝贝先生住在那里。

几天前,我和萨莉乘着一艘小轮船去那里了,同行的还有玛丽、她的兄弟们、几个男孩、几只绵羊、几只山羊、一只公鸡和一位邮递员。透过望远镜看时,日落的景色很美,可当你真去那里时,情况就完全不同了。三角墙倒塌,屋顶梁断成两段,小巷里的羊粪堆积得仿佛舒格洛夫山,几只破玻璃杯差不多是人类活动过的唯一证据。不过,当我在厨房的废墟里四处走动时,我发现几个代尔夫特陶器的碎片。漂亮的灰色柳树图案——跟你双眼的灰色一样。鲍瑞克·丹尼——玛丽的爸爸——说你在岛上步行时,需要一位占卜师才能帮你找到水。岛上没有占卜师,想哄一个占卜师上岛要花费巨款。所以,我可能只好把我们的欢乐小屋留给燕鸥和野花了。你在都柏林想起来,也能在脑海中形成一幅美景。

我们碰见一个叫弗莱厄蒂夫人的老妇人。我想她迷恋过你。"那是一个严肃的可怜人,"她一直说你骨瘦如柴,脸上带着这种恍惚的表情,"你知道吗,他会埋头工作,一整天都不出来。一些人会狂热地沉浸于自我,上帝与我们同在。他有一台打字机,你从来没见过这种东西,它不过是一个人用来黯然神伤的工具。你会看到他在雨中或阳光下沿着岩石走,他眼中的悲伤在燃烧。"她用老女人的方式重复了一遍,一副年老昏聩的样子。玛丽和小伙子们擅长跟她打交道。我猜,等你老的时候,也会把故事看成垫脚石一样,纠缠于你了解或沉迷的故事。那一天晴空万里,像意大利的天空那样广阔无垠,就像地中海的一幅画一样。几英里外就是一艘大船,我们一直望着它消失。在礁石附近下面是许多海鸥和一只鸬鹚。海鸥的目光那么像人,让你觉得有点奇怪。哦,我去了你每年都去住的那间小屋。有趣的老夜猫子,你一个人待着肯定很不容易。我多希望,我跟你曾经一起在那里待过。我可以这样说吗?

好了,眼镜先生——我还是上床吧。我脱衣服的时候,你转过身去,你这个海盗!我可以再告诉你一个秘密吗?你记得带我去谢尔伯恩喝茶的那晚吗?我是说你第一次请我出去那晚。我甚至还记得日期。(你记得吗?卑鄙的骗子——你不记得。)你脱下外套,挂在手臂上,头发里有雨水,眼镜脏脏的,就那样看着我?我当时想问你,我是不是胆子太大了?我们甚至还没说晚上好,或者在桌边坐下。你在东拉西扯地谈着叶芝、巴黎或什么话题,看起来像十个教皇那样严肃。我有一种感觉,我总会看懂你——或者,我很久以前就见过你。这不仅仅是因为,你是我这辈子见过最善良的男人;事实比这还奇怪,就像天气一样。各种人来来往往,我甚至看不见他们。我也感到惊慌,我不想爱上任何人。那天晚上,我拿着一件改好的外套,去弗朗西斯大街上的埃莉诺阿姨家。我想告诉她。我是疯了吗?那天夜里我没有睡着,先生。我应该隐瞒吗?你是对的。

不管怎么样吧。现在雨下得很大。好了,还有什么事吗?如果明天能跟你出去散步,捉一两只龙虾就太棒了。我一直像匹大马一样吃东西。萨莉说,我会胖得像一只海豹,我最好不要去游泳,否则会引发一场浪潮,这个坏家伙。楼下大厅里有一面镜子,你知道吧,就是很旧的那种,上面写着"亚瑟·吉尼斯",配着一只长尾小鹦鹉的图画,或者某种非常有爱尔兰风味的威士忌。前不久的一天晚上,我在那里照了镜子——荣耀归于上帝。我突然产生一个有趣的想法,我亲爱的流浪汉曾照过那面镜子。我想给那面镜子一个吻,我现在算是奉承你了!可如果那样的话,我就是在吻自己了。我在想,如果你的女孩变成一个庞然大物,你就不会那么喜欢她了。

现在,我的老米林顿·激动林顿·乖娃娃——我一个人在床上。我那位姐姐跟她的学生到外面某个草垛上了。我敢打赌,我知道他们在学习什么。嚯嚯。我有一条大新闻,是专门为您这位慷慨的大人准备的。那就是,不久前的一个晚上,我写了一场戏。(耶稣啊,现在打雷了;南边刚响了一声雷,就像炸弹一样。)我的灵感源于《示巴女王》上演前的几个早晨,我在高威市一家旧货店里看到的一个旧手提箱。我就这样开始了——就是这个破旧的枷锁,里面装满了某个死人的遗物:旧玫瑰珠、票券、破旧的便宜货、几本年鉴和宗教勋章,来自埃利斯岛的记事表还贴在把手上,里面还有几分脏钱。噢,流浪汉,这是我见过的、最令人悲伤的旧手提箱。好了,我脑海里一整天都想着箱子的主人,他或她一定是什么样的。不管怎样,我花费一两个晚上想创作一个剧本,但我随后感到挫败,跟它较起劲来。于是,我撕掉它,朝它说脏话,把它扔进风里。不过,你等一等,听听发生了什么:第二天早上,我跟玛丽和她兄弟亚力克乘着小圆舟出去,船后面拖着捕龙虾笼。我居然在水上写出来一页。千真万确!你知道吗,我浑身湿透了,墨水也都脏透了。但灵感好像要抓住最后一次机会似的漂来了。所以,无论如何,我把它钓了出来,放进围裙口袋里。现在,当我再次看它时,似乎也不觉得差得令人作呕了。我是说,它似乎不好,但似乎也不坏。我大概要再写几个晚上,看看我能不能培养一个新爱好。我在想,我要把它叫作《来自一场飓风的场景》。

你可以帮我看一遍吗,我睿智的老夜猫子?我的男主角是一个英俊的上层人物,是受到你的启发创作的,但我不知道会不会吸引到你?(我是不是很狡猾啊?)或者,它更有可能让你失望。(哈哈。)你看的时候会变幻无常,因为我知道你会告诉我真相:它到底是不是有点用处,是不是一桶驴尿。无论如何,我开始创作这个剧本的唯一原因是你给了我勇气。这是为了告诉你我的感觉,我是说对你的感觉。因为这个剧本触碰到了什么,而那个手提箱带我花了好一会儿才弄清那是什么。或者,也许我只是想给您留下深刻印象,胡子阁下,多有意思啊。当然,我其实不会把它烧掉,以防我这辈子将来有可能想听听你的批评,这怎么样?你会不会跟我跑到加利福尼亚?我要好好地全部写下来。在某个早上,在一棵棕榈树下,我要喝一小口,全部表演给你?(不要给我摆出那副教士般的表情!别忘了,我知道你的秘密!噢,就像我妈妈说的,安静的亡灵才需要看守。你想过我吗,我淘气的男人?那看在上帝的分上,你为什么不给我写信?)

圣母啊,现在正下着瓢泼大雨,狂风大作。我真该去睡觉了,不要再折磨你了。你现在会想听听屋顶上的嘎吱声——就像飓风里的轮船桅杆。你知道莎士比亚时期的舞台工作人员是回家的海员担任的吗？萨莉告诉我的。当然了，她肯定什么都知道。神圣之心啊，可现在差一刻钟就凌晨四点了。这是怎么回事？我为什么在问你问题？你知道吗？

我想过我们吵架的时候。你这个爱嫉妒的笨蛋。我讨厌我们吵架的时候，让我害怕你，想离开你。我不会再跟另一个家伙出去——你真是个大笨鹅，不会说话。我也许就会玩玩眨眼睛的小游戏，但仅此而已。如果你希望我停下来，那我就停下来。想起来是我让你不开心，你这个唠叨的狒狒，其实是我在任你摆布，而且总是会任你摆布。

我讨厌你说，我最好"找个随和的小伙子"。上帝啊，这句话让我想冲你大喊大叫，真是这样。找一个人畜无害的漂亮家伙，抽屉里放着他的衣领，到了冬天让他妈咪帮他缝上去。如果我只想要我暴躁的老笔杆子，那我该拿他怎么办？你这么说是在恶作剧，想逼疯我，对不对？

我见你第一眼就知道了，不是吗？那时你甚至还没跟我寒暄，甚至在你接触我很久以前，甚至我还没听见别人说你的名字。女孩们的蠢话，我听见你说，从没发生在生活中，只存在于故事书和歌曲中。最奇怪的是，我赞同我的流浪汉。我们之间现在发生的事情，我找不到任何理由。假如你真想放弃你的急躁女孩，我们的小故事不得不藏在一个偶尔才会让人想起的房间里，我也仍然想要那个房间。我会不时地到那里去，就像在海滨某地一家旧旅馆里的某个房间里，两个罪人做了不该做的事一样。你介意我现在告诉你的事情吗？这是上帝可鉴的真话。即使我再也见不到你，再也听不到你的消息，你也已经是我生命中的奇迹。

我可以看见，你转动那双七百岁的眼睛，说我写的东西就像一本写给裁缝的小说，你这个嘴如毒蛇的老奶奶。但是，早晨的某一刻，我发现你在我的脑海中；我看见剧本上的某个句子，就想到我的流浪汉会怎么说；或者，我感觉你像一盏灯笼般在我脑海中发光，我知道那天晚上我会睡在你怀里。世界上没有什么会带给我那样的快乐。在这个巨大的圆形世界里，没有这样的东西。

你永远在唠叨。只是，我有时候会害怕。这是我们走过基利尼海滨时，我本该告诉你的事情。认识你就是我一生中最大的幸福。我想不出你说过的那些短语和炽热言辞。因为这世上的语言都不足以表达你对我的珍贵。你的一切都给我从未有过的勇气。如果没有你，我这一辈子就像一个幽灵，在某座古老的房子里漂泊。你身上没有什么是我不喜爱的。你那么善良、优秀、博学，我爱你；你又那么有耐心，那么忠诚，那么有男子气概。现在你什么都知道了。我可以把这封信寄给你吗？你还会看吗？我是疯了吗？

如果我们结婚了，可以去美国待一段时间吗？如果你还想要我的话，我的耕童。我们会不会成为纽约、布鲁克林或其他地方一道亮丽的风景线？我们偷偷逃离这多雨的荒地，远离各种闲话、蠢人、窥探精和老女仆。我有时觉得这里会让我们窒息。如果我们可以去就好了。我们会活到一百五十岁。你觉得我可以在纽约或芝加哥演主角吗？噢，我的流浪汉，那完全不会是一张煎饼。我们会变成两个满带欢声笑语的傻瓜。我们沿着百老汇大街闲逛，半夜回到某个小公寓里。当我想起找到你时，我会带着内心的喜悦落泪。我们将一起经历所有情人经历过的冒险。当我们独处时，你给我带来所有的快乐，能让我不用做任何事，你知道我有时会为此哭泣吗？这就是我今晚的感觉。我多希望你在这里啊。我会用我的吻帮你测量颈部。

上帝啊，我今晚睡不着。你的女孩为何苦恼？你记得你曾经请我给你唱首歌吗?我感到焦虑是因为没上课吗?那是我们交谈的第一天——在萨克维尔大街——在邮局旁边。但如果你在这里我现在就唱。你会喜欢吗,老千脚虫?因为纸页上的文字就只是纸面文字,但人们听过一首歌才会爱上它。你曾告诉过我一次;那是我们在科克郡的那个夜晚。一个老酒鬼正在唱这首歌,世界上没有一个灵魂在听,但我们两个人在听。这首歌此时就在我的脑海里。无论我们发生什么事,只要我还活着,那么每次听到雨声,我都能听到它。

> 太阳将把海洋变干涸;
> 天空将消失不见;
> 世界将停止运转,我亲爱的,
> 直到我对你不再坦然。

哦,黎明快来了,我还是去睡吧。如果你不想被打扰的话,你觉得我该寄出这封信吗?你是对的,我不该寄,但我明天要去寄。暴风雨一结束就去。

嘘,我想暴风雨要平息了。现在等着,直到我能听见。一切都是安静的。只有海浪拍打礁石的声音。我在想,我今天要学的爱尔兰语已经很少了。

我能听见燕鸥的叫声,那么美妙的声音。跟我一起到悬崖上,我们花一个小时去看看它们?我们什么也不会说,让大海成为我们全部的谈话。只有海鸥和渔民的船正在出海,身后的拖网正在展开。

我轻吻这页纸,亲爱的男人。用你的嘴唇触碰它。

我有点不敢把信寄出去。我不知道为什么。太阳要出来了。

你的小叛徒

·致谢与提醒·

在我成长的地方大约一英里处，就是那栋约翰·辛格与他母亲熬过最后几年的老房子。在这本小说里，那栋房子出现过几次。小时候，我经常从那栋房子前经过，对它稍微有一点害怕，经常对它经历的故事感到好奇。我认为它是一个稍显破旧的文学大使馆，一个曾经尝试过勇敢创举、取得过一些伟大成就的指挥部，但也是一个幽灵的隐居之处。在寒冷的冬日里，它会像贝茨旅馆或暴风雨中的呼啸山庄一样令人生畏。但在夏天的晚上，在那座充满海鸥和尖塔的海滨小镇上，它的窗户似乎闪着一种奇美的光芒。我要感谢我的父母，感谢他们对书籍的重视，感谢他们打开了那栋房子的大门。我要感谢我的父亲，肖恩，感谢他慈爱的支持和对我的写作潜力的挖掘。是他带我去看了第一出戏，那是在萨利诺金教区大厅上演的一出业余作品——我不记得作者是谁了——但我仍能听见女主角被求婚者亲吻时观众席中响起的口哨声。我要感谢我的继母薇奥拉，感谢她的忠诚与关心，以及多年来的明智建议。我还记起我已故的母亲玛丽·奥康纳，娘家姓奥格雷迪。她像我的女主人公一样，在少女时期曾是都柏林的一名裁缝，因为她让我遗传了对莫莉的着迷。

我要再次感谢我的父母，让我沿袭了爱德华七世时期的都柏林语言，这本书中的一些人物说的正是这种语言。我父亲生于弗朗西斯大街，位于这座城市最古老的区域——自由区。（他的母亲像我的女主人公一样，也是奥尼尔家的人。）我要致敬爱尔兰都柏林大学特伦斯·多兰教授的研究。他所著的《爱尔兰英语词典》是一座辉煌的宝库,这部词典向人们表明,在任何一个社会,日常用语有时候往往比艺术更精准细腻。

《幽灵之光》是一部虚构作品,对事实进行了大量改动。在经历和性格方面,真正的莫莉与辛格有着无数的差异。希望研究者不要以在这部小说中出现的年表、描写和地理位置为研究参考依据。辛格和莫莉没有单独去威克洛度假一个月;据我所知,他也没有表达想住在美国的愿望。至少有一位严谨的学者认为,他们之间几乎没有或根本没有性关系。辛格的母亲比我刻画的要复杂。莫莉虽然晚年困顿,但她的情况也不像这里描述的那样。这本书里的大多数事件从未发生过,某些传记作家可能想拿一把草皮铲打我。我向叶芝研究者们道歉,因为我歪曲了这位伟人和他的作品,也向格雷戈里夫人、辛格和肖恩·奥凯西的学者们致歉。这些巨人经常说,他们用现实生活的火花为自己的小说煽风点火,为那些给自己的故事带来灵感的人改名。这种做法有时是一种伪装,有时是一种真实性的声明。这是一个我仔细考虑过,但最终决定放弃的选择。因此,我大胆地请求世界文学中这些高贵的幽灵宽恕我,因为我没有改变无辜者的名字。

第一章和第二章中声称来自辛格的那些信,以及尾声中莫莉的情书,全部都是虚构的。来自辛格信件中的其他简短引语是真实的,收录在安·萨德迈尔编辑的《给莫莉的信:约翰·米林顿·辛格写给玛丽·奥尼尔的信》一书中。但是,就像所有非原作者的引用行为一样,改变语境也会微妙地改变意思。读者在寻找可靠的资料时,可参考以下著作及其所含的有用注释或参考书目:

1. Elizabeth Coxhead, 'Sally and Molly: Sara Allgood and Maire O'Neill' in *Daughters of Erin*.

2. W.J. McCormack, *Fool of the Family: A Life of J.M. Synge*.

3. Andrew Carpenter, ed., *My Uncle John*: *Edward Stephens's Life of J.M. Synge.*

4. Nicholas Grene, ed., *Interpreting Synge*: *Essays from the Synge SummerSchool, 1991–2000.* 涉及这本书里的三篇短文：

(1) R.F. Foster, '*Goodbehaviour*: *Yeats, Synge and Anglo-Irish etiquette*'

(2) AnneSaddlemyer, '*Synge's soundscape*'

(3) Declan Kiberd, '*Themaking and unmaking of myth*: *Synge as anthropologist*'

《加入英国军队》这首歌是一首都柏林老民谣，来自已故歌手卢克·凯利的演唱。《银酒杯》出自罗伯特·彭斯之手。《阿尔玛高地》是一首爱尔兰传统民谣，是为了纪念卢克·奥康纳中士（后升为少将）。他生于罗斯康芒郡的埃尔芬，因为在克里米亚的英勇表现而被授予维多利亚十字勋章。第七章中约翰·米林顿·辛格唱的那首诗歌的作者不详。格雷戈里夫人还有一个版本，标题为《一位女孩芳心的悲伤》，出现在她的作品集《基尔他坦诗集》中。约翰·休斯顿将詹姆斯·乔伊斯的短篇故事《死者》改编为电影时，大量引用了这首诗的句子。狂热的乔伊斯专家会注意到，莫莉的小猫发出的声音和《尤利西斯》中利奥波德·布卢姆发出的声音一样，某个都柏林屠夫可能在伦敦的图书行业中有亲戚，还有一些转瞬即逝的其他典故。我感谢爱尔兰国家图书馆、纽约公共图书馆、都柏林艾比剧院、纽约果园街的下东区公寓博物馆和都柏林圣三一学院的优秀图书管理员和档案管理员。

我还要感谢我的编辑杰夫·穆利根，感谢斯图亚特·威廉姆斯、埃莉·斯蒂尔，以及哈维尔·塞柯出版社和 Vintage 出版社的所有人；感谢我的文学代理人、伦敦布莱克·弗里德曼公司的卡罗尔·布莱克和康拉德·威廉姆斯；感谢洛杉矶沉默R管理公司的耶韦尔·基茨·罗斯；感谢我的家人，奥康纳家族、苏特尔家族和凯西家族；感谢我的朋友托尼·罗奇，他以绅士般的耐心不断为我答疑解惑：我因为偏离准确性受到任何指责，都和他没有任何关系。正是因为他，我才对自己偏离的东西有了一点了解。我要感谢德克兰·希尼、雷·贝特森、弗兰西斯·科迪、加里·海恩斯、菲利普·金、玛丽安·理查德森、贝斯·汉弗莱斯、彼得·瓦尔德、华莱士-菲斯塔家族、施涅德·麦基达、莎拉·班南、威利·基利和玛德琳·基恩，以及科鲁姆·托宾无与伦比的慷慨与鼓励。这本小说中的材料早期版本首先出现在他的《辛格》和我的短篇故事《可能有什么》——我为纽约下东区公寓博物馆一次展览所写的目录。写这本小说的时候，我在威克洛郡拉特纽的亨特酒店住了一段时间。一天夜里，我梦见花园里有一位天使。如果这位天使存在的话，我在此表示钦佩和感激。塞伦·卡帝是出版我这本小说的第一位编辑。我的小说首发于1989年《星期日论坛报》的"新爱尔兰写作"版上。跟塞伦对我这一代的爱尔兰作家的热切支持相比，这本小说上对他和他妻子茱莉娅的谢词是完全不够的。我感谢罗斯林·伯恩斯坦、詹姆斯·麦卡锡，以及我在纽约城市大学柏鲁克学院的学生们，我在2009年曾在那里担任驻校作家。我感谢洛蕾塔·布伦南-格鲁克斯曼、艾琳·赖利、约翰·沃特斯，以及他们在纽约大学格鲁克斯曼爱尔兰研究院的同事们。我还要对安妮-玛丽·凯西和我们的两个儿子、最好的花花公子詹姆斯和马库斯致以最真挚的感谢。

约瑟夫·奥康纳

图书在版编目（CIP）数据

幽灵之光 /（爱尔兰）约瑟夫·奥康纳著；陈亚萍译 . – 北京：北京联合出版公司，2021.4
ISBN 978-7-5596-5044-3

Ⅰ.①幽… Ⅱ.①约…②陈… Ⅲ.①长篇小说—爱尔兰—现代 Ⅳ.① I562.45

中国版本图书馆 CIP 数据核字（2021）第 015453 号

幽灵之光

作　　者：[爱尔兰]约瑟夫·奥康纳
译　　者：陈亚萍
出 品 人：赵红仕
责任编辑：徐　樟
特约编辑：朱写写
装帧设计：一千遍

北京联合出版公司出版
（北京市西城区德外大街83号楼9层　　100088）
北京联合天畅文化传播公司发行
山东临沂新华印刷物流集团有限责任公司印刷　　新华书店经销
字数197千字　　787毫米×1092毫米　　1/32　　8印张
2021年4月第1版　　2021年4月第1次印刷
ISBN 978-7-5596-5044-3
定价：48.00元

版权所有，侵权必究
未经许可，不得以任何方式复制或抄袭本书部分或全部内容
本书若有质量问题，请与本公司图书销售中心联系调换。电话：（010）64258472-800

GHOST LIGHT
By Joseph O'Connor
Copyright © Joseph O'Connor 2010
This edition arranged with Blake Friedmann Literary, TV and
Film Agency through Andrew Nurnberg Associates
International Limited
Simplified Chinese edition copyright
2021 Shanghai EP Books Co., Ltd.
All rights reserved.